アー・ユー・テディ?

加藤実秋

PHP
文芸文庫

○本表紙デザイン＋ロゴ＝川上成夫

ARE YOU TEDDY?

アー・ユー・テディ？

【Contents】

目次・扉デザイン　印牧真和
目次挿画　萱野　旋

第一章
この子はうちの子

ARE YOU TEDDY?

1

連れてって。

目が合った瞬間、そう聞こえた気がした。それきり黒く、つぶらな目から視線を逸《そ》らせない。

うちの子になる？

心の中で問いかける。目の輝きが、わずかに強くなったように思えた。

和子《かずこ》は人波を縫《ぬ》い、前方のブースに歩み寄った。

「すみません。その子を見せてもらえますか」

「あ？」

青いビニールシートに座った中年男が、煙草《たばこ》のけむりを吐きながら聞き返す。日焼けと無精髭《ぶしょうひげ》の目立つ顔、帽子とセーターは毛玉だらけだ。

「その子です。右奥の、キャベツ畑人形の隣。たればんだのクッションの後ろ」

男は煙草を缶コーヒーの飲み口に置き、面倒臭そうに腕を伸ばした。節くれ立った指がつかんだのは、体長十五センチほどのクマの人形だ。頭と胴体、手足はミルクティーに似たくすんだ白、手足の先はスカイブルーの毛糸で編まれている。胴体

の下半分には、手足と同じスカイブルーの毛糸で腹巻きのような横縞《よこじま》も入ってい
た。
「これ？　このぬいぐるみ？」
無造作《むぞうさ》にクマの腕を持ち、和子の眼前に突き出した。頭の大きさに比べ手足が細
く短いので、全身が痛々しく危なげに傾いている。
「はい。その子です。でも、こういうのは、ぬいぐるみじゃなくて、あみぐるみっ
て言うんですけど。いくらですか」
早口で告げ、クマを受け取った。左右の間隔を広めに空けて縫いつけられた黒い
ガラスの目が、和子を見上げる。顔の中央の丸く盛り上がった部分に、逆三角形型
の鼻と逆Y字型の口が黒い毛糸で刺繡《ししゅう》されている。
「五千円」
「高っ！」
「じゃ、三百円」
「なんですか、それ」
「売り物になると思わなかったから、値段をつけてないんだよ。本当にそんな汚い
のでいいの？　もっといいのがあるよ」
男は左右の品々を示した。しかし、並んでいるのは十年単位で流行遅れのキャラ

クターグッズにおもちゃ、おばさんくさい服やバッグ、アクセサリーばかりだ。

代官山《だいかんやま》駅にほど近い、ショッピングモールの中の小さな公園。不定期だがフリーマーケットが開かれ、和子はバイトの帰りに必ず立ち寄っている。場所柄、客は若者や近隣の高級マンションのマダムが多く、このブース以外には、しゃれた雑貨やインテリア、古着やアクセサリーが並んでいる。

「いえ、その子がいいんです。三百円でいいんですね？　はい、これ」

鼻息も荒く返し、財布から硬貨をつかみ出して男に渡した。

クマをバッグにしまい、公園を出て駅に向かった。ゆるやかなカーブを描く狭い通りに、低層のビルが並んでいる。洋服や雑貨、アクセサリーなどのショップの他、美容院やカフェ、レストランも目立つ。通り沿いの一面をガラス張りにしている店も多く、中で働くスタッフたちもみんな若くておしゃれだ。目が合うと会釈《えしゃく》をしたり、微笑《ほほえ》みかけてくれる人もいる。そんな時、和子はこの街に認められたようで、とても誇らしい気持ちになる。

東急東横線、JR山手線、西武新宿線と乗り継いで家に帰った。最寄り駅に着く頃には日はとっぷりと暮れ、指先が痺《しび》れるような寒さを感じた。改札を抜けると、傍《かたわ》らの駅事務所の前に掲げられた〈ようこそ、彩《さい》の国・さいたま！　トトロの郷《さと》・ところざわへ‼〉という横断幕と、さんざん叩《たた》かれ、いじり回されてボロボロになった巨大なトトロのぬいぐるみが目に入る。

彩の国ってどういうセンス？　トトロの郷とか謳《うた》っちゃって、スタジオジブリの許可取ってるの？　そのぬいぐるみ、切なくなるからいい加減撤去するか、新しいのと替えて欲しい。

見慣れた光景に、毎度同じ突っ込みが浮かぶ。

同じ電車から降りた人々と一緒に長い階段を降り、外に出た。大きなロータリーに、客待ちのタクシーと路線バスが数台停車している。左右には、都内では一度も見かけたことのない名前のハンバーガーショップとパチンコ屋、ジャンボ尾崎カットの中年男がだみ声で客寄せをする八百屋が並び、その脇で白いナイロンジャージの上下を着たヤンキー少年の一団が、ウンコ座りで煙草を吸ったり、携帯電話をいじったりしている。

ロータリーを抜け、短い商店街に入った。日当たりの悪い、じめじめとした狭い通りに銀行のＡＴＭ、学習塾、エロ本ばかりが充実した本屋、居酒屋などが並んでいる。

商店街を抜けると、閑静な住宅街だ。駅からの人の列は少しずつばらけ、減っていく。しかし、和子の行程はここからが本番だ。前方に、広場のような空間が現れた。アスファルト敷きの地面に鉄製のスタンドが置かれ、大きさもデザインもさまざまな自転車がずらりと並んでいる。公営の自転車置き場だ。

和子は出入口近くに置かれた自分の自転車に歩み寄り、解錠した。本当はフランスかイタリア製のかわいいものに乗りたいのだが、風雨にさらされあっという間にサビだらけになるのと、タイヤやサドルを盗まれる事件が頻発《ひんぱつ》していると聞き、仕方なくディスカウントスーパー・ロヂャースで買った七千九百五十円のママチャリに乗っている。

バッグをカゴに乗せ、両手から毛糸の手袋を外した。自由《じゆう》が丘《おか》の雑貨屋で買ったお気に入りだが、自転車に乗る時に使っているとすぐに傷《いた》み、穴が空いてしまうので、自転車に乗る時には安物のカラー軍手にはめ替えている。

軍手でハンドルを握り、暗い通りを走り始めた。澄んで冷たい空気が、顔と耳の体温を奪っていく。後ろから、背中を丸めビジネスコートの襟《えり》を立ててペダルをこぐ中年男が追い越していった。前方にはルイ・ヴィトンのリュックを背負い、タイトスカート、ハイヒール姿でよたつきながら電動自転車を走らせる若い女の姿もある。

「通勤トライアスロン」。口の悪いバイト仲間は、和子の自宅から都心への行程をこう表した。むっとする反面、うまいこと言うなとも思う。自宅から駅への往復三十分の自転車こぎ、駅に着いてからの階段昇降、加えて電車の乗り換えが二回もある。二十四歳になったばかりの和子にとってもキツく、電車の中では爆睡《ばくすい》してしまう。

　里芋畑の中の暗い道を、吹きすさぶ寒風に歯を食いしばって走った。畑が途切れると、また住宅地に入る。まっすぐ縦横に走る広い通りに沿って、同じような造りと大きさの二階家が並んでいる。家々からは、小型犬の甲高《かんだか》い鳴き声と子どもの騒ぐ声、テレビの音などが漏《も》れ流れてくる。

　一軒の家の前で、自転車を停《と》めた。ステンレスの門を開け、敷地に入る。雨戸は閉められているが、天井近くの明り取りから漏れる光が古びた小さな家と、狭い庭を照らしていた。

「お帰り。ねえねえ、お母さんすごい発明しちゃった」

　居間に入るなり、厚子《あつこ》が近づいてきた。どう注文すれば、そんな頭になるのか。微妙なボリュームとウェーブのかかったパーマヘアと、凹凸《おうとつ》に乏《とぼ》しい顔。小柄小太り。絵に描いたような「昭和の主婦」だ。

「今度はなに？」

「じゃじゃじゃじゃじゃ〜ん」

　子どもっぽく古くさいファンファーレを唱え、指先でウエストがゴムのスカートの裾《すそ》を捲《まく》り上《あ》げた。脂肪がたっぷりついた太い足の膝関節《しつかんせつ》に、白い筒のサポーターのようなものがはまっている。

「なにそれ。ママさんバレーのチームにでも入ったの？」

「ブーッ。はずれ」

厚子が首を横に振る。和子はうんざりしてソファにバッグを置き、ピーコートを脱いだ。

広さ十畳ほどの居間は、中央に使い古されたペパーミントグリーンの革張りのソファセットが置かれ、壁際に通販で買った合板の家具がびっちり隙間《すきま》なく並べられている。テレビは、「まだ使えるから」という理由でいまどきブラウン管、その下には、同じ理由でビデオデッキがセットされている。

「これは、お掃除用の関節ガード。拭《ふ》き掃除をする時に、これを膝《ひざ》や肘《ひじ》にはめれば、あら不思議。フローリングの床でも、痛くないのです」

「拭き掃除なんて、何年もやってないじゃない。『腰が痛い』とか言って、掃除機をちょろっとかけるだけで」

和子の突っ込みを無視し、厚子はさらにテンションを上げた。

「それだけじゃないの。よく見て」

仕方なく、視線を戻す。確かに普通の布製のサポーターではない。どうやら発泡スチロールを細い糸にして、筒状に編んだものらしい。

「それ、まさかリンゴとか梨とかを包む――」

「ピンポ〜ン！　正解。果物《くだもの》を買った時についてくる、保護ネットです。何かに再利用できないかなって、ずっと考えてたのよ。さっきテレビのニュースでバレーボールの試合を見て、ピンときたね、お母さんは」

返す言葉を失い、和子はバッグからさっき買ったクマを取り出した。

「そうだ。これ、部屋で使いなさい。昼間作ったの」

横から、高さ・幅とも三十センチほどの椅子《いす》のようなものが差し出された。けばけばしいピンクのキルティングで包まれ、六角形をしている。

「牛乳パック二十四個で作った椅子です。軽いし、中に新聞紙を詰めてあるから強度もバッチリ。何よりエコ。自然に優しい」

厚子は、この「エコ」という言葉が大好きだ。「再利用」「リサイクル」もお気に入りで、ヒマさえあれば牛乳パックやらペットボトルやらを使った生活雑貨の創作にいそしんでいる。しかし和子から見れば、そのほとんどが、ひどくダサいうえ機能性・耐久性ともいまいち。結局誰にも使われず、かえってゴミを増やしているだけという気がしなくもない。

「ありがと」

小さな目を子犬のように輝かせている母親の手前、仕方なく受け取ったが、椅子に顔を近づけたとたん、異臭が鼻をついた。

「お母さん、この椅子臭い。牛乳パックをちゃんと洗わなかったでしょう」

「ちょっと貸して」

厚子は椅子を抱え、鼻をひくつかせた。

「あらやだ、本当に臭いわ。おかしいわねえ。ちゃんと洗ったつもりだったんだけど」

洗うのは洗ったのだろうが、すすぎがいい加減なのだ。意欲はあるが、ツメは甘い。それが厚子だ。

「それはそうと、今日はずいぶん帰りが早いのね。バイトはどうしたの?」

「辞めた」

「また!? 働き始めて、まだ二週間も経ってないじゃない。『憧《あこが》れのほっこり系のカフェで働けることになった。インテリアもスタッフさんも、超おしゃれで親切。がんばって社員にしてもらうんだ』ってあんなに張り切ってたのに。あんた、ひょっとしてまたクビになったんじゃないの」

「うるさいなあ。仕方ないでしょ。私は真面目《まじめ》にやったのよ。細かなミスはいくつかあったかも知れないけど、遅刻はゼロだし、私なりに一生懸命がんばったの。なのに、店長さんに『うちはお客様に和《なご》んでもらうのが目的なの。あなたがいると、スタッフの間に妙な緊張感が漂《ただよ》って店の雰囲気にも影響するから辞めてくれないかな』って言われちゃって。ひどいと思わない？」

「私なりに云々《うんぬん》っていうのが通用しないのが、大人の社会。甘いのよ、あんたは。それになに、そのぬいぐるみ。まさか、また古道具市で買ったの？　汚れてるし、ちっともかわいくないじゃない。無駄遣《むだづか》いばっかりして」

「ぬいぐるみじゃありません。あみぐるみです。それに、古道具市じゃなくてフリーマーケットだってば。この子を悪く言わないで。そりゃ確かに汚れてるけど、洗えばきれいになるんだから」

伸びてきた腕から身をよじって逃れ、和子はドアに向かった。その背中に、厚子の声がぶつかる。

「ほっこりだのおしゃれだの、浮ついた言葉で乗り切れるほど、世の中甘かないわよ。現実を見なさい。もういい歳なんだから」

現実なら見てるもん。見てうんざりしてるもん。心の中で言い返し、バッグを抱いて居間を飛び出し、玄関脇の階段を駆け上がった。

半分ほど上がったところで、二階から太く重いリズムが漏れ流れてきた。さらに上がると、それはどかどかと騒々しいドラムとこめかみが痛くなるようなエレキギターの音、裏返り気味の男の歌声に変わった。階段の先の短い廊下を進み、手前のドアをノックした。

「お兄ちゃん、うるさい。ボリュームを下げて」

音はすぐに小さくなった。続いてドアが開き、一平《いっぺい》が顔を出した。細長く下半分がわずかに歪《ゆが》んだなすびのような顔に、厚子とそっくりな凹凸に乏しいパーツが並んでいる。髪型は背中までのロン毛だが、モデルやアーティスト風ではなく、前髪を額の真ん中で分けて毛先にシャギーを入れ、顔の両サイドの髪に金のメッシュを入れたいまどき珍しいヘビメタヘア。着ているものも、黒いスリムパンツに、ヘビメタバンドのアルバムジャケットをプリントしたTシャツだ。

「ごめんごめん。ついノッちゃってさ。ヘッドホンで聴くよ」

痩《や》せた体をかがめ、細い目をさらに細くしてぺこぺこと頭を下げる。

「でもお兄ちゃん、ヘッドホンで音楽聴くと興奮して頭を振るでしょ。なんていったっけ、ヘッドバンキング？」

「それを言うなら、ヘッドバンギング。略してヘドバンね。バンキングじゃ銀行だから」

「とにかく、お兄ちゃんはあのきしょい首振りをやりすぎて、すぐむち打ちになっちゃうじゃない。脳しんとう起こして、大騒ぎになったこともあったよね。救急車呼んだり、車で病院に送り迎えするのは私なんだから。気をつけてね」

「うん、わかった。心配かけてごめん」

　生真面目に応え、こくりと頷《うなず》く。

　和子が物心ついた頃には、一平は既にヘビメタにはまっていた。小学校の同級生たちが野球やサッカーで走り回っている時、一平は小遣いをため、保護者同伴でヘビメタバンドのコンサートに通い、同級生たちがアイドルのレコードや写真集に夢中になる頃、一平は西新宿のヘビメタグッズショップ街を歩き回り、レアな名盤や鋲《びょう》つきのリストバンド、ドクロの形をしたキーホルダーなどを買い漁《あさ》っていた。中学に入るとヘビメタ雑誌の「メンバー募集」欄で集めた仲間とバンドを結成し、リーダー兼リードギターとしてプロミュージシャンへの道を歩み始める。しかし、初ライブとなった市民フェスティバルのステージで、ギターに感電して卒倒。観客たちが見守る中、救急車で運ばれるという悲劇に見舞われた。それがトラウマとなり、以後ギターやベースなどの電子楽器に一切触れることができなくなってしまった。

「わかってくれればいいの。でも、たまには違う音楽も聴いたら。この間ＣＤを貸してあげたでしょ。ＹＵＫＩとか、コトリンゴとか。あとクラムボンも」

「ああ、あれ。うん、よかったよ」

「ホント⁉」

「ホントホント。でも、メロディラインは悪くないんだけど、ビートがいまいち弱いっていうか、パンチが足りないっていうか。だからMacに取り込んで、俺風にアレンジしてみたんだ」

「俺風って？」

「もちろんヘビメタ」

「ヘビメタにアレンジ⁉ クラムボンを？」

「うん。なかなかいい感じに仕上がったよ。聴いてみる？」

当然という顔で頷いて部屋の奥に行きかけたので、和子は力なく手のひらを横に振った。

「せっかくだけど、いい」

「そうか？ それよりお前、うちの店で働かない？」

大学卒業後、一平は埼玉県内に本社を置くホームセンターに就職し、自宅から車で二十分の街にある支店の園芸コーナーで働いている。外見とはうらはらに丁寧で柔和な接客は評判がよく、とくに近所のおばちゃんたちの間では、アイドル扱いされているらしい。ちなみに一平は二十九歳、独身。彼女もいない。

「うちの店って、『ビッグダディ入間《いるま》三芳町《みよしちょう》店』？」

「そうそう。雑貨コーナーを担当してたおばちゃんが、腰を痛めて辞めちゃってさ。困ってるんだよね」

「やだ」

「なんで？　だってお前、雑貨屋で働きたいって言ってたじゃん」

「雑貨は雑貨でも、そういうんじゃないの。私の言う雑貨は、もっとおしゃれでかわいいやつなの」

「洗面器とか歯ブラシに、おしゃれもおしゃれじゃないもないだろ」

「あるよ。すごくあるよ。お兄ちゃんには、わかんないんだよ。とにかく、私はビッグダディ、てか地元で働く気は全然ないから。仕事するなら東京って決めてるの」

「わかったよ。そんなに怒ることないだろ」

うろたえる一平を残し、さっさと隣の自分の部屋に入った。

フローリングの六畳間にシングルサイズのベッドとテーブル、本棚、飾り棚、洋服ダンスが置かれている。素材は白木のパインで、全部ローンで買った。支払いは、まだテーブルの天板の分ぐらいしか終わっていない。飾り棚や本棚の上には、ぬいぐるみや写真立て、貯金箱、花瓶、マグカップなどの雑貨が彩りとデザインを考慮した配置で並べられている。フランスやベトナム、スウェーデン製が多く、雑貨屋やフリーマーケットなどを回り、こつこつと買い集めた。

テーブルにバッグを下ろし、クマを取り出して改めて眺めた。確かにところどころに泥やシミがつき、毛糸も数カ所ほつれかけている。さらによく見ると、左右の耳の大きさが少し違っていたり、鼻と口のステッチ線が歪んでいたりと微妙にブサイクだ。それでも目が合った瞬間、「この子はうちの子」そう思った。和子にとってその気持ちは絶対で、銀行の預金残高がマイナスになろうが、クレジットカードのリボ払いが気が遠くなるほど先まで続こうが、ゆらがない。

「そうそう。きみに、名前をつけてあげなくちゃね」

クマの頬《ほお》についた泥の固まりを爪《つめ》で引《ひ》っ掻《か》いて落とし、和子は言った。

「ミルクティーみたいな色だから、ミル？　でも、きみはたぶん男の子だよね。じゃあ、ミル太とか？　ミルタンもかわいいかも。まあいいや。ゆっくり考えようね」

頭をひと撫《な》でし、クマを棚の七〇年代ビンテージのスヌーピーと、デッドストックのテーブルリネンをリメイクし、自分で縫ったテディベアの間に座らせた。数歩引いて眺めてみたが、他の雑貨とのバランスもいい感じだ。視線をずらすと、白木のスタンドミラーに映った自分と目が合った。ショートカットの髪に、面長の顔。鼻は低く目も大きくないうえに奥二重だが、口は小さく唇の量感もほどよく、口角がきゅっと上がっている。ピンク系のグロスをたっぷり塗って唇を気持ちすぼめる、俗に言う「アヒル口」をつくると、ファッション雑誌やCMでよく見かけるモデルの女の子にうっすら似ていることに、最近気づいた。

「ちょっと和子。お芋《いも》ふかしたんだけど、食べる？」

階下からの、厚子の能天気な声で現実に引き戻された。

「いらない」

「あんた、最近また便秘気味なんでしょ。お芋食べるといいわよ。食物繊維がたくさん入ってるから、明日の朝にはどっかり――」

「ちょっと、やめてよ。いらないって言ったでしょ」

顔をしかめ、駆け寄ってドアを開ける。

「あらそお。おいしいのに」

「後でちゃんと食べるから」

つっけんどんに告げ、ドアを閉める。

ベッドに腰を下ろし、空《くう》を見上げるとため息がもれた。ベッドカバーは雑誌『Ku:nel《クウネル》』で見て、わざわざ横浜のインテリアショップまで買いに行ったものだ。

和子は雑貨や家具、洋服が大好きだ。無論なんでもいい訳ではなく、おしゃれでかわいく、眺めているだけで心が和んで幸せになれるものでなくてはならない。キーワードは「ほっこり」。将来は買い集めた品々を並べた小さなカフェを、代官山か自由が丘に開きたい。憧れのモデル兼デザイナー・雅姫《まさき》さんみたいに自分のブランドを立ち上げたり、雑貨スタイリストの伊藤まさこさんのような、エッセイを書けたらいいなと思う。だからセンスを磨くために、高校卒業後は都内のカフェや雑貨屋、洋書店でバイトをしてきた。しかし、どこも長続きしない。やる気はあるのに、わかってもらえない。その上《うえ》、代官山から二時間近くかかる埼玉のど田舎、木造モルタル・築二十五年のボロ家住まいで、母はエコグッズ作りに熱中し、兄はヘビメタマニア。父親は影も薄いが、頭髪も薄い。おしゃれではなく、ほっこりとも程遠い環境。さらに自分も無職で、借金はあっても貯金はない。これが現実だ。

「おい」

野太い声が響いた。ぎょっとして立ち上がり周囲を見回したが、人気《ひとけ》はない。気のせいか。ベッドに戻ろうとした時、

「おい」

また声がした。

「お兄ちゃん？」

向かいの壁に問いかけ、耳を澄ませた。しかし隣室からは、一平が足でリズムを刻む音と、「イェイ！」だの「ヤー！」だのいう声がかすかに伝わってくるだけだ。

空耳か。今日はいろいろあったし、疲れているんだわ。早くお風呂に入って寝よ

う。そうだ。バスタブに、お気に入りのローズヒップのオイルをたらして――。

「お前だ、お前」

苛立《いらだ》ちを含んだ男の声が、より大きく鮮明に響いた。短い悲鳴を上げ、身を縮める。恐る恐る振り向くと、本棚の上に置いたミニコンポが目に入った。

「そこじゃねえよ」

びくつきながら、視線を飾り棚のアンティークのフランス人形に移動させる。

「バカ。そんな気色悪いもんと一緒にするな」

言われて、下段のチェブラーシカのぬいぐるみを見る。男がため息をついた。

「お前なあ、こういう時はふつう新参者に目を向けねえか」

「新参者？」

聞き返し、滑らせた視線はクマのあみぐるみの上で止まった。

「よう。俺だよ！」

威勢のいい声が響き、和子は悲鳴と共に飛び上がった。クマの体がぐらりと揺れ、棚から落ちた。

2

どたばたと足音がして、ドアが開いた。

「和子、どうしたの⁉」

両頬をリスのように膨らませた厚子が飛び込んできた。片手には、ふかし芋をつかんでいる。背後には、首に大きなヘッドフォンを巻きつけた一平の姿もあった。

「ミル太がしゃべった」

和子は小走りで、厚子の背後に逃げ込んだ。

「ミル太？　あんたが買ってきたぬいぐるみのこと？」

「うん。ぬいぐるみじゃなくて、あみぐるみだけど」

「なにバカなこと言ってるの。そんなはずないでしょう。空耳よ」

「空耳じゃないもん。本当に話しかけてきたんだもん」

「お前、ダイエットとか言って、ここんとこ朝飯《あさめし》抜いてただろ。きっと、そのせいだよ。朝飯は一日の活力源。がっつり食わなきゃ」

一平が床からクマを拾い上げ、飾り棚に戻す。

「違うってば。本当にミル太がしゃべったの。『おい』って。『よう。俺だよ』って」

「いい加減にしなさいよ。人騒がせなんだから。すぐ夕飯にするから、それまでこれ食べてなさい。あ、お兄ちゃんもお芋食べる？」

「食う食う。それ、川越《かわごえ》のおばちゃんちの畑で採れたやつだろ。甘くて旨《うま》いんだよな。冷たい牛乳と相性ピカイチでさ」

「ちょっと待ってよ。本当なんだってば」

追いすがる和子を無視し、厚子は食べかけのふかし芋を押しつけ、一平とともに部屋を出て行った。

広がる静寂《しじま》。数秒間躊躇《ちゅうちょ》した後、意を決して振り返った。

「お前、和子っていうのか。俺の声が聞こえるんだな？」

待っていたように、野太い声が問いかけてきた。再び悲鳴を上げ、和子は肩をびくつかせた。芋が床に転がる。

「いいから落ち着けって。とりあえず話を聞け。危害を加えたりはしねえから」

「落ち着けって言われても……あなた、本当にミル太なの？　ミル太がしゃべってるの？」

「ミル太だと？　けったくそ悪い名前つけやがって。まあいい。その通りだよ。俺はお前が昼間、代官山のがらくた市で買ったぬいぐるみだ」

「フリーマーケットで買ったあみぐるみ」

条件反射で訂正し、棚に歩み寄る。クマは、スヌーピーとテディベアの間に座っていた。オフホワイトとスカイブルーの毛糸で編まれた体に、黒いガラスの目。逆三角形の鼻と、逆Y字型の口。とくに変化は見られない。

「芋を拾って、そのへんに座れ」

言われた通り芋をテーブルに載せ、ベッドに腰を下ろした。見た目とまったくそぐわない声質と、居丈高《いたけだか》な物言い。反面、妙な迫力と説得力も感じる。

「これから、俺の身に起きたことを話す。信じようが信じまいが、取りあえず最後まで聞け。いいな？」

和子が頷《うなず》くと、男は咳払《せきばら》いを一つして話し始めた。

男は刑事だった。所属は東京・江戸川区の和子は聞いたことのない町の警察署で、空き巣や引ったくりなどの事件を追いかけていたらしい。半年ほど前の朝、男に長野県のとある町の警察署から連絡が入った。山腹にあるキャンプ場に停車したワゴン車の中から男女の遺体と、車の傍らで眠り込む小さな男の子が発見されたという。ナンバープレートと所持品から、三人は男の管区で総菜工場を経営する高井《たかい》暁嗣《あきつぐ》・弥生《やよい》と息子の陸《りく》と判明した。しかし、死因が車中に持ち込んだ練炭による一酸化炭素中毒であること、総菜工場が経営不振で多額の借金を抱えていたことなどから、一家心中を図った高井夫妻が幼い息子を道連れにするのがしのびなくなり、車外に出したと断定、処理された。しかし違和感を覚えた男は、ひとりで事件を調べ始める。そして三カ月ほど前のある日、事件現場のキャンプ場を訪ねる。あちこち調べ回っているうちに、現場にほど近い崖《がけ》の縁《ふち》に引っかかっているクマを見つけた。事件資料の写真で、陸が持っていたものに似ている。身を乗り出して腕を伸ばし、クマの腕をつかんだ瞬間、体を支えていた岩が崩れ、男はクマもろとも崖下に転落。気がつくと男はクマになり、リサイクルショップの店頭に、結婚式の引き出物と思われる花柄のカレー鍋《なべ》と皿のセットと、一目でパチもの《コピー商品》とわかるロレックスの腕時計に挟まれて座っていた。その後いくつかの店を転々とし、代官山のフリーマーケットに辿《たど》り着いたのだという。どうやら警察から渡されたクマを、夫妻の親族が売り払ったらしい。

「以上だ。質問やら意見やらあれば言え」

男が促《うなが》した。刑事だと聞けば、なるほどの物言いという気もする。

「そう言われても……ええと、あなたは刑事さんで、三カ月前までは普通の体で歩いたり、しゃべったりしてたんですよねえ。でも、その一家心中事件を調べてる途中で崖から落ちて、目が覚めたらミル太になってた」

「そうだ。思ったより、頭の回転が速いじゃねえか」

「てことは、心というか魂が抜け出してミル太に乗り移ったってこと？　それって、つまりあなたは」

「死んだんだろうな。結構高い崖だったたし、頭をもろに打った。まあ、助からねえよ」

「じゃあ幽霊《ゆうれい》ってこと？　やだ。悪いけど私、そっち系は苦手なの。天使とか妖精《ようせい》とか、ファンタジー方面ならまだ少しは理解できるんだけど」

「系だの方面だの、持って回ったような言い方をするな。お前ぐらいの年頃の連中は、みんなそうだ。俺だって、こんなの理解できるもんか。自慢じゃねえが、幽霊だの乗り移りだの、ビタ一文信じたことはねえ。じゃなきゃ刑事なんて、やってらんねえよ。でも、俺はクマになっちまった。体は動かせねえけど、目は見えるし、音も聞こえる。口も利《き》けるんだが、いくら話しかけても誰も気づいてくれなかった。俺の声が聞こえたのは、お前が初めてだ。ひょっとして、お前は霊感体質とかいうやつか？」

「変なこと言わないでよ。霊感なんてありません。幽霊どころか、金縛りにだってあったことないし。それより、この状況どうするの？　まさか、ずっとミル太に取《と》り憑《つ》いてるつもりじゃ」

「この三カ月間、俺なりにいろいろ考えてみたんだが、こうなったのはただの偶然とか、はずみじゃないと思うんだ。つまり、なにかの意味がある」

「意味って?」

「俺が調べてた事件と関係してると思う。捜査を続けて、なんらかの結論が出れば、この状況も変わるはずだ」

「でも、どうやって捜査するの? 体は動かせないし、声は私にしか聞こえないし、それ以前にクマだし」

「その通り。だから、お前が俺の代わりに調べるんだよ」

「はあ? なにそれ。なんでそうなるの。無理。私、刑事でも探偵でもないもん」

思わず立ち上がり、クマの顔を覗《のぞ》き込《こ》んだ。

「ぎゃあぎゃあわめくな。誰が一人でやれと言った。手順は俺が考えて、指示も出す。お前はその通りに動くだけだ」

「もっと無理。第一、なんで私がそんなことしなきゃいけないの。ミル太は大好きだし、面倒も見るけどあなたは関係ないもん。ましてや心中事件の捜査なんて、あり得ない。私、オカルトは苦手だけど、刑事ドラマとかハードボイルド小説とかもっと苦手だから。拳銃《けんじゅう》とか血しぶきとかキモいっていうか、汗くさいっていうか、ちっともおしゃれじゃないし」

「黙って聞いてりゃ、言いたい放題言いやがって。俺は、ドラマや小説の話をしてるんじゃねえ。これは正真正銘の現実なんだ。人が二人も死んで、俺だって」

「ああ、うるさい。とにかく、全部あり得ないし、信じないから。もう話しかけないで。なにも聞こえないし、なにも答えないから」

眉《まゆ》を寄せ、わめきながら首を左右に振った。男がなにか言いかけたので、和子は身を翻《ひるがえ》し、部屋を出た。

翌朝、和子は駅の反対側の商店街にいた。線路沿いの狭い通りに、小さく古びた商店が並んでいる。目当ての店は、紫のアクリルドアに銀のラメを散らした美容院と、ジャージとレギンスばかりが充実した洋品店の間にあった。自転車を停め、両耳からiPodのイヤホンを外す。とたんに、肩に提《さ》げたトートバッグから男の声がした。

「こんな店に来て、どうするつもりだ。早まるな。落ち着け」

店の看板には、白地にピンクの細い斜体の文字で〈リサイクルショップ　スウィートドリーム〉と書かれ、安っぽいパステルカラーでハートや小花のイラストが添えられている。

ゆうべあの後も男は延々しゃべり続け、和子はほとんど眠ることができなかった。

「ゆうべのことなら謝る。いきなりあんなこと言われてもキモいし、ムカつくだけだよな。悪かった。ゆっくり話し合おう。だから考えなおしてくれ」

「キモい」と「ムカつく」に、無理と媚《こび》を感じる。無視して、店内に進んだ。

「いらっしゃいませ」

レジカウンターから、中年女が微笑みかけてきた。テディベア模様のエプロン姿で、黒髪・ストレート・真ん中分けの髪を後ろで一つにくくっている。和子はバッグからクマを出した。

「買い取りをお願いしたいんですけど」

「見せてもらえますか」

手渡そうとした時、ガラスの黒い目と視線がぶつかった。

ごめんね、ミル太。ミル太は全然悪くないし本当は別れたくない。でもまさか、死んだ人の霊だか、魂だかが乗り移ってるなんて。そりゃ、大沢たかおさんみたいな声だったり、向井理《むかいおさむ》くんみたいな、キュートでチャーミングなキャラだったら平気、てかむしろ大歓迎なんだけど、あれは無理。あり得ない。

その声が聞こえたかのように、また男が喋《しゃべ》りだした。

「こうやって会えたのも、なにかの縁じゃねえか。ゆうべ言ったろ？　俺の声が聞こえたのは、お前だけだって。きっと、これにも意味があるんだよ」

「意味なんてない」

押し殺した声で呟《つぶや》くと、女が怪訝《けげん》そうに見た。男の声は聞こえていない様子だ。

「あるって。なんでお前だけに俺の声が聞こえるのか、考えてみたんだ。あの部屋の様子とお袋さんや兄貴とのやり取りからして、お前はモノに惚《ほ》れちまうタチだろ。店や街の中でこれってモノに出会うと、『運命だ』とか『自分のために作られた特別なモノだ』って思わねえか」

「……」

「図星《ずぼし》か。わかるよ。仕事柄、そういう人間を見てきたからな。これは想像だが、お前は好き嫌いとは別に、モノに込められた思いとか、歴史とかを感じ取る力があるんじゃねえか。だから昨日このクマを見た時も、こいつに宿ったいろんな思いに反応して、手に取っちまったんだ」

「都合のいいこと言わないで」

「どうかしました？」

女の口調と眼差《まなざ》しに、かすかな苛立ちが感じられる。和子は慌《あわ》ててクマを差し出した。

「すみません。お願いします」

「やめろ！」

男の声を振り切るように、つけ加えた。

「引き取っていただければいくらでも、むしろタダでもいいです」

「総菜工場の夫婦は、心中じゃない。殺されたんだ。ついでに俺も」

女の手の数センチ手前で、和子の動きが止まった。

「俺も？　どういうこと？　岩が崩れて、落ちたんじゃないの」

「それは間違いない。だが、岩が崩れる直前に誰かが俺の背中を押したんだ」

「そんな」

「でも、俺にはどうすることもできない。誰かに訴えることも、自分で犯人を捕まえることもできない。目も耳も口も使えるのに、店の棚に座ってるしかないんだ」

「失礼しますね」

尖《とが》った声がして、クマの足が引っ張られた。和子は腕を引き、女の手を振り払った。

「すみません。やっぱりやめます」

仕方なく、自宅に戻った。クマを自室のテーブルの上に座らせるなり、先手を打って口を開いた。

「思わずああ言っちゃっただけで、犯人捜しとかする気ないから」

「わかってるって。売り飛ばすのをやめてくれただけでも、御《おん》の字だ。ありがとよ。でも、少しは事件に興味が湧《わ》いてきただろ」

「別に。ただ、陸くんでしたっけ？　ミル太の元の持ち主のことは、気になります。亡くなったご夫婦の息子さんですよね。いくつなんですか？」

「五歳だ。ショックのせいか、事件のあと全然口を利《き》かなくなっちまったらしく、いまは神奈川の遠縁の家に預けられてる」

「かわいそう。ねえ、陸くんのところに行ってあげた方がよくない？　そんな山の中にまで持って行くなんて、きっとすごく大切にしてたのよ。クマが戻ってくれば、少しは元気になるかも」

「そりゃそうだが、俺はどうなる。事件の裏にあるものを暴《あば》いて、真犯人を捕まえない限り、本当の意味で陸くんを救うことにはならない」

「なんで事件が心中じゃなく、殺人だって思うの？」

「刑事のカンてやつだ」

「うわ。本当に言うんだ、そういうこと」

顔をしかめ、ニットのモチーフ編みのカバーに包まれたクッションを抱えた。

「いちいちうるせえな。だから女はイヤなんだ」

鬱陶《うっとう》しそうに返し、男はこう説明した。

「亡くなった高井暁嗣・弥生さん夫妻は、工場で作った弁当や総菜を町内のスーパーとコンビニに納めていた。その中には警察署の近くの店もあって、俺も度々《たびたび》二人が作った弁当を食ってたんだ。話を聞いて、すぐにピンときた。ああ、あれかって」

「どうして？」

「旨《うま》かったんだよ。ああいう仕出しの弁当って、味はどれも似たりよったりだろ？コストとか、生産ラインが同じようなもんだから、仕方がないんだけどな。それでも、高井さんのところのは違ってた。ちょっとした味つけとか、詰め方のセンスとか、料理のことはよくわからねえが、あれこそプロの仕事。職人の矜持《きょうじ》を感じたね」

「はあ」

「あんな潔《いさぎよ》い仕事をする人が、いくら金に困ったとはいえ、自殺なんかするはずがない。百歩譲って追いつめられてそういう気持ちになったとしても、子どもを車の外に出したりしないはずだ」

「どうして？　小さな子どもまで道連れにするのが不憫《ふびん》になったとしても、不思議じゃないんじゃない」

「高井夫妻は両親を早くに亡くしたり折り合いが悪かったりして、頼れる親族はいない。そんな環境に子どもを一人で残す方が、よっぽど不憫だ」

言葉に、どんどん熱がこもっていく。反して、和子のテンションは下がっていった。カンというよりは思い込み、妄想《もうそう》に近い。空気を察したのか、男は続けた。

「きっかけは、どうだっていい。問題は、引っかかるものがあるってことなんだ。だから暁嗣さんが常連だった近所のスナックに行って、店主や客たちから話を聞いた。始めは明るくて真面目《まじめ》で気のいい人で、でも、それだけに融通が利かないところもあって工場の経営に苦労していたらしいとか、同じようなネタしか出てこなかった。でも、何度も通ってるうちに意外な人物が浮かんできた」

「意外な人物って？」

「隣町の建設会社の社長だよ。スナックの店主と知り合いで、時々店に顔を出して暁嗣さんとも飲み仲間だったらしい。工場がヤバいって聞いて、事件の二週間後に予定されていた会合で出す弁当を注文してやったそうだ。結構デカい会合で、それなりの金も入るから暁嗣さんも、『これで当座はしのげる』って喜んでたって話だ。なのにいきなり心中なんて、不自然だと思わないか？」

「確かに。だったら警察の同僚とか偉い人に話して、調べ直してもらえばいいのに」

「ムダだよ。心中ってことで、カタがついてるんだ。それにその社長、その実ヤクザで叩《たた》けば埃《ほこり》が出る身なんだ。暁嗣さんの件も、ここだけの話ってことで無理矢理聞き出したネタで、正式には証言してもらえない。つまり、証拠にならないんだ」

「なるほど。それで、仕方なく一人で調べ始めたのね」

和子が頷いた時、ドアがノックされた。

「はい」

ぎょっとして答えると、厚子が顔を出した。

「なにをぶつぶつ言ってるの。誰か遊びに来てるのかと思ったら、一人じゃない。大丈夫？　具合でも悪いの？」

「大丈夫。ちょっと考えごとをしてただけ。それよりお母さん、目になにを貼《は》ってるの？」

厚子の小さな目の目尻《めじり》に、白く薄い膜のようなものが貼りつけられている。

「これ？　卵の殻の内側に、膜があるでしょ。卵殻膜《らんかくまく》って名前らしいんだけど、タンパク質がたっぷり含まれてて、シワを伸ばして肌にハリを与える効果があるんだって。エコパック、地球に優しいパックっていうの？　シワの面積の割りに、卵一個から採れる膜が少ないから、大量の卵が必要になるのが玉に瑕《きず》だけどね。というわけで、今日の昼ご飯はエッグサンド、夜はオムレツだから」

「わかったわかった。用はそれだけ？」

それ、全然エコじゃないじゃん。明らかに卵の無駄遣いだし、食べすぎじゃん。心の中で突っ込みを入れながら、訊《たず》ねる。厚子は抱えていた封筒の束を差し出した。

「いつもの雑誌が届いてたわよ。まったく、求人情報誌を定期購読してるってどういうことよ。情けないったら、ありゃしない」

「うるさいな。それだけ前向きに、自分に合う仕事を探してる証拠でしょ」

「自分に合う仕事を探すんじゃない。与えられた仕事に、自分を活かす術《すべ》を見つけるの。それが大人の前向きってもんよ」

「はいはい、わかりました。努力します」

もぎ取るように封筒を受け取り、ドアを閉めた。

「おふくろさん、歳はいくつだ？」

「わかんない。たぶん五十七とか八」

「干支《えと》はなんだ？」

「歳もわかんないのに、干支なんてわかるわけないじゃん」

「卯《うさぎ》か寅《とら》ってところだな。同世代じゃねえか。ビシッと筋の通った、なかなか気持ちのいい人だ」

「同世代って……失礼ですけど、あなたいくつなんですか？　名前は？　まだ聞いてなかったですよね」

男は咳払いをし、妙に芝居がかった口調で答えた。

「俺は昭和二十四年生まれの丑《うし》年、五十九歳。高卒、ノンキャリア。まあ、俗にいう叩き上げの刑事《デカ》ってやつだ。名前は天野康雄《あまのやすお》。刑事課の連中には、ヤッさんって呼ばれてた。お前は和子で、歳は二十四か。今後はもう少し目上の者を敬《うやま》って、言葉遣いとか礼儀を」

調子よくしゃべり続けたが、和子の耳には入らなかった。

昭和二十四年生まれの丑年。高卒。叩き上げの刑事。通称ヤッさん……否応《いやおう》なしにインプットされたキーワードと、目の前の愛くるしいあみぐるみがオーバーラップする。

「……すみません、なんか目眩《めまい》がしてきちゃった」

クッションを抱えたまま、ぐったり横になった。

「これからの捜査方針なんだが、お前にはまず、俺の署のある町に行って欲しい。で、高井夫妻の工場と自宅を確認してだな」

依然、鬱陶しいほどの熱意とテンションで康雄の話は続いている。

なにこれ。これからどうなるの？

軽い頭痛も覚え、和子は背中を丸めた。

3

その町は、江戸川区の東の外れにあった。まっすぐに走る通り沿いに、小さな工場や倉庫、古びた商店が並び、その中に再開発で建てられたらしい住宅やマンションがぽつぽつとある。町外れには旧江戸川が流れ、向こう岸は千葉県だ。

「どうよ。これが俺のシマだ」

トートバッグから顔を半分覗かせ、康雄が言った。

「どうって、別に。なんか、まとまりのないところですよね。おしゃれさのかけらもないし、かといって下町情緒があるってわけでもない。オフィス街とか倉庫街って言うには、所帯じみてるし」

「だからいいんじゃねえか。おしゃれだの下町だの、一言でくれちまう町はつまらねえよ。雑然としてるからこそ、暮らす人の臭《にお》いや温度を感じられるんだ」

「臭いっていえば、さっきから変な臭いがするんですけど。空気も妙に生ぬるいし」

和子《かずこ》は通りを進みながら、顔の前で手のひらを左右に振った。おろしたてのキルティングコートを着て来たことが、悔やまれる。

「このあたりには、総菜とか弁当を作る工場が集まってるんだ」

言われて見れば、〈丸栄デリカ〉〈弁当ヒラオカ〉といった看板が目立つ。どこもトタン屋根に黒ずんだコンクリートの外壁で、通りに突き出た煙突から、炊きたてのご飯と調味料を濃縮させたような臭いをはらむ湯気が流れている。開いた窓の中では、白い帽子にマスクとゴム手袋、白衣に身を包み性別も年齢も判別不能になった人々が、ステンレスの大きな鍋《なべ》やベルトコンベアを前に働いていた。

「ここだ」

康雄の声に足を止める。ひときわ小さな建物だ。二階が住居、一階が工場という造りらしい。出入口はさびとキズだらけのシャッターが下ろされ、青い庇《ひさし》テントには白ペンキで〈㈲高井フーズ〉と書かれている。

「隣の家との間に、通路があるだろう。そこから入れ」

「え〜っ。約束と違う。不法侵入ってやつですよね」

所沢の自宅を出て東京を横断、二時間弱の旅を経て和子はこの町にやってきた。むろん嫌々だが、康雄は「高井夫妻の工場と自宅の現状を把握するだけ」と騒ぐし、家にいても母・厚子の視線と小言が鬱陶しいだけなので、出かけることにした。

康雄が豪快に舌打ちをした。

「そういうつまんねえことだけは、知ってるんだな。ぱぱっと入って出りゃ、大丈夫だよ。もし誰かに見つかっても、俺が適当ないいわけを考えてやるから」

「それでも刑事なんですか。あと、舌打ちとかやめてくれます？　見た目はあくまでもミル太なんで。イメージ壊すようなことは、しないで下さい」

「うるせえな。つべこべ言ってねえで、さっさと行け」

さらに大きく舌打ちされ、仕方なく狭い通路に身を滑り込ませた。

じめじめとした、かび臭い空気が立ちこめている。壁際に積まれた段ボールとプラスチックのゴミ箱を避け身を引くと、背中が隣家の外壁をこすった。

「マッキントッシュのコートが。まだ一度も、ローンを払ってないのに」

慌《あわ》てて首をひねり、暗がりに目をこらしてダメージを確認する。

「マッキントッシュ？　知ってるぞ。リンゴのマークのパソコンだろ。刑事課の若いのが使ってた。パソコン屋が、コートも作ってんのか」

「そのマッキントッシュじゃなくて、同じ名前のアパレルブランドがイギリスに——もういいです。なにをすればいいんですか」

「その先に、小さい窓があるだろ。覗いてみろ」

確かに通用口らしいドアの脇に、格子のはまったガラス窓があった。埃《ほこり》がつかないように指先で注意深く格子をつかみ、背伸びして室内を覗く。

二十平米足らずの狭いスペースの中央にステンレス製の大きなテーブル、壁際に業務用のコンロやオーブンがあり、その間に鍋や釜《かま》、まな板などの調理器具が配されている。どれも古びてはいるがピカピカに磨き上げられ、コンクリートの床とタイル張りの壁にも、シミ一つない。

「おい。お前だけ覗いてどうする」

わめかれ、バッグからクマを出して窓に近づける。

「特に変わりはないようだな。よし。裏口に回れ」

突き当たりまで進み、左に曲がると木のドアがあった。傍《かたわ》らの壁に、「高井」の表札が掲げられている。ドアの左右には、ウサギやネコなどのオーナメントが挿された植木鉢とプランターが見栄えよく並べられていたが、植木はすべて枯れ、隣のママチャリと子ども用自転車のサドルにも、埃がうっすらと積もっている。事件後はこの家で暮らしたり、訪れる人もいないようだ。

「高井さんは、アウトドアが趣味だったんですか」

壁際のワイヤーシェルフを眺め、和子は尋ねた。クーラーボックスや小型バーナーコンロ、ランタン、シュラフを収めたナイロン袋などが収納されている。

「よく気がついたな。暁嗣さんも弥生さんも自然が好きで、休みの日には陸くんを連れて、ハイキングやキャンプに出かけていたらしい」

「それじゃ、遺体が発見された長野のキャンプ場も」

「ああ。家族で時々出かけていた場所だ」

「ふうん」

「どういうことか、わかるか」

「全然」

「犯人は高井さん一家をよく知るか、徹底的に調べ上げた人物だ」

「現場に指紋とか、足跡とかは残ってなかったんですか。後は高井さんを恨んだり、狙《ねら》ったりしてそうな人とか」

「おっ。食いついてきたな」

「食いついてなんか、いません」

知らず知らず、『相棒』か『土曜ワイド劇場』のような会話を交わしていたことがショックで、和子は高井家に背中を向けた。

「いい調子だ。次に行くぞ、次」

「行きません。工場と家を見るだけって約束でしょう。どんなに騒いだって、ムダですからね」

「なんだよ、せっかくここまで来たんじゃねえか。次はきっと気に入るぞ。お前の大好きな、もっこりスポットだ」

「ほっこりです。『も』と『ほ』じゃ、天と地ほど意味が違うんだから」

「ならお前、ほっこりの語源を知ってるのか。ふくよかで温かそうってのもあるが、ふかした芋って意味もあるんだぞ。ついでに京都の方言じゃ、疲れたり、うんざりした時に使うって話も――」

「どうでもいいです。それより、そのお前っていうの、なんとかして下さい」

「じゃ、お前さん」

「さんづけすればいいってもんじゃないでしょ。あ〜もう。また頭が痛くなってきた」

隣家のドアが開き、誰かが近づいてくるような気配があった。和子はクマをバッグに押し込み、急いで通路に戻った。

「ほっこりスポット？　ここが？」

目の前の光景を眺め、和子は呟いた。

「いちいちうるせえな。市民の憩いと学びの場なのは、間違いないだろ」

頭の中に、また下品な舌打ちが響く。

康雄の案内通りに町を進み、辿り着いたのは図書館だった。最近建て直されたらしく、鉄筋の綺麗《きれい》な建物だが、一階ロビーでは幼稚園児と思われる男児数名が大声でわめきながら走り回り、傍らに並べられた椅子《いす》では、男児の保護者らしい女たちがおしゃべりに興じている。隅の席ではホームレスの老人が、異臭を放ちながら居眠りをしていた。

「同じ図書館でも、広尾の都立中央図書館とかはナショナル麻布スーパーマーケットや有栖川《ありすがわ》記念公園も近いし、六階の食堂の窓からは東京タワーなんかも見えたりしていい感じで、何度か行ったこともあるけど」

「ぶつくさ言ってねえで、二階に上がれ」

ドスの利《き》いた声に促され、仕方なく階段を上がり閲覧室に向かった。広い室内の壁際に書棚が並び、中央に横長の白いテーブルと椅子がセットされている。平日の昼間ということもあるが、階下の喧噪《けんそう》がうそのように閑散《かんさん》としていた。

新聞と週刊誌のバックナンバーを漁《あさ》り、フロアの隅に置かれたパソコンも使って、半年前の事件の基礎知識を叩《たた》き込《こ》まれた。はじめは文句たらたらだったが、ほんの数十分前に目にした家や町の光景、固有名詞が次々に登場するので、つい引き込まれて読んでしまった。

「やっぱり自殺なんじゃないのかなあ。暁嗣さんも弥生さんも、真面目で正義感も強そうだし、殺されなきゃいけないような事件に巻き込まれるとは思えない」

階段を下りながら、和子は言った。すっかり日が落ち、蛍光灯の明かりがビニー

ている。一目で合成皮革の安物とわかるのと、履き古しなのは仕方がないとして、甲の部分についているダサい金具と餃子《ぎょうざ》の表面によっているような変なギャザーは、見るたびに目眩《めまい》を覚える。

居間でコートを脱いでトートバッグと一緒にソファに置き、隣の台所に入った。突き当たりに使い込まれたシステムキッチン、左右の壁際に通販で買った合板・組み立て式の食器棚、中央にあちこちにコップの底の跡が残る木製のダイニングテーブルがある。テーブルには兄・一平と父・忠志《ただし》がつき、食事をしていた。

「ただいま」

「おう。おかえり」

一平が顔を上げた。黒白ボーダーのモヘアセーターに黒のスリムジーンズ、腰からアライグマの尻尾《しっぽ》のキーホルダーをぶら下げるという、絵に描いたようなヘビメタファッション・ウィンターバージョン。右手の箸《はし》の先に刺さった里芋の煮転がしとのギャップが、脱力を誘う。

隣の忠志にも視線を向けたが、わずかに首を動かし、喉《のど》の奥でなにか呟いただけだった。でこっぱちで絶壁という悲劇的な頭の形状のうえ、薄くなった頭頂部の毛髪を無理矢理七三分けにして撫でつけている。湯上がりとビールのせいでテカり、ほんのりピンクに染まった頭皮がもの悲しい。痩《や》せた小さな体は悪趣味な配色のチエックのパジャマで包み、毛玉だらけのカーディガンを羽織っている。パジャマのズボンはシャツの裾をしっかりインにして、胸の下あたりまで引き上げるという、和子が子どもの頃から不動のスタイルだ。

ドアを開けて洗面所に入ったとたん、もわっとした空気と安物の整髪料の臭いが鼻を突く。顔をしかめて歩み寄った洗面台には、精も根も尽き果てたという感じの細くコシのない毛髪が散乱していた。

「お父さん。落ちた髪の毛はちゃんと拾ってって、いつも言ってるでしょう。あとから使う身になってよ。ホラー映画じゃあるまいし、きしょいったらないんだから」

「落ちた」の前に「抜け」をつけないところは娘なりの配慮なのだが返事はなく、代わりに盛大なゲップが聞こえた。

「いいから。早くこっちにきて、夕飯を食べなさい」

厚子に促され、手を洗い台所に戻る。席に着くと同時に、湯気が立ち上るスープ皿が置かれた。

「なにこれ」

ジャガイモやニンジンが浮いているので野菜スープらしいのだが、表面にびっしりと脂が浮き、スパイシーかつ濃厚な香りが漂っている。味つけのメインがカレーである他は、なにが使われているのか、見当がつかない。

「昨日の夕飯はカレーだったでしょう。全部食べ終わって洗おうとした瞬間、お母さん閃《ひらめ》いちゃった。ここに水と野菜を足して味付けし直せば、おいしいスープができるなって」

「えーっ。じゃあこれ、ゆうべのカレーの残り汁？」

「残り汁なんて言わないの。水を汚さず、洗剤の節約にもなる上に栄養満点のエコ・エスニックスープ。どうぞ召し上がれ」

芝居がかった仕草で太い首を横にかしげて微笑み、厚子は自分の席についた。

「召し上がれって言われても」

呟いて視線を泳がす。忠志も一平も、スープにはほとんど手をつけていない。相当パンチの利いた味なのだろう。

お腹《なか》も空いてるし、残すいいわけは他のものを食べながら考えよう。箸を取ったとたん、厚子が口を開いた。

「お父さんとも相談したんだけど、今月からあんたに生活費を入れてもらうことにしたから。二万円。毎月二十五日までにお願いします」

「なにそれ。ひどくない？」

「ひどかないわよ。当たり前でしょう。もう学生じゃないんだから。本当なら、健康保険とか税金とかも自分で払うべきなのよ」

「だって、お兄ちゃんは」

頬張っていた子持ちししゃもを飲み込み、一平は胸を張った。

「俺はちゃんと払ってるよ。初めて給料もらった時から、毎月三万。ボーナスの時は五万。社会人の義務だよ。去年の夏には親父《おやじ》とおふくろを温泉旅行にも招待したし、父の日や母の日にだって、プレゼントを贈ってるし」

「そうそう。今年の母の日には、CDをくれたのよね」

厚子が同調し、にこやかに頷き合う。一平の長い髪が、ラメを散らしたセーターの肩で揺れた。

「ヘビメタの、一度も聴いてるところを見たことないCDね」

嫌みのつもりだったが、あっさり無視し厚子は続けた。

「これもあんたのためなのよ。背負うものがあれば、ふわふわ地に足のつかないことばっかり言ってられないでしょう。人間、そうやって大人になっていくの。きっと後で、お母さんに感謝する日がくるから。ねえ、お父さん」

家族の目が忠志に集まった。うつむき加減に焼き魚をつついていた忠志は無言のまま体を横に傾け、片方の尻《しり》をかすかに上げたと思った刹那《せつな》、高らかに放屁《ほうひ》した。

「もうやだ。最低」

「食事中はやめてくれって、言ってるだろ」

子どもたちは非難の声を上げたが、忠志は素知らぬ顔で食事を続け、厚子も、

「ほら。お父さんも同じ意見だって」

当然のような顔で、話をまとめた。

疲れているのか、もともとそういう性格なのか。忠志は、家ではほとんど口を開かない。家族の問いかけに対しては「ああ」か「いや」が返ってくればいい方で、大概は喉の奥で意味不明の声で呟くだけ。今夜のように、げっぷや放屁などの生理現象で答えることも珍しくない。厚子はそのすべてを理解しているらしく、新聞やお茶を渡したり、風呂を沸かしたりの行動に移る。しかし、なんのリアクションもコメントもないので、当たっているのかどうかの確証はない。


ドアを開け、部屋の明かりをつけるなりトートバッグを放り投げた。あみぐるみが飛び出し、ベッドに転がる。

「いてっ。なにしやがる。もっと丁寧に扱え」

わめき声を無視し、和子はベッドに寝転がり背中を向けた。

「腹を立てるのは、お門違《かどちが》いってもんだぞ。おふくろさんたちの言うことは、ちゃんと筋が通ってる。いままで一銭も入れねえできたってことの方が、むしろ信じら

れねえ。二十四っていったらお前、立派な大人じゃねえか。結婚してガキが二、三人いて、そろそろ上の子が幼稚園に」

「いつの時代の話よ。てかヤンママ？　いいから、黙っててください」

体を丸め、キャス・キッドソンの生地のカバーがかかったクッションを抱え込む。

あの後も必死に抵抗を試みたが、就職や結婚をした親戚と同級生のまっとうな暮らしぶりを引き合いに出され、挙げ句「今月二十五日から二万円払え。さもなくば、一平が働くホームセンターに就職させる。それがいやなら家を出て行け」と通告されてしまった。

「なによ。子どもの頃から私がなにかをねだったりすると、『よそはよそ。うちはうち』のひとことで片付けてきたくせに。こういう時だけ、他人を引き合いに出すんだから」

「まあまあ、そう腐るな。二十五日までに、二万円用意すりゃいいだけの話じゃねえか」

「どうやって？　あと十日もないのに。貯金なんかないし、クレジットカードのキャッシングも限度額いっぱいまで借りちゃってるし」

「働きゃいいだろ」

「そうだけど。でも、いくら急いで見つけても、バイト代はすぐには出ませんよ。入るなり前借りなんてできないし。そんな無理の利く仕事なんて……ひょっとして、風俗とか言うんじゃないでしょうね？　最低。刑事のくせに、あり得ない。ミル太の顔で言うなんて、もっとあり得ない」

「バカ。勝手に暴走するな。風俗なんかじゃない。公明正大、そのうえ社会的意義のあるバイトだ」

「なにそれ」

「俺の助手だよ。例の事件を解決する手伝いをすれば、給料を払ってやる。一日五千円。交通費とメシ代は、別途支給。どうだ？」

「どうだ？　ってなに言ってんですか。康雄さん、自分がどういう状況かわかってるんですか。あみぐるみっていうか、正直、もう死んじゃってるんですよ。お金なんて持ってないでしょう。どうやってバイト代を払うんですか」

「そうくると思った。心配するな。アテはちゃんとある」

自信満々に返し、康雄は不気味な裏声でいひひと笑った。

翌日、和子は千葉にいた。前日と同じように西武線と都営地下鉄を乗り継ぎ、高井家のある町を通り越し、江戸川を渡って市川市に入った。

駅を出て、康雄に命じられるまま進んだ。バスに十分ほど揺られ、降り立ったのは江戸川にほど近い住宅街だった。

「どうだ。空気がいいだろう」

康雄が言った。斜めがけにしたショルダーバッグの口から、クマが顔を半分覗かせている。

「別に。私、千葉って嫌いなんですよね。バイト先に何人か千葉出身の人がいたけど、埼玉県人に妙なライバル意識みたいなのがあって、なにかっていうと張り合おうとするの。『埼玉には、ディズニーランドはないでしょう』とか『空港もないだろう』とか、挙げ句の果てに『海もないくせに』だって。目くそなんとかっていうか、どっちみちどっちもダサいんだし、恥ずかしいだけだから、やめて欲しい。とくに、その光景を眺める東京出身者の醒《さ》めた目ったら。あ〜もう。うちの親もどうせ郊外に家を建てるなら埼玉じゃなく、神奈川にしてくれればよかったのに。でも、神奈川県ってずるくありません？　同じように東京に隣り合ってるのに、妙におしゃれでセレブなイメージをキープしちゃって。そのイメージの九九％が、横浜と湘南ですよね？　他のエリアは埼玉や千葉と同じぐらい田舎だし、ヤンキー生息率だっていい勝負なのに」

「なにをぶつぶつ言ってるんだ。着いたぞ」

言われて足を止めた。アスファルトの通り沿いに、大きさも形もよく似た家がずらりと並んでいる。典型的な新興住宅地だ。造りは和子が暮らす町とよく似ているが、こちらの方が新しいぶん一区画が狭い。

「ここ？　この家が、バイト代を払うアテ？」

「そうだ」

通りの向かいには、一軒の家が建っていた。雪止めの金具を取り付けた黒いスレート屋根に、パンプキンイエローの漆喰《しっくい》風の外壁、白い窓枠、壁のコーナーにはアクセントとしてテラコッタのタイルが貼りつけられている。少し前の建て売り住宅に、よく見かけたタイプだ。しかし、この手の家にありがちな鉢植えの植物や、瀬戸物でできた小動物や七人の小人の人形などは一切ない。代わりに玄関脇には束ねて積み上げたまま数回雨に当たっていると思われる新聞紙が置かれ、狭い駐車場にぎりぎりで収められた乗用車の屋根には、埃が積もっている。駐車場の奥には、後輪のタイヤが外れたままの古い子ども用自転車が横倒しになっているのも見えた。

「なんなんですか、これ」

家を仰ぎ見ながら尋ねた。わずかな沈黙の後、康雄は小さく息をついた。

「俺の家だよ」

4

「康雄さんの家?」

「そうだ。ぼさっとしてねえで、中に入れ」

「でも」

「大丈夫だ。この時間は誰もいねえよ」

「なおさらまずいでしょう」

「うるせえな。家主《やぬし》がいいって言ってんだ。バイト代が欲しくねえのか」

仕方なく、周囲に人気がないのを確認して家に近づいた。敷地の隅にアルミの門があり、その先に玄関に通じるアプローチが延びている。レバーをつかみ門を開けたとたん、犬が吠《ほ》えだした。驚いて身を引き狭い庭に視線を向けると、体高四十センチほどの小型犬がいた。

「どうした。さっさと行け」

「無理。怖いし、嚙《か》まれたらどうするんですか」

「威嚇《いかく》してるだけで、嚙みやしねえよ。こいつは優しい性格なんだ」

「とてもそうは見えませんけど。この犬、犬種はなんですか?」

黒く湿った鼻を上に向け、休みなく吠え続ける犬にたじろぎながら和子は尋ねた。顔は日本犬だが、妙に胴長短足で体毛も長い。

「父親は柴犬、母親はなんとかいう洋犬だ。ハーフってやつだな。人間でいうと、ゴールデンハーフのエバかマリア。いや、オスだから蟇目良《ひきめりょう》か」

「素直に雑種って言えばいいのに。人間に置き換える意味がわかんないし。てか、エバとか蟇目良ってだれ？」

和子が突っ込むと、犬はますます興奮した様子で吠え立てた。家の前を通りかかった中年女が、不審げな目を向けていく。

「し～っ。いい子だから静かにして。康雄さん、この子の名前は？」

「ジョン」

「また、いまどきベタな」

「犬はジョンかポチだろ。猫なら、タマかミケ」

「ジョン。お願いだから、吠えるのをやめて。ね？」

唇を開き心持ち尖《とが》らせてアヒル口をつくり、小首を傾《かし》げる。和子のキメ顔だがジョンは首の鎖をいっぱいまで伸ばし、いまにも飛びかからんばかりの勢いで吠え続けた。

「ムダだ。そいつは、俺の言うことしか聞かない。仕方がねえな。俺をジョンの前に出せ」

「冗談でしょう」

「いいから、言うとおりにしろ」

強い口調で命じられ、嫌々バッグからクマを取り出してジョンの眼前に掲げる。

「よう、ジョン。久しぶりだな」

ジョンの鳴き声がやんだ。耳をぴんと立て、黒く潤んだ目でクマを見上げている。

「俺だよ。わかるか。元気そうじゃねえか」

ジョンは落ち着きなく体を動かし、尻尾《しっぽ》も左右に振り始めた。鼻からきゅうきゅうと、甘えるような声が漏れる。

「まさか、康雄さんの声が聞こえるの？」

「らしいな。なんだジョン、ずいぶん汚れちまったな。散歩も満足に連れて行ってもらってないみたいだし。すまねえな。俺がこんなことになっちまったばっかりに」

見れば、肉づきはいいものの薄茶色の体は汚れ、あちこちに泥や毛の固まりがぶら下がっている。

「お座り」

康雄が命じると、ジョンは大人しく腰を下ろした。

「よし、いい子だ。ちょっと邪魔するぜ。捜し物があるんだ。おい、行け。ジョンの小屋だ」

「小屋？」

庭の隅に小さな三角屋根が見えた。クマをバッグに戻し、恐る恐るジョンの脇を抜け庭に入った。芝生とわずかな植木が植えられているが、しばらく手入れをしていないらしく、雑草と落ち葉に占領されかけている。

ベンシモンのスニーカーが汚れないように気をつけながら、和子はぐるりと一周して犬小屋を眺めた。ペンキで屋根は赤、壁は白に塗られた木製の小さな小屋だ。手作りらしく全体がわずかに歪《ゆが》み、あちこち泥と犬の毛で汚れてはいるが、ありふれた犬小屋だ。出入口から中を覗《のぞ》き込《こ》んでみたが、猛烈に犬臭いだけで空だった。

「そんなところを見てどうする。小屋を斜めに傾けろ」

「え～っ」

ブーイングの声を上げてはみたが、二万円は欲しいし、ホームセンターで働きたくはない。バッグから自転車用のカラー軍手を出してはめ、屋根の庇《ひさし》をつかんで犬小屋を傾けた。

「底を探ってみろ」

指示が飛び、片手を地面と犬小屋の隙間《すきま》に滑り込ませた。底になにかある。すべすべとした手触りで、中央がわずかに盛り上がっている。

「なんですか、これ」

「いいから剥《は》がせ」

中腰になり、小屋をさらに大きく傾けた。現れたのは黒いビニール袋だった。十五センチ四方ほどで、ガムテープで底板に貼りつけられている。袋を剥がすと、中から康雄名義の銀行の預金通帳と印鑑、キャッシュカードが出てきた。

「見てもいいですか?」

「おう」

両手から慌《あわ》ただしくカラー軍手を引き抜き、通帳を開いた。入金日は不規則で金額もまちまちだが、残高は二百万円ちょっとある。

「どうだ」

「すごい。でも、このお金はどういう」

「煙草をやめたり、昼飯のメニューをワンランク下げたり、たまに競馬をやったりして三十年がかりでちまちま貯めた。まあ、へそくりってやつだな」

「なるほど。これがへそくり。初めて見ました」

「それが、お前のバイト代と捜査費用だ。持ち主が死んだとわかると口座は凍結されるんだが、駅の反対側のつき合いのない銀行を選んだから、まだ大丈夫のはずだ。これなら文句ねえだろ」

「ないけど、でも」

背後でジョンが短く吠えた。女がアプローチに立っていた。歳《とし》は五十代半ば。着古したハーフコートとスカートを着て、手にスーパーマーケットの袋を提げている。

「どなたですか」

女が尋ねた。声は硬いが、眼差《まなざ》しはどこか虚《うつ》ろだった。小柄小太りの体と意図不明のウェーブがかかったパーマヘアは厚子《あつこ》と似ているが、女の方が白髪が多く、くたびれた印象がある。

通帳を背後に隠し、和子は腰を浮かせた。

「すみません。私は」

先が続かず、パニックを起こしかけた頭に野太い声が響いた。

「生前ご主人にお世話になった者です。お焼香をさせていただきたくて、お邪魔しました。奥様の世津子《せつこ》さんですか？　お噂《うわさ》は伺《うかが》っています」

「せ、生前ご主人にお世話になった者です。お焼香をさせていただきたくて、お邪魔しました。奥様の世津子さんですか？　お噂は伺ってます」

「刑事課の方ですか」

世津子というらしい女は、突っ立ったまままぶたに脂肪の乗った目を動かし、和子を眺めた。高校生が着るような濃紺のピーコートに、子どもっぽい寸胴《ずんどう》のワンピース。バラエティー番組のコントにすら、こんな女刑事はでてこない。

「いえ。天野さんが少年課にいらした頃に、面倒をみていただきました。私、猫目《ねこめ》小僧《こぞう》のメンバーだったんです」

「いえ。天野さんが少年課にいらした頃に、面倒をみていただきました。私、猫目小僧のメンバー……猫目小僧ってなんですか？」

最後だけ声を潜《ひそ》めて尋ねると、康雄は平然と答えた。

「暴走族の名前だよ。俺が少年課にいた頃、東京の下町を中心に荒らし回ってた。とっ捕まえて説教して、全員更生させたけどな」

「ひどい。私、ヤンキーが大っ嫌いなのに。シャコタンとか特攻服とか見ると、貧血起こしそうになるのに。センスの番外地。モードの墓場。日本の恥部」

バッグのクマに向かって小声で憤慨する和子を、ジョンが首を傾げ不思議そうに眺めている。

「それはわざわざ。どうぞ、お入り下さい」

無表情に告げ、世津子は歩きだした。

四畳半の和室に通された。日当たりの悪い薄暗い部屋で、壁際に真新しい小さな仏壇が置かれている。脱いだコートとバッグを抱え、和子は仏壇の前の座布団に座った。

「箱から線香を取って、ロウソクで火を点《つ》けて香炉に立てろ。線香は三本取れよ。うちは真言宗だからな。間違っても、線香の火は口で吹き消すんじゃねえぞ」

「うるさいなあ。そんなこと、知ってます。一昨年お祖母ちゃんが亡くなったばっかりなんだから」

背後の世津子を気にしながら言い返し、線香を供えてリンを鳴らした。合掌礼《がっしょうらい》拝《はい》して、上目遣いに仏壇の中に置かれた写真立てを見る。M字型に禿《は》げ上《あ》がった頭に、歪んで日焼けした楕円形《だえんけい》の顔。焦げた空豆のようだ。目は小さいのに、鼻は大きく横に広がっているという絶望的なパーツ形状。そのくせ、コントの泥棒メイクのような青白い髭《ひげ》の剃り跡に囲まれた口には満面の笑みを浮かべ、太く短い指でピースサインまで掲げている。

なんていうか、そのまんま。ザ・刑事、ヤッさんここにありって感じ。でも、顔も体型もなにげに奥さんと似てない？　似た者夫婦？　クローン？

「おい。なにをブツブツ言ってんだ。不細工《ぶさいく》で悪かったな。これでも署の婦警連中には、そこそこ人気があったんだぞ。『笑顔が子犬っぽい』『江戸川のジャック・ニコルソン』なんて言われて——」

「こちらにどうぞ」

タイミングよく世津子に促され、隣の居間に移動した。庭に面した十畳ほどの洋室で、通販で買ったと思われる安物の家具と、部屋の面積に対して大きすぎるソファセットが置かれている。ロケーションとアイテムは和子の家の居間と同じだが、整理整頓と掃除の行き届き具合に、雲泥の差がある。

「突然お邪魔してすみません」

「いえ」

テーブルに湯飲み茶碗《ぢゃわん》を置き、世津子は短く応《こた》えた。無表情と抑揚のない声は、庭で会った時から変わらない。夫を亡くして間もないのだから当然といえば当然なのだが、世津子からは悲しみというよりは虚脱感が強く漂い、同じ空気が家の中にも満ちていた。

重苦しく、気詰まりな沈黙が流れた。耐えきれず、和子は喋りだした。

「天野さんには、すごくお世話になったんですよ」

「そうですか。でも、主人は家では仕事の話は一切しませんでした。訊くと怒るし」

「お仕事柄しょうがないですよね」

「そのくせ、一旦《いったん》捜査が始まると何日も帰ってこなくて連絡もなし。たまの休みも寝てるだけで、なにか頼んだり相談しようとすると『うるさい』の一言。それでも我慢して、やっと定年と思った矢先にこんなことになって。しかも、とっくに終わった事件を勝手に調べて、現場の崖《がけ》から落ちて死ぬなんて。バカバカしいにもほどがあるわ。呆《あき》れかえって、涙も出ませんでした」

「でも、それは」

言いかけて、口をつぐんだ。いまの状態では、そう受け止められても仕方がない。康雄はさっきから黙ったままだ。

廊下で物音がした。誰かが二階から下りてくる。ガラスの引き戸が開き、女が顔を出した。歳は十七、八。明るい茶髪の巻き髪に濃い化粧、胸元が大きく開いたラメ入りモヘアのニット、ホットパンツというコーディネートで、肩からシャネルの巨大なブランドロゴが型押しされたトートバッグを下げている。絵に描いたようなギャルぶりだが体型は世津子、顔は康雄にそっくりだ。

マトリョーシカ。和子の脳裏に、そんな言葉と映像が浮かんだ。ロシアのみやげものの入れ子式人形で、大きな木製人形の胴体の中から、形も顔もそっくりな一回り小さな人形が、次々と出てくる。

「娘の杏《あん》です。こちらは、お父さんの知り合いの方ですって」

「こんにちは」

会釈《えしゃく》をしたが、杏はアイラインとマスカラでごてごてと飾られた目で和子を一瞥《いちべつ》するなり鼻を鳴らし、顔を背けた。

「あたし、出かけるから。夕飯はいらない。あと、お金ちょうだい。参考書買うの」

またベタな口実を。心の中で、和子が突っ込む。

「なに言ってるの。この間あげたばっかりでしょう。それに、もうすぐ期末テストじゃない。今度がんばらないと、進級できないのよ。わかってる?」

「うるさいな。そんなこと人の前で言わなくたっていいじゃん。そういう無神経なとこ、パパそっくりだよね」

苛立《いらだ》ったように返し、尖った視線を世津子、和子の順に向けて居間を出た。どすどすという足音が遠ざかり、家が揺れるほど乱暴にドアが閉められる。

「すみません。昔はあんな子じゃなかったんです。少し体が弱かったせいで、中学の時いじめにあって」

「そうだったんですか」

「あの子は、主人に力になって欲しかったんだと思います。でも、主人は仕事に夢中で『がんばれ』『甘ったれるな』と叱《しか》るだけで。あの子は十分がんばってがんばって、もうどうしようもなくなって相談したんです。思春期の女の子が父親にすがるなんて、そういうことでしょう?」

テンポは上がったが、依然抑揚も表情もない。返事に窮《きゅう》し、和子はバッグのクマに視線を向けた。康雄は黙り込んだままだ。

「主人は立派な刑事だったんでしょう。死んだ後も同僚や部下、あなたのように、むかし世話になったという方が大勢訪ねてきてくれます。でも、いい夫や父親ではなかった。人を傷つけたり殺したりした犯人を捕まえるために必死になっても、家族の心の痛みや苦しみには、見向きもしなかった。そういう人です」

康雄の家を辞し、駅に向かって歩いた。門を出て通りの角を曲がるまで、ジョンが寂しげに鼻を鳴らす音が聞こえていた。

「おい」

日の暮れかけた住宅街を十分ほど歩いた後、康雄が言った。

「この沈黙はなんだ」

「なんだと言われても」

「人の家を訪ねといて黙り込むとは、失礼じゃねえか。なんか喋れ」

「奥さんは、体調を崩されてるみたいですね。居間に薬の袋がありましたよ」

「ああ。昔から気管支が弱くてな。俺が生きてた頃は昼間はパートに出てたんだが、調子が悪くて辞めたらしい」

「なるほど。それと、ペットのネーミングセンスはいまいちだけど、娘さんの名前はかわいいですね」

「杏か。俺はイヤだったんだよ。あいつ、生まれた時から丸々と太ってたし地黒だし、杏ていうより、あんころもちみたいになるのは目に見えてた。でも女房が、『赤毛のアン』って小説の大ファンでな」

「私も大好き。乙女《おとめ》の必読書ですよ。奥さんとは、話が合うかも」

和子が声を弾ませると、康雄はうんざりとため息をついた。

「乙女ねえ。俺が定年になったら、家族三人で小説の舞台のモデルになったカナダのプリンスなんとか島に旅行しようって言ってたけどな」

「プリンス・エドワード島。ステキな計画じゃないですか。もう少しだったのに、こんなことになって、奥さんも娘さんも残念に思ってるでしょうね」

「んな訳ねえだろ。さっきの有様を見たろ？　これが現実だ。もちろん言い分はあるが、俺も男だ。いいわけはしねえ。そのかわり、後悔も反省もしてねえけどな」

「それでいいのかなあ」

「いいんだよ。男の生き様、日本の親父《おやじ》ってもんだ。そんなことより、通帳はちゃんと持ってきただろうな」

頷《うなず》き、和子はコートのポケットを叩《たた》いた。

「ばっちり」

「よし。じゃあ銀行に寄って、当座の軍資金を下ろせ」

「でも、なんか気が乗らないんですよね。軍資金とか捜査会議とか違和感あるっていうか、ステージが違うっていうか」

「まだ、そんなぬるいこと言ってんのか。金が欲しくないのか？　ビッグダディ入《いる》間《ま》三芳町《みよしまち》店で、ほっこりも、もっこりもしねえ洗面器だの歯ブラシだの売りたいのか」

「欲しいけど。売りたくないけど……取りあえず、ひと月だけですよ。勤務時間は、午前十時から午後六時まで。昼休みは一時間。残業とノルマはなし。危ないことや違法行為は、一切やらない。いいですね？」

頭の中に、豪快な舌打ちの音が響いた。

「まったく。最近のガキは、なんにもしねえうちから権利ばっかり主張しやがって。わかったよ。ただし、払った分はきっちり働いてもらうからな」

「はいはい。ついでにもう一つ。舌打ちと汚い言葉遣いは禁止。しつこいようですけど、ミル太のイメージにそぐわないことは、しないで下さい」

「調子に乗ってんじゃねえよ」

さらに大きな舌打ちを繰り出す。

「早速明日から捜査開始だ。まずは、関係者の聞き込みだな。取引先に店の従業員、隣近所の住人、飲み仲間」

「でも、康雄さんが全部調べたんじゃないんですか」

「この世界には、現場百回って言葉があってな。行き詰まったら現場に戻れ。頭ひねって考え込むより、歩き回れば必ず真実に辿《たど》り着《つ》くっていうのが鉄則なんだ」

「現場百回って、本当に言うんだ。いつの時代の鉄則だって気もするけど」

「おい、急げ。六時三分前だぞ。手数料を百五円取られちまうじゃねえか。自分の金を出し入れするのに、なんで銀行に金取られなきゃいけねえんだって話だよ。とにかく、もたもたするな。走れ」

ぎゃあぎゃあと捲《まく》し立《た》てられ、和子は街灯に照らされたアスファルトの道を小走りに走った。

〈スーパーマルフク　江戸川東店〉。鉄筋二階建ての店舗の上には、ペンキでそう書かれた大きな看板が乗っていた。ダッフルコートの袖《そで》を押し上げ、腕時計を覗《のぞ》く。文字盤では、ミッキーマウスが黄色い手袋をはめた指先で三時十五分を指している。ぱっと見は子どもっぽいが、一九三〇年代に発売されたファーストモデルの復刻版で、二万円以上した。

「いい時間だな。よし、行け」

康雄が言った。肩に提げたトートバッグの口から、クマが顔を半分覗かせている。

「ちょっと早くないですか」

「いや。この時間がベストだ。昼飯時の混雑が一段落して、おばさん連中の夕飯の買い出しラッシュまでには、まだ少しある。逆に言うと、従業員の気持ちが一番緩んでる時間帯だから、ぺらぺら喋ってくれる可能性も高い」

「ごもっともなんですけど、ちょっと待って下さい。もう一度、聞き込みの手順を」

「なに言ってんだ。ゆうべさんざん確認して、予行練習もやっただろ」

「じゃあ、リストの見直しを」

コートのポケットから、あたふたと折りたたんだ紙を取り出す。大きな表がワープロ打ちされ、スーパーマーケットとコンビニの店名と住所が書き込まれている。その下には、従業員と友人知人の氏名と住所もある。すべて高井夫妻の関係者で、これから聞き込みをする相手だ。

「ひょっとして、ビビってんのか？」

「当たり前じゃないですか。だって、全然知らない人ですよ。アポなしですよ。カフェのオープニングスタッフのバイトをやった時にビラ配りはしたことあるけど、一日で十六枚しか受け取ってもらえなくて、クビになっちゃったんですから」

「仕方ねえなあ。特別に、こういう時のためのまじないを教えてやるよ」

「手のひらに人って字を書いて飲むとか、ベタはやめて下さいね」

「バカ。違うよ。事件資料の中に、高井さん一家の写真があっただろ。ゆうべ、ネットのニュースサイトを印刷したやつだ。あれを出せ」

バッグを探り、クリアファイルに収めた書類の中から一枚を取り出す。事件を伝える記事の脇に、小さな写真が添えられている。この間図書館で見たものとは違うが、晩嗣《あきつぐ》と弥生《やよい》から受ける誠実で清潔な印象は変わらず、陸《りく》も愛らしかった。

「なにかに迷ったり、くじけそうになった時には、その写真を見ろ。一家の無念や悲しみに、思いをはせるんだ」

「はあ」

写真を見たが、はせるべき思いはこれといってない。事件に関わってまだ日が浅いし、私は刑事じゃないもん。言い訳しながら眺めていると、陸が胸になにかを抱いているのに気がついた。オフホワイトの頭と胴体、手足の先はスカイブルー。お腹《なか》には腹巻きのような横縞《よこじま》、ミル太だ。バッグの中で、黒いガラスの目が冬のやわらかな日差しを反射して鈍く光る。

そうだ。ミル太のためだ。成仏させるなり、除霊するなりして康雄を追い出し、ミル太との、穏やかでゆるゆるとした暮らしを手に入れるのだ。そのためなら、がんばれる。ミル太、きみのためならできる。

「覚悟が決まったらしいな」

「はい。行きます」

和子は、力強く頷《うなず》いた。大きく深呼吸してバッグを揺すり上げ、店の玄関に向かい大股《おおまた》で歩き始めた。

第二章

事件《ヤマ》、動く

ARE YOU TEDDY?

1

ガラスの自動ドアから、店内に入った。

手前にレジカウンターが数台、奥に商品の陳列棚というつくりの小さな店だ。康《やす》雄《お》の言うとおり客はまばらで、がらんとしたフロアに流れるBGMは、ハワイアンアレンジの「おさかな天国」だ。

「左の壁際。野菜コーナー」

心持ち声を潜《ひそ》め、康雄が言った。男が、特売品と思われるタマネギの詰まったビニール袋を、棚に積み上げていた。歳は四十代前半。大柄で、ワイシャツの上に店名が印刷された胸当てエプロンをしめている。

「あれが店長の桜井《さくらい》だ。上手くやれよ」

頷《うなず》き、和子《かずこ》はトートバッグの持ち手を握りしめ、男に歩み寄った。

「すみません。桜井さんですか?」

「そうですが」

「突然すみません。村野恵理香《むらのえりか》といって、高井《たかい》フーズの高井弥生《やよい》の姪《めい》です」

「高井フーズって、例の事件の?」

銀縁メガネの奥の目を上下させ、桜井が和子を眺めた。

「はい。この度は大変ご迷惑をおかけしました。叔母は実家とはつき合いがなかったんですが、私のことはとてもかわいがってくれて、たまに会ったり電話やメールを交換していました。せめておつき合いのあった方から生前の様子を伺えればと、お邪魔しました」

「はあ」

「叔母は、私によく仕事の話をしてくれました。こちらとはおつき合いは長くないけど、お弁当メニューの共同開発とか、いろいろ勉強をさせてもらったと聞いています」

「ええ。弥生さんも暁嗣《あきつぐ》さんもうちの客層や立地条件をよく勉強して、アイデアを出してくれました。OLさんをターゲットにしたダイエット弁当とか、ペットの犬用弁当とかヒット商品になったものもあって、感謝しているんですよ」

桜井の表情と眼差《まなざ》しが和らぎ、口調もなめらかになった。

「いいぞ、和子。その調子でガンガンいけ」

康雄の声が、うっとうしく頭に響く。名前の呼び捨ても、バイトの禁止事項に加えなきゃ。そう思いながら、和子の胸も弾む。

ここまでの流れは、生前の聞き込みを元に康雄が考え、昨夜いやというほどシミュレーションさせられた。裕福な家庭の出の弥生は暁嗣との結婚を反対され、生家とは絶縁状態だったらしい。和子と同年代で、アメリカ留学中の恵理香という姪がいることも事実だ。

「桜井さんと叔父の暁嗣は同じ野球チームの大ファンで、ごひいきの選手も同じだったんですよね。確か、埼玉西武ライオンズのニコースキー」

「それなら、シコースキーです」

いきなり不機嫌になり、桜井は顔を背《そむ》けた。

「バカ。ニコースキーは、ライバルチームの福岡ソフトバンクホークスにいた投手だろ。絶対に間違えるなって、しつこく言って聞かせたじゃねえか」

しつこく言うから、訳がわかんなくなっちゃったんでしょ。心の中で康雄に言い返し、引きつった笑みを桜井に向けた。

「そうでしたっけ。すみません。とにかく、私は今回の事件が上手く受け入れられなくて。少しで構いませんので、お話を伺えませんか」

「そう言われても」

「本当に少し、五分だけ。いま三時二十五分ですよね？　三時半まででいいです。お願いします」

腕時計の文字盤を見せ、頭を下げた。忙しさを理由に渋る相手には、具体的な夕イムリミットを提示する。昨夜康雄から伝授された聞き込みテクニックを、さっそく試す。

通りかかった客の女に訝《いぶか》しげな目を向けられ、桜井は仕方なくといった様子で、店の奥を示した。

「わかりました。あちらへどうぞ」

バックヤードに入り、通路の隅で立ち止まった。

「話といっても、高井さんとは仕事のつき合いだけでしたからねえ。弁当や総菜の納品に来た時に、立ち話をする程度でしたよ」

「それで十分です。叔母や叔父の仕事ぶりは、どんなでしたか」

「とにかく真面目《まじめ》で熱心でしたよ。見てのとおり、うちは小さな店だから大した発注できなかったんだけど、手抜きせずにとにかくいいもの、おいしいものを作ろうって意欲に溢《あふ》れててね」

「最後に叔母たちに会ったのは、いつですか」

「亡くなる十日ぐらい前かなあ。いつも通り、朝二人で弁当を納めに来ました」

「どんな様子でした？」

桜井は首をひねり、爪《つめ》を短く切った指先で顎《あご》を撫《な》でた。

「いま思えば少し元気がなかったかなって気もするけど、おかしな様子はなかったですよ。狭い街だし、会社が上手くいってなくて借金してるって噂《うわさ》は聞いてましたけど、仕事が荒れるとか遅刻するってことは一切なかった。とても立派でした」

「その噂なんですけど、借金問題以外になにか聞いたことはないですか」

「なにかって？」

「叔母たちがトラブルに巻き込まれてるとか、誰かに恨まれてるとか」

「聞いたことないなあ。二人ともいつも明るくて気さくで、うちのパートやバイトにも声をかけてくれてね。みんなに好かれてましたよ。もちろん、ギャンブルだの浮気だのなんて噂は一切なし」

「商売敵《しょうばいがたき》とか、どうですか」

「それもないと思いますけどねえ」

桜井は首を横に振った。

「弁当や総菜の世界って、材料とか盛りつけとか取引先からの注文はうるさいし、最近じゃ衛生だの安全の問題もあって生き残りは厳しいんですよ。でも、高井フーズさんに限っては仕事ぶりはもちろん、あの人柄に惚《ほ》れ込《こ》んでるって取引先ばっかりだから。真似《まね》をしたり横取りしたりしたくても、入り込む隙《すき》がないんですよ」

「なるほど」

その後いくつか質問をし、礼を言ってスーパーマルフクを後にした。

「六十三点だな」

通りを歩きだすと、康雄は言った。

「いまの聞き込みの点数ですか？　だったら微妙」

「まあ、初めてにしちゃいい方なんじゃねえのか」

「でも、目新しい話はなにも聞けませんでしたね。暁嗣さんも弥生さんも真面目で仕事熱心、明るくて悪く言う人はいないし、トラブルに巻き込まれていたような形跡もなし。自殺の原因は、借金しか考えられない」

「あそこはあんなもんだろう。そこそこのつき合いで、話が聞きやすそうだから選んだだけで、期待はしちゃいねえよ。次に行くぞ次。相手は誰だ」

「ホリデーマートのマネージャーの宮脇《みやわき》さん」

コートのポケットから、リストを出す。

「あのオヤジか。いまの桜井よりは気むずかしいが、趣味の登山から話を持っていけば、ちょろいもんだ。おい。お前も山好きってことにしとけよ」

「え〜っ。キャンプやバーベキューならともかく、登山とかあり得ないんですけど。しんどいし、むさ苦しいし、水洗トイレないのに、クマでるし」

「つべこべ言うな。いいか、話を切り出す時は『叔母から聞きましたが、宮脇さんも山をやるそうですね』だぞ。通は山を『登る』じゃなくて、『やる』って言うんだ。間違っても、『山とやる』とかぬかすんじゃねえぞ」

「うわ。今度はセクハラですか。じゃなきゃ、オヤジジョーク？　どっちにしろサイテー」

眉間《みけん》にシワを寄せ、バッグの口から顔を覗《のぞ》かせるクマを睨《にら》む。その姿を、すれ違う若いサラリーマンが怪訝《けげん》そうに眺めていく。


それから五日間。和子は高井フーズの取引先の店や、材料の仕入れ業者を回った。しかし、「材料原価は三割が限界」「日配食品＝賞味期限が短く、毎日工場で作られ販売店に配送される食品のこと」などの業界基礎知識が身につき、「チョコレート＝賭けゴルフの賭け金の意味」「ブラックバスの餌釣《えさづ》りは邪道」等々聞き込み相手の趣味趣向のどうでもいいうんちくを擦《す》り込《こ》まれた他は、めぼしい情報や手がかりは得られなかった。

「康雄さん。今日のランチなんですけど、たまには私にお店を選ばせてもらえませんか」

「なに言ってんだ。まだ十時過ぎじゃねえか」

「そうなんですけど、行ってみたいお店があって。ほら、ここ」

雑誌のページを開き、バッグのクマの前にかざす。

「なんだそりゃ」

「駅ビルに入ってるカフェレストランで、本店は世田谷の三宿《みしゅく》にあるんです。まあチェーン店なんだけど、インテリアは北欧系でおしゃれだし、味も値段もそこそこ。この町にも許せるお店が一軒ぐらいあるはずと思って、昨夜調べたんです」

「許せるお店って何様だ、お前は。ダメだ。却下。店は俺が決める」

「え〜っ。だって康雄さんが選ぶのって、聞き込み先のスーパーのお弁当か、お客はおじさんオンリーの、定食屋とかラーメン屋ばっかりじゃないですか」

口を尖《とが》らせ、ブーツのつま先で石を蹴《け》った。強く冷たい風が吹き付け、和子は首をすくめ川面《かわも》に背中を向けた。江戸川の堤防の上を走る遊歩道で、ウォーキングの老夫婦やベビーカーを押す主婦とすれ違う。

「当たり前だろう。弁当を買って客になれば聞き込みもしやすいし、定食屋やラーメン屋は地元で働く男の社交場《しゃこうば》なんだ。ひょんなところから、手がかりが飛び込んでくることもある」

「でも、ランチタイムは労働時間外のはずですよね。仕事モードでいなきゃいけないなら、日給を上げて下さい」

「仕事モードだ？　また持って回った言い方で屁理屈《へりくつ》こねやがって。昼飯も俺のおごりなんだから、つべこべいうな」

「おごりじゃなく、労働条件の一つです。その辺は、はっきりさせてもらいますよ。ダテに六年もフリーターやってませんから」

豪快な舌打ちが頭に響き、康雄はぶつくさとなにか呟《つぶや》いた。和子はぷいと顔を背け、にごった川面を眺めた。冬の柔らかで頼りない日差しを反射し、銀色に輝く。康雄の家がある向こう岸は手前に三角屋根に大きな煙突を備えた工場が並び、奥にはタワーマンションと高層オフィスビルが見える。

「とにかく、次の相手には気を引き締めて会えよ」

「そんな特別な人なんですか？　ママズキッチンの篠崎街道《しのざきかいどう》店でしたっけ。ママズキッチンって、全国チェーンのスーパーですよね」

「担当者は、高井さん夫妻と家族ぐるみで親しくしていたらしいんだ。手がかりが得られる可能性があるぶん、ボロが出る危険も高い」

「ちょっと、脅かさないで下さいよ。正体がバレたり、警察を呼ばれたりしたらどうするんですか」

「本当のことを話しゃいい。俺を見せて、これまでのいきさつを全部説明しろ」

「なに言ってんですか。そんなことしたら、頭がおかしいと思われますよ」

「そうなりゃ無罪放免で願ったりじゃねえか。まあ、ちょっと病院で脳みそ調べられて、所沢《ところざわ》からおふくろさんに来てもらうことになるとは思うが」

「冗談でしょ。日給五千円で、なんでそんな目に遭わなきゃならないの。あり得ない。割に合わなさすぎ」

グロスでベタつく唇を尖らせ、クマをバッグに押し込んだ。

遊歩道を降りて篠崎街道を歩いた。しばらくして、前方に大きな建物が見えてきた。鉄筋五階建てで、敷地の裏手には広い駐車場と遊具を並べた子どもの遊び場もある。屋根の上には、〈MAMA'S KITCHEN〉の大きなロゴが取りつけられている。

「さすがに大きいですね」

「ああ。食料品と生活雑貨の他に衣類や家具、家電まで取り扱ってるからな。うちの近所にもあって、靴から下着からスーツまで俺の着るものは全部買ってた」

「スーパーで全身揃《そろ》える人って、本当にいるんだ。でも、うちのお父さんもそうなのかも。どっちみち信じられない。あり得ない」

広い玄関から館内に入り、エスカレーターで地下一階の食料品売り場に下りた。だだっ広いフロアに背の高い陳列棚が図書館のように並び、壁際には菓子屋や茶舗、ドラッグストアのテナントが入っている。エレベーターホールの前に設置された総菜コーナーも、これまで回ったどの店よりも広く、品数も豊富だった。

「すみません。お総菜売り場の主任の、吉住《よしずみ》さんはどちらですか？」

総菜を乗せたワゴンを押す中年女を呼び止めた。白い作業服の上に、同じく白の胸当てエプロンをしめている。

「吉住さん？」

周囲を見回した後、和子に目を向けた。

「あなた、どちらさん？」

「村野と申します。弁当屋の高井フーズの親族の者です」

「あらそう。ちょっと待ってね」

ワゴンを通路の隅に寄せ、女は歩き去った。間もなく、男が現れた。

「お待たせしました。吉住です」

「お忙しいところ、すみません。私、村野恵理香といって」

「弥生さんの姪御さんだそうですね。取引先の店を回られてるとか」

吉住は言い、大きく丸い目を動かして和子を眺めた。歳は三十代後半。黒髪を短く刈り込み、小柄だががっちりした体をしている。

「はい。そうなんです」

ひるまずに笑顔を返す。狭い街で、出入りする業者も同じような顔ぶれだ。和子の話が伝わっていても、おかしくはない。

「高井さんとは家族ぐるみで親しくさせていただいて、生い立ちとかプライベートな話もしましたけど、姪御さんのことは伺ってなかったな」

言葉と眼差しの端々に、警戒の意図が感じられる。

「そうですか。私は叔母から吉住さんのお話をいろいろ伺ってます。お嬢さんは、従弟の陸《りく》と同じ幼稚園に通ってるんですよね。名前は確か、美羽《みう》ちゃん」

「ええ、まあ」

「あとは吉住さんご一家もアウトドアが好きで、叔母たちと度々《たびたび》バーベキューやキャンプに行かれてたとか。吉住さんは料理がすごくお上手で、とくにキャンプで焼かれるピザは絶品なんですよね」

「はあ。で、私にどんな御用ですか？」

康雄にどやされながら必死で覚えたエピソードを披露したが、吉住の態度に変化はなかった。

「生前の叔母たちがどんな風だったか、聞かせていただきたいんです。せめてもの思い出にと思って」

「でも思い出というより、高井さんたちが亡くなった事件のことを聞きたがると聞いてますけど」

「そ、そんなことないです」

「目的はなんですか。そもそも、あなたは本当の姫御さんなんですか」

「もちろんです」

「失礼ですが、身元を証明するものを見せていただけますか」

「わかりました。確かここに」

まずい。全身でピンチを感じながら、射るような視線から逃れるために、取りあえずバッグの中を引っかき回す。

「俺だ」康雄の声が響いた。

「えっ？」

「そいつに俺を見せろ」

言われるがままクマをつかみ、吉住の眼前に出した。驚いたように、吉住がクマを見る。

「それ、陸くんのぬいぐるみですよね」

「あみぐるみ」

条件反射で訂正し、言葉を続けた。

「そうです。陸のクマちゃんです。大のお気に入りで、いつも持ち歩いてたそうですね。吉住さんも、ご覧になったことがあるでしょう？」

「ええ。でも、なんであなたが持っているんですか」

「それは……ちょっと、なんでですか」

小声でミルクティー色の丸い耳に囁《ささや》きかける。

「考えてなかった。すまん」

「そんなのあり？　なんとかして下さいよ」

引き寄せてクマの顔を覗き込んだが、ガラスの黒い目が無表情に見返すだけで返事はない。その姿を、吉住が呆気《あっけ》にとられたように見つめている。

「ええと……そう、叔母がくれたんです」

「弥生さんが？」

「はい。陸とお揃《そろ》いで、プレゼントしてくれました」

「お揃い？」

「そうそう。すごく気に入って、持ち歩いているんです」

「そうだったんですか」

クマに視線を向けたまま、吉住が頷いた。

「信じていただけました？」

「ええ。失礼なことを言って申し訳ありません。事件の後、マスコミが押しかけてきて根掘り葉掘り訊《き》かれた上に、高井さんを侮辱するような報道をされて、ものすごく腹が立ったんです。ようやく治まったと思ったら、今度は柄《がら》と目つきの悪い刑事が現れて、高井さんたちが誰かに恨みを買ってないかとか、危ない連中とつきあってなかったかとかしつこく訊かれて。ちょっと神経質になってました」

一転して穏やかな顔になり、ぺこりと頭を下げた。

「そうですか。柄と目つきの悪い刑事が。しつこくね」

「なんだよ。文句あるか。それだけマジで真相を究明したいってことだ。いいか。俺が追いかけてるのは、殺しの犯人だ。ニコニコ愛嬌《あいきょう》振りまいてちゃ、手がかりなんか得られねえよ」

豪快に鼻を鳴らし、康雄がわめいた。

「こちらへどうぞ」

吉住に促され、バックヤードに向かった。着いたのは、テーブルセットがいくつか置かれた広い部屋だ。従業員の休憩所らしい。

「僕は一年半前に別の店からここに異動してきたんですけど、総菜売り場の担当は初めてで、勝手はわからないし、売り上げは思うように伸びないしでずいぶん悩みました。そんな時に声をかけてくれたのが高井さんで、あれこれ相談に乗って励ましてくれました。そのうちに二人ともアウトドアが好きだってわかって、休みの日に家族ぐるみであちこち出かけるようになったんです」

吉住は言い、自販機で買った缶コーヒーを和子に渡した。訪れる先々で、似たような話をもう何度も聞いている。どうやら高井夫妻、とくに暁嗣は困っている人を見ると、放っておけないたちらしい。

「叔母たちと最後に会ったのは、いつですか」

「会ったんじゃないけど、亡くなる三日前に暁嗣さんが電話をくれました。借金で苦しんでることは前から知ってましたけど、暁嗣さんも弥生さんも泣き言や恨み言は一切言わなかった。明るく前向きに仕事をしてて、僕もあの二人ならきっと切り抜けるだろうと信じてました。最後の電話もいつも通りで、『またキャンプに行こう。長野にいいキャンプ場を見つけたんだ。空気も景色もいいし、子どもたちもきっと喜ぶよ』って、嬉《うれ》しそうに誘ってくれました」

「そのキャンプ場って」

頷き、吉住は視線を落とした。

「遺体が発見された場所です。いま思えばですけど、暁嗣さんはもう心を決めていたのかも。その上で、引き止めて欲しかったんじゃないでしょうか。あの時僕が気がついていれば、こんなことにはならなかったかも知れない」

「そんな。吉住さんには、責任ありません。ご自分を責めないで下さい」

バッグを胸に抱え、和子は首を大きく横に振った。生前に康雄が聞き込みした時のやり取りをなぞっているだけだが、胸につまされる。

「すみません。僕も事件のことは、いまだに上手く理解できなくて。ムダだとわかっていても、あの時こうしてれば、こう言ってればと考えてしまうんですよね」

「お気持ちはわかります。でも、なんでこんなことになっちゃったんでしょうね」

吉住は顔を上げ、和子、バッグのクマの順に視線を滑らせた。

「どうでしょう。高井さんは、厳しすぎたのかも知れませんね。自分にも、周りの世界にも」

ぽつりと答え、また俯《うつむ》いた。

自分に厳しい。和子には、一生縁がなさそうなキャラクターだ。すごくしんどい割に、見返り少なそう。てか、結局自殺しちゃってるし。こういうスポ根系のキャラの人って、なにげにMはいってない？　だったらちょっとは納得なんだけど。

「おい。また愚にもつかないことを、ぐるぐる考えてるな。聞き込みを続けろ。仕事モードとやらはどうした。日給をさっ引くぞ」

康雄に目ざとく突っ込まれた。内心むっとして、和子は会話を再開した。

「叔母夫婦の写真を、持っていませんか」

「店のイベントとか忘年会で撮ったのなら、事務所に何枚かあると思いますけど」

「よければ見せていただけませんか。叔母たちが職場ではどんな顔をしていたのか、見てみたいんです」

「わかりました。ちょっと待って下さい」

席を立ち、吉住が歩き去った。ため息をつき、和子は缶コーヒーのプルトップを引き上げた。

「いい人っぽいですね。でも、持って来てくれる写真って全部、康雄さんがチェック済みのやつでしょう？」

「たぶんな。でも、改めて見ているうちになにか思い出すかも知れない。たとえ鉛筆一本でも、紙切れ一枚でも形のあるものがあれば、想像力がぐんと広がるのが人間ってもんだ」

「それはわかるかも。アンティークの家具とか雑貨とか眺めてると、これはどんな時代のどんな人の手を経て私のところに辿《たど》り着いたんだろうって、うっとりしちゃうんですよね」

「そういう話じゃねえだろ」

背後から、どたばたという足音が近づいてきた。振り向くと同時にテーブルを四、五人に取り囲まれた。綿の作業帽に大きなマスク、作業服にエプロン、ゴム長という格好。色はすべて白だ。顔や体型がよくわからないので、性別も年齢もはっきりしない。

一人が和子を指さし、マスクの下のくぐもった声でなにか言った。若い中国人の男のようだ。他の者も、一斉に驚いたような声を上げる。

「なんですか」

返事はなく、白ずくめの不気味な姿で囁き合いながら和子を見ている。

男がまたなにか言い、和子に歩み寄ってきた。思わず腰を浮かし、後ずさろうとすると他の者も近づいてくる。

「ちょっと。この人たちなに？　どうなってんですか、康雄さん」

バッグを抱きしめ、クマの耳に囁いた時、男の腕が伸びてきた。

2

立ち上がり、男の手を振り払った。

「やめて」

がらんとした休憩所に、和子の尖《とが》った声が響く。康雄が言った。

「おい、落ち着け。こいつらは悪人じゃない」

「じゃあ、誰なんですか」

「マスクをしてるし、わからん。でも、見覚えはある」

「なにそれ。そんな根拠あり？」

騒いでいると男は首を横に振り、透明ポリエチレンの手袋をはめた指を立てて前後に振った。用があるのは、お前じゃないと言っているらしい。指が示すのは和子の胸、トートバッグの口からクマがちょこんと顔を覗《のぞ》かせている。

「クーチャン」

マスクの下のくぐもった声で、男が言った。

「クーチャン？　この子のこと？　だったら人、じゃなくてクマ違いです。この子はミル太。うちの子です」

「そうよ。やっぱりクーちゃんよ」

別の一人が進み出た。太った中年女だ。

「いやだから、クーちゃんじゃなくて、ミル太」

「それ、陸くんのぬいぐるみでしょう。なんであんたが持ってるの？」

「なんでって、とてもひと言では。それと、ぬいぐるみじゃなくてあみぐるみ。なんで陸くんのことを知ってるんですか」

女たちはぼくぼくとゴム長を鳴らし、歩み寄ってきた。あっという間に、和子を白ずくめの集団が取り囲む。太った女は右手の手袋を引き抜き、マスクを外した。大きく四角い顔の上に、左右に離れた目と大きく横に広がった鼻が乗っている。

「あたしたち、高井《たかい》さんのところで働いてたのよ」

「高井さんのところって、お総菜《そうざい》の工場?」

とたんに、康雄が騒ぎだした。

「そうか、思い出したぞ。高井フーズの従業員だ。この女は江川《えがわ》トミ子。さっきお前に迫ったのは、楊喜順《ヤン・シーシュン》。中国人の留学生だ」

思い出すの遅すぎ。名前なら、胸の名札を見ればわかるし。心中で文句を言って見回す。江川に続き、他の女たちもマスクを外した。みんな五十代から六十代、年季の入ったシワと好奇心の強そうな目が、いかにも下町のおばちゃんといった風情《ふぜい》だ。最後に目が合った楊はマスクを手に、はにかんだように俯《うつむ》いた。歳《とし》は二十歳過ぎだろうか。凹凸《おうとつ》の少ないのっぺりとした目鼻立ちに高い頬骨《ほおぼね》、小柄だが俊敏な動作は、カンフー映画の脇役か体操選手を彷彿《ほうふつ》させる。

「高井さんがあんなことになって、工場も閉鎖されちゃったでしょ。みんな職にあぶれて困ってたら、吉住《よしずみ》さんが声をかけてくれて、一カ月ぐらい前からここの厨《ちゅう》房《ぼう》で働いてるの。あんたさっき、総菜売り場で女の人に声をかけたでしょう。その人から高井さんの親戚《しんせき》の子が来たって聞いて、慌《あわ》ててかけつけて来たのよ。弥生《やよい》さんの姪《めい》って本当?」

「はい。村野恵理香《むらのえりか》と申します。はじめまして」

厳《おごそ》かに一礼し、胸のクマでさり気なく身元の確かさをアピールする。この挨拶《あいさつ》も、康雄にみっちり仕込まれた。曰《いわ》く、「見る目のある大人なら、お辞儀一つで育ちがわかる。弥生さんはいいとこの出なんだ。その姪が、お前みたいなふぬけた挨拶をする訳がない」らしい。

「なるほど。そういうことか。吉住のやつ、気の利いたことをするじゃねえか。下町人情健在ってとこだな。嬉《うれ》しいねえ。あれ、でもおかしいな。中国人留学生が、もう一人いたはずだぞ。名前は確か陳永康《チエン・ヨンカン》。どうしたのか、訊《き》いてみろ」

「みなさんのことは叔母から聞いています。でも確かもう一人、陳さんという方がいましたよね。今日はお休みですか?」

小首を傾《かし》げ、得意のアヒル口でしめて楊を見た。面食らったように一重の小さな目を瞬かせたあと楊は、

「陳さんは、学校が忙しい。仕事はできません」

中国人独特のイントネーションで答えた。

「だそうですよ」

和子が囁《ささや》くと、康雄はふんと鼻を鳴らして黙り込んだ。楊の頬には、かすかな赤みがさしている。あれ、照れてる? ひょっとして私のアヒル口って世界基準?

悦にいっている和子に向かい、江川は言った。

「よく知ってるわねえ。ねえ、あんた。恵理香ちゃんだっけ。陸くんがいまどこに

いるか、知ってる?」

「神奈川の親戚に、預けられてるはずですけど」

「それが、いなくなっちゃったのよ」

「いなくなっただと?」

和子より早く、康雄が反応した。

「事件の後、陸くんのことが心配で、みんなで手紙を書いたり、おもちゃやお菓子を送ったりしてたの。でも少し前から戻ってくるようになって、神奈川に訪ねて行ったら近所の人が、『行き先も告げずに越していった。男の子はどこかの施設に預けていったらしい』って言うじゃない」

「そんな、ひどい。捨てていったも同然じゃないですか」

「そうなのよ。ずっとしゃべらないままだったらしいし、大変なのはわかるけど、あんまりでしょう。だから方々捜して警察にも行ったんだけど、教えてくれなくて。でも、あんたなら知ってるわよね」

離れた目をぎょろつかせ、鼻息も荒く迫ってきた。

「それがいろいろあって、私も陸とはこのところ連絡が」

「私たち、高井さん一家が大好きだったの」

江川の後ろの女が言った。痩《や》せて背が高く、金縁のメガネをかけている。胸の名札には、「西山《にしやま》」とあった。

「人柄はもちろんだけど、おいしくて安全なものを作ろうって真剣に考えてて、私たちの意見も聞いてくれた。経営がうまくいってないのは知ってたけど、高井さんならきっと乗り切るだろうって信じてたし、亡くなる前の日までいつも通りみんなで働いてたのよ。だから、とても信じられなくて。事件の後もいろいろ聞いて回ってる刑事さんがいて、なにかわかるんじゃないかって期待してたの。でも、その人も少し前に事故で亡くなったっていうし」

眉《まゆ》を寄せて和子の目を覗き込むようにして訴え、俯《うつむ》いた。作業着がダブつき気味の薄い背中を、江川と別の女がなだめるようにさする。

眼前に、携帯電話が現れた。楊だ。見ろというように、和子に液晶画面を突き出す。写真だ。楊や江川、西山たちが並んで立っている。中央には、暁嗣《あきつぐ》と陸を抱いた弥生。皆はじけるような笑顔で、いま着ているものとは少しデザインの違う白衣に身を包んでいる。後ろの青い庇《ひさし》テントの小さな建物は、高井フーズだろう。

「この子の名前は、クーちゃんだったんですね。陸くんがつけたのかしら」

おにぎりをかじりながら、和子はちらりと隣のクマに視線を送った。しかし、返事はない。

「高井さんて、本当にいい人だったんですね。これまでも悪く言う人はいなかったけど、さっき江川さんたちに会って実感しました。ほら、康雄さん言ってたでしょう。『ピラミッドの一番下にいる人間を見れば、てっぺんにいるやつの器量がわかる』って。高井フーズはピラミッドってほど大きくはないけど、みんな事件を昨日のことのように悲しんで、陸くんのことも自分の子どもみたいに心配してましたもんね。吉住さんが江川さんたちを雇ったのだって、高井さんの人柄ですよ」

しみじみと語り、プラスチック容器の中のコロッケにソースをかけた。返事はなく、背後の土手の向こうの通りを竿竹屋《さおだけや》の車が、「二本で千円」「二十年前のお値段です」とうつろな女の声で連呼しながら通り過ぎていく。

「ちょっと。いつまで黙ってるつもりですか。いつもは人が食事してようが、考えごとしてようがお構いなしにしゃべりまくるくせに」

「うるせえな。言いたいことがねえから、黙ってるだけだよ」

ぶっきらぼうに、康雄は言った。

あのあと戻って来た吉住に写真を見せてもらい、ママズキッチンを出た。帰り際《ぎわ》、江川たちは和子に自分たちが作ったというおにぎりや総菜を渡し、「陸くんの行方や事件についてなにかわかったら、必ず知らせて」と念押しした。ちょうど昼時だったので江戸川の土手に座り、もらった総菜を食べることにした。

「しいて言うなら、『すまねえ、みんな。せっかく期待してくれたのに、こんなザマになっちまって』。それだけだ」

「みんなって、江川さんたち？　あの人たちも、高井さんの自殺には疑問を持ってるみたいでしたもんね。まあでも、悔やんだところで仕方がないじゃないですか。前向きに、ポジティブかつ自然体でいれば、きっといいことありますよ」

「なにがポジティブかつ自然体だ。誰だって、年とりゃ自然体でいるしかなくなるんだよ。自分の居場所やら、存在意義で悩んでるジジババがいるか？　いねえだろ。それは、お前ら若いもんの仕事だ。手を抜いて生きるな。もっと苦しめ。もがけ。自分を否定しろ」

「あ〜うるさい。その調子で、部下にもお説教してたんでしょう。『江戸川のジャック・ニコルソン』とか絶対ウソ。浮きまくりの、ウザがられまくりに決まってる」

「ぶつくさ言ってねえで、さっさと食え。午後も聞き込みのスケジュールびっちりだぞ」

「わかってます。でも、昼休みは一時間取らせてもらいますからね」

きっぱりと返し、土手の斜面から転げ落ちないようにバランスを取りながらブーツの脚を投げ出し、ゆっくりおにぎりを咀嚼《そしやく》した。川面《かわも》に正午のサイレンが響いた。対岸の工場かららしい。吹き抜ける風が川面を輝かせ、河原の枯れ草もそよいだ。


居間に入ると、厚子《あつこ》と一平《いっぺい》が同時に気の抜けた声をかけてきた。

「おかえり」

「ただいま。あれ、晩ご飯まだ？　お腹《なか》ぺこぺこなんだけど」

キッチンを眺めながら和子は床にトートバッグを下ろし、コートを脱いだ。

「そりゃ、運が悪いな。あと二時間はかかるぞ」

一平が答えた。ソファに寝転がり、ヘビメタ・ハードロックファン御用達《ごようたし》雑誌『BURRN!《バーン》』を読んでいる。

「なにそれ。煮込みでも作ってるの？」

「ブーッ。違います」

向かいのソファから、厚子が昭和臭いリアクションを返す。ペンチをにぎり、クリーニング屋でもらう針金ハンガーを折り曲げている。いつもの「エコなリサイクル生活グッズ」だが、材料の針金ハンガーを得るため、厚子がなんやかんやと理由をつけ、家で洗濯できる衣類までクリーニングに出していることを和子は知っている。

「今日は駅前の西友が冷凍食品全品一〇%引きの日だったんだけど、つい買いすぎちゃったのよ。だから今夜は、冷凍のチャーハンとしゅうまいと唐揚げを、エコスタイルでいただきます」

「エコスタイル？　どこが？」

ダイニングテーブルの上には、冷凍食品のチャーハンとしゅうまいと唐揚げの大袋が無造作《むぞうさ》に載せられているだけだ。

「レンジでチンをせず、自然に解凍するのを待ってエネルギーを節約します。これぞまさに、エコでロハス。しかも、スローフード」

「違う。お母さん、それ絶対違うよ。ロハスもスローフードも意味はよくわかんないけど、こういうことではないと思う。むしろ、真逆《まぎゃく》の方向に暴走してる気がする」

「お母さん、その真逆って言い方嫌い。正反対って言いたいんだろうけど、日本語としてどうかと思うわよ。NHKの『言葉おじさん』も、おかしいって言ってたし」

「もういいよ。外でなにか食べてくるから。取りあえず、これ」

脱力し、和子はバッグから封筒を取り出した。

「なによ」

「生活費。今日は二十五日でしょう」

「そうだけど、このお金どうしたのよ」

驚いたように、封筒から出てきた二万円と和子を交互に見ている。

「働いてもらったのよ」

「どこで？　誰に？」

「どうでもいいでしょう。とにかく、がんばって稼《かせ》いだの」

厚子が封筒をテーブルに置いた。雑誌の上端から顔を覗かせた一平と、意味深にアイコンタクトを取っている。

「なによ」

「和子、ちょっとそこに座りなさい」

厳かながら有無を言わせぬ口調で、厚子は隣のソファを指した。渋々、和子は従う。

「お兄ちゃんとずっと心配してたんだけど、あんた、このところなにをやってるの？」

「なにって、仕事よ。バイト」

「毎日朝早くから暗くになるまで戻ってこないし、行き先を聞いても答えないし。疲れた顔をしてるかと思えば、短期間でこんな大金。まさか、怪しげなところで働いてるんじゃないでしょうね」

「そんな訳ないでしょう。ちゃんとした仕事よ」

「どんな仕事なの？　会社はどこ？　雇い主はだれ？　説明しなさい」

「人に会って話をしたり、調べものをしたりするの。会社はどこってこともないけど、とりあえず江戸川区方面で、雇い主は、クマっぽいなんちゃってニコルソンっていうのか」

ごにょごにょと答えると、一平が体を起こした。シャツと細身のパンツを着ているがどちらも素材は黒革、しかもシャツの両袖《りょうそで》の下には長いフリンジがついている。前のボーナスで買った自慢のヘビメタスタイルらしいが、初めてこの姿で外出した時、隣のおばさんに「あらぁ。一平ちゃん、ジュディ・オングみたい」と言い放たれ、撃沈したのを和子は目撃している。

「お前それ、オフィスを持たないで、携帯電話やメアド一つで商売してる連中じゃないのか。ねずみ講やら闇金《やみきん》やら風俗やら、ろくなもんじゃないぞ」

「ねずみ講!?　風俗!?　冗談じゃないわよ。お母さん、あんたをそんな子に育てた覚えはないからね」

「だから、違うって。なんでそうなるのよ。ちゃんとした仕事だってば。職種はまあ、探偵とか興信所みたいな。人捜しのお手伝いをしてるの」

「ウソつけ。バイトで探偵なんて、小説や映画じゃあるまいし。それにお前、近頃夜中に部屋でぼそぼそしゃべってるだろ。はじめは携帯で誰かと話してるのかと思ったけど、どうも様子がおかしい。まさか、変な薬とかやってるんじゃないだろうな」

「ちょっと、いい加減にしてよ。怒るからね」

身を乗り出して抗議したが、一平はさらにボルテージを上げ、右足を前に大きく踏み出した。靴下はコットン、色は赤。ロッカーやパンクスはなぜか昔から赤い靴下が好きだ。

「和子、最近太っただろ。顔に肉がついて、テカテカしてる。ヤバい薬をやってると激太りか激痩せっていうのが、七〇年代グラムロックの時代からのお約束なんだよ」

「ち、違う。これはお昼にスーパーのお弁当とかラーメンとか、脂っぽいものばっかり食べてるからで」

「そりゃ俺だって、ガキの頃は多少は憧《あこが》れたよ。ジミヘンしかり、ジャニス・ジョプリンしかり、俺のスターはみんなドラッグで死んでる。でも、時代は変わったんだよ。セックス、ドラッグ、ロックンロールがワンセットで語られた時代は終わったんだ」

「言ってる意味が、全然わかんないんですけど。地味変《じみへん》ってどういうこと？　チョップリンって、お笑いコンビの名前でしょ。お兄ちゃんこそ頭大丈夫？　てか、二人ともひどくない？　生活費入れろとかホームセンターで働かせるって脅すから、必死で働いてるのに。どんだけ信用ないのよ」

立ち上がり、肩を怒らせて捲《まく》し立《た》てた。

「信用してない訳じゃないの。お母さんもお兄ちゃんも、和子のことが心配なのよ」

「ウソばっかり。お母さんは、私のやることは全部気に入らないのよ。そりゃフリーターだし、貯金ないのに借金あるし、求人情報誌を定期購読してるけど、私だっていろいろ考えてるし、悩んでるんだから」

「わかってるわよ。だからこそ心配なの。お父さんだって——」

「またウソ。お父さんなんて、おならとゲップだけでなにも言わないじゃない」

「お母さんにはわかるの。おならする時、お尻《しり》を右に上げると『はい』で、左だと『いいえ』」

「もういい。とにかく、お母さんたちが考えてるようなことはなにもしてないし、今月分の二万円はちゃんと払ったからね」

言い捨て、バッグを抱えて居間を飛び出し階段を駆け上がった。自室のドアを開け、明かりを点《つ》けてバッグをベッドに投げつける。転がり出たクマは壁にぶつかり、床に落ちた。

「こら、なにしやがる。俺を二度殺す気か」

「うるさい」

言い放った後で一平の言葉を思い出し、声のトーンを落とした。

「誰のせいで、風俗やら薬やら疑われたと思ってるんですか。そのうえ太ったなんて言われるし」

しかし、太ったのは事実だ。和子のたっぷりしたワンピースにレギンス、ブーツかぺたんこの靴という自称・ほっこりスタイルは、素材や柄選びのセンスと、華奢《きゃしゃ》で少女のような体型の維持が必須だ。さもないと、よくあるデブ隠しのおばさんファッションになってしまう。

「八つ当たりかよ。だったら、本当のことを話せばいいじゃねえか。俺は構わないぞ」

「私が構うんです。あの二人にかかったら、病院で脳みそ調べられるぐらいじゃ済まないから。出家して尼寺、洗礼受けて修道院。ううん、自衛隊に入隊させられるかも」

「安心しろ。どのみち向こうから断られる。気持ちはわかるが、おふくろさんが心配してるのは本当だぞ。長く生きてるぶん世の中のことがわかるし、先も読める。だからつい、セーフティネットっていうのか、ケガしたり道に迷ったりしないようにしてやりたくなるんだよ。それを干渉や束縛と感じるんだろうが、いいか？　猫《ね》目《め》小《こ》僧《ぞう》の連中にもさんざん言って聞かせたが、誰かに見守られてるっていうのは、ものすごく幸せなことなんだぞ。独り立ちして、世の中に出りゃわかる。たった一人で自分のことしか考えてない連中の中で、居場所を見つけなきゃならねえんだ」

「出た、説教。猫目小僧って暴走族でしょ。私はヤンキーと一緒ってこと？　それに康雄さん、仕事ばっかりで奥さんや娘さんのことは放置状態だったんでしょう。そんな人に言われても、説得力ないんですけど」

和子は言い放ち、康雄はむっとしたように黙り込んだ。場に、これまでにない空気が流れる。

ちょっと言い過ぎたかな。わずかに焦りと後悔を感じ、和子は言葉を探した。気配を察知したように、康雄が先回りする。

「まあ、なんだ。鬱陶《うっとう》しかろうが納得できなかろうが、とりあえず年長者の言うことは聞いて、全部じゃなくてもいいから覚えておけ。後になって、『ああ、そういうことか』って思えたりもするから」

「ふうん。でも、いまどき娘に和子なんて古臭い名前をつける親だし。期待できそうもないけど」

口を尖らせ、クマを拾い上げて棚の定位置に座らせた。

「そうか？　いい名前じゃねえか。伝統美というか、和を感じるというか。控えめだけど芯《しん》は強くて、和服と日本酒が似合う女ってイメージだな」

「なにそれ、演歌の歌詞？　カラオケビデオ？　まあ、和のテイストっていうのは最近デザイナーとかアーティストにも見直されるし、私も谷中《やなか》や千駄木《せんだぎ》あたりをお散歩するのは好きですけど。だったら、さくらとかひなとか、いくらでもあるでしょう。和風で和子って、ベタすぎ」

「さくらだのひなだの、いうツラか。キャバクラ嬢かAV女優みたいだし」

「きた、偏見。そういう自分だって、娘さんに杏《あん》なんて超ラブリーな名前つけてるじゃないですか」

「だから、あれは女房が勝手に……もういい。そんなことより、捜査会議だ。さっさと準備しろ」

言われてクローゼットの奥から大きなホワイトボードを引っ張り出し、壁際のパイン材の椅子《いす》に乗せた。表面に磁石で雑誌の記事を拡大コピーした高井一家の写真と地図が留められ、脇に黒いマーカーで人間関係を矢印で結び表したものと、聞き込みで得た情報などが書き出されている。よく刑事ドラマの捜査会議シーンに登場するもので、事件を調べることになって真っ先に康雄に買わされた。「本物の刑事もこんなの使うの？」という疑問も、「二人しかいないのに」という突っ込みも聞く耳持たずだ。

「今日の聞き込みの結果を整理する。最大の収穫は、高井フーズの元従業員たちと話せたことだ。これからも力になってくれるだろう。反対は、陸くんの件だな」

「施設に預けて姿を消すなんて、そんなひどいことよくできますよね」

ママズキッチン篠崎街道店…担当者・吉住
※高井フーズ元パート従業員が勤務中（江川、楊、西山他）

マーカーを手に、子どもっぽく丸い文字で書き出していく。この字も、「世間知らずな証拠だ」と康雄の説教の標的にされた。

「無理もねえよ。何十年も音信不通だったのに、いきなり子どもを押しつけられたんだ。引き取る時も嫌々で、陸くんの荷物も『家が狭いから』ってほとんど捨てたり、売り払ったりしてた。このクマも、その時一緒にリサイクルショップに引き取られたんだろうな」

「そうだったんですか。陸くんを施設に預けていったって話ですけど、どこなのかしら。午後の聞き込みでも、誰も知らなかったし。警察ならわかるんだろうけど、江川さんは、教えてくれないって言ってましたよね。相手が刑事じゃ、姪っ子作戦も通用しないだろうし。どうします？」

※遠縁は引っ越し。行き先不明。

近所の人は、「陸くんは施設に預けた」と証言。施設とは？

一行空けて書き、赤いマーカーでアンダーラインを引く。その間、康雄は黙り込んでいた。

「仕方ねえ。奥の手を使うか」

「そんなものがあるんですか」

「ある。とっておきのがな。ただし、これまでやった聞き込みとは訳が違う。一歩間違えれば捜査は中止、お前はビッグダディ入間《いるま》三芳町《みよしちょう》店送り。俺も、永遠にこのぬいぐるみに閉じ込められることになる」

「ぬいぐるみじゃなく、あみぐるみ。物騒なこと言わないで下さいよ。奥の手って、なんなんですか。いや〜な予感がするんですけど」

ボードから離れ、和子はベッドに座った。毛糸のモチーフつなぎのカバーがかかったクッションを胸に抱く。

「なあに。やることは簡単だ。ただし、ちょいと度胸が必要でリスクが高い」

「じらさないでくれます？　私、この手のストレスに弱いんです」

一呼吸置き、康雄は重々しく答えた。

「乗り込むんだよ。俺の元職場。つまり、警察に」

3

和子《かずこ》の眼前に、小さなビルがそびえている。鉄筋五階建てで、壁面には「みんなで目指そう　防犯ＶＩＰ　安全運転セレブ」「警察官募集中‼」の垂れ幕が下がっている。上層階の窓に取りつけられた鉄格子が、威圧感を放つ。

「ようこそ、江戸川東警察署に。どうよ。これが俺の職場、戦場だ」

康雄《やすお》がトートバッグの中で、誇らしげにわめいた。

「元職場ですよね、正しくは。行かなきゃダメ？　こんな無茶な作戦、成功するはずないですよ」

「いい加減にしろ。行くって言ったら、行くんだよ」

「絶対にイッちゃってる子と思われて、留置場に監禁されるわ。ああ、着替えを持ってくればよかった。留置場って、エアコンないって本当ですか？ さすがに、トイレはウォシュレットですよね」

「騒ぐな。まったく、度胸はないクセに口と想像力だけは達者ときていやがる。いいか。これはこの事件《ヤマ》の最初の勝負、山場だ。俺とお前の、二人三脚の実力が試される」

「厳密には三人六脚。ミル太もいますから」

「なら八脚だろ。クマは四足歩行……まあいい。とにかく、落ち着いて俺の言った通りにやれ。そうすりゃ絶対上手くいくから。お前、見込みあるぞ。いい線いってる。大丈夫だ」

「こういう時だけ、調子よくおだてちゃって」

ぶつくさと返しはしたが気持ちは落ち着き、わずかだが自信も湧《わ》いてきた。この手で、猫目小僧《ねこめこぞう》のヤンキーたちを更生させたのだろうか。

ふと視線を感じ、顔を上げると署の玄関前に立つ制服姿の警官と目が合った。肩にかけたトートバッグを覗き、ぶつぶつ言っている和子を不審に思ったようだ。これ以上もたついていれば、さらに怪しまれる。意を決し、和子は敷地に入りまっすぐに進んだ。

「ポケットから手を出せ。背筋を伸ばせ。いつも言ってるだろ。お前の悪いクセだ」

頭の中に康雄の訓告が飛ぶ。慌《あわ》てて言うとおりにし、警官の脇を会釈《えしゃく》をして通り抜け、ロビーに入った。

正面に受付カウンターがあり、若い婦警が座っていた。背後には事務机がずらりと並び、署員たちがパソコンを打ったり、電話で話したりしている。平日の朝だが、免許証の書き換えなどの手続きに来たらしい人で、ロビーは混雑している。

カウンターに歩み寄った。

「すみません。刑事課の冬野唯志《ふゆのただし》さんをお願いします」

「お約束ですか？」

「いえ。でも、天野《あまの》康雄の家の者と言っていただければ、わかると思います」

康雄の名を出したとたん、婦警ははっとして和子の全身に視線を走らせた。

「わかりました。少々お待ち下さい」

心持ち声を和らげ、電話の受話器を上げる。

「第一関門突破だな。その子は総務課の金井《かない》さん。前に俺のことを、『笑顔が子犬っぽい』って言った婦警がいるって話したろ？　なんていうかまあ、俺のファン？」

薄気味の悪い半疑問型で言い、声を潜《ひそ》ませて笑う。しかし、電話のやり取りをはらはらと見守る和子の耳には入らない。

「すぐに下りて来るそうです。このままお待ち下さい」

金井に笑顔で告げられ、カウンターを離れた。

「冬野さんて、康雄さんの部下なんですよね」

落ち着きなくロビーをうろつきながら、バッグのクマに囁《ささや》く。

「そうだ。捜査のノウハウや刑事としての気構えを、俺が一から叩《たた》き込《こ》んでやった。捜査中は常に行動を共にし、署に何日も泊まり込み、同じメシを食い、風呂に入り、仮眠室で雑魚《ざこ》寝《ね》もした。そのせいか、冬野が俺の若い頃に似てるなんて言うやつもいたな」

「はあ」

脳裏に、市川の家で見た康雄の遺影が蘇《よみがえ》る。その顔からシワを取り、たるんだ輪郭を引き締め、禿《は》げ上《あ》がった額に毛を生やしてみた。脂っぽさが抜け、愛嬌《あいきょう》も出たが、そのぶん暑苦しさ倍増だ。どっちみち無理。パス。

「おい。なにをブツブツ言ってやがる。また、ろくでもねえ妄想《もうそう》を膨らませてるな」

「まさか。違いますよ。ところで、これはなんですか」

早口でごまかし、傍《かたわ》らのショーケースを指した。中にはぬいぐるみが飾られている。流線型で魚のようだが、色はけばけばしい青。目もロンパリ気味で、唇は厚トしたTシャツやキャップ、携帯ストラップなどが並んでいる。

「さすがその手のものには目ざといな。それは──」

「エディーですよ」

　後ろで声がした。振り向くと、男が立っている。歳《とし》は三十前後。嫌みでない程度に毛先を遊ばせたミディアムロングの髪に、面長《おもなが》の顔。きりりとした上がり眉。はやりの、横長スクエアタイプのメガネをかけた切れ長の目に、鼻梁《びりょう》がやや太めで先の尖《とが》った鼻。口角の上がった薄い唇。すらりとした体は、細身のダークスーツに包まれている。

「この署のマスコットキャラクターです。モデルは、江戸川に棲《す》むといわれる伝説の巨大魚。体長二メートル近く。水面から覗く背びれや魚影を、釣り人が目撃しています」

「はあ」

　男は歩み寄り、少し鼻にかかった声で滑舌よく続けた。

「とはいえ、その正体は江戸川を含む利根川水系に多く棲息《せいそく》する中国原産の淡水魚、アオウオ、あるいはソウギョであることは明らかなんですが。何年か前には、テレビのワイドショーなどにも取り上げられて、ちょっとした騒ぎにもなりました。ご存じありませんか。江戸川のエディー」

「いえ、あいにく。ひょっとして、冬野さんですか？」

「はい」

エディーに目を向けたまま男は頷《うなず》き、ほっそりした長い指でメガネにかかった前髪をかき上げた。

カッコいい。でもちょっとキザかも。とりあえず、康雄さんには似てない。若い頃を見たわけじゃないけど、絶対にこんなじゃない。

「おい、なにやってる。ポーッとしてねえで話を進めろ。まったく、女は冬野を見るとみんな同じ反応をしやがる」

豪快な舌打ちに我に返った。振り返り、冬野が和子を見た。

「天野さんの家の者と名乗ったそうですね。てっきり娘さんかと思ったけど、そうじゃない。娘さんには、天野さんの葬儀で会ってる。では、あなたは誰ですか」

「天野さんの知人で、山瀬《やませ》和子といいます」

「山瀬さん。亡くなられた時に、念のため天野さんの身辺を調べさせていただきましたが、そういう方はいらっしゃいませんでした。失礼ですが、天野さんとのご関係は？　いつ頃知り合われたんですか」

「二週間ぐらい前です」

「二週間……では、亡くなられた後に天野さんと知り合われたと？」

「はい」

「というと、それは霊的な憑依《ひょうい》、イタコの口寄せ。あるいは自動書記？」

自動書記？　なにそれ。疑問を感じつつも頷き、バッグからクマを出す。

「康雄さんはいま、ここにいます。そのことでお話があって来ました」

表情をまったく変えず、冬野はクマを見返した。

「個人的には非常に興味を引かれるジャンルのお話ですが、これから大事な会議がありります。続きは別の者に」

言いながら、カウンターの金井に目配せをする。

まずい。和子の脳裏にさっき外から見た窓の鉄格子と、いつか厚子につき合って仕方なく見た二時間ドラマ、「女子刑務所東三号棟」シリーズのワンシーンが蘇った。主演女優・泉ピン子が、しゃれっけ皆無の刑務服姿で、刑務所の渡り廊下を他の女囚たちと行進している。

「て、『TJ‐016』」

背伸びして、視線を遮るようにクマを突き出す。冬野が和子を見た。

「康雄さんの、警察内での個人識別番号なんでしょう？　昨夜本人から聞きました」

「確かに。しかし、識別番号は警察手帳にも明記されてる。手帳は聞き込みの際に度々《たびたび》見せるし、番号を記憶している人間がいてもおかしくはない」

「John.49612」

「康雄さんのパソコンの、ユーザーパスワードですか。確かに、頼まれて僕が設定しました。でも、愛犬の名前と生年月日を並べただけですからね。割り出すのは容易でしょう」

「ふん。さすがにこの程度じゃ、鼻も引っかけねえか。おい和子、例のあれだ。言ってやれ」

康雄が命じた。なぜか楽しげだ。

「じいさん、オヤジと二代続けてハゲ。しかも俺みたいな、見ようによっては味のあるM字型じゃなく、頭のてっぺんから毛が抜け落ちる、フランシスコ・ザビエル型。だからビビりまくりで、こっそり通販で女性ホルモン配合のバカ高い育毛剤を買って使ってる」

びくびくと、康雄に覚えさせられた通りの言葉を繰り出す。冬野の顔色が変わった。

「さすがに反応したか。よし、とどめだ。とっておきのやつをカマしてやれ」

「え〜っ。ホントにあんなこと言うんですか。二人だけが知ってる捜査上の秘密とか、もっとカッコいいものにしましょうよ」

「バカ。そんな機密事項を持ち出せるか。それに、お前に話したら二人だけの秘密じゃなくなっちまうだろうが」

「そうだけど」

口を尖《とが》らせ、和子はクマのガラスの黒い目を恨めしげに見た。それを冬野が、固まったまま見つめている。

仕方なく、和子は目を伏せて言った。

「冬野さんの左側のお尻《しり》に、三角形のほくろがあるそうです。星座とお名前に引っかけて、刑事課では『冬の大三角』と呼ばれてるって」

「……ひょっとして僕に縁談でもあるんですか」

「は？」

「あなた、興信所か探偵事務所の人でしょう。さもなくばストーカー」

「違います。縁談調査でも、ストーカーでもありません」

むっとして、冬野を見上げた。

「他にも聞いてますよ。冬野さんの子どもの頃のあだ名。酔っぱらった時に、涙ながらに由来を告白したそうですね。ネロって呼ばれてたんでしょう。表向きはアニメの『フランダースの犬』の主人公に似てるからってことになってるけど、実は小学校三年生の時、遠足のバスの中で寝たままゲロを吐いたから。寝ゲロ。略してネ――」

「立ち話もなんですし、ちょっと外に出ましょうか」

冬野が言った。声にも、やや冷たい印象の整った顔にも変化はない。しかし、和子の背中を押す手には、明らかな焦りと動揺が感じられた。

「なるほど。天野さんが。そのぬいぐるみに」

和子からこれまでのいきさつを聞き、冬野は中指でメガネのブリッジを押し上げた。

「ぬいぐるみじゃなくて、あみぐるみ」

ロイヤルミルクティーを一口飲み、和子は訂正した。冬野に案内され、署にほど近い喫茶店に入った。

「あみぐるみ。ちょっと貸してもらってもいいですか」

差し出されたきれいな手に、クマを渡す。冬野は顔を覗き込んだり、体を裏返したりして真剣な顔で調べている。

「おいこら、目が回るじゃねえか。やめろ」

康雄の鬱陶《うっとう》しい声が、和子の頭に響く。

「僕も天野さんが亡くなった現場で見ました。これを拾おうとして足をすべらせ、転落したと判断されたのも事実です。捜査の後、クマは陸くんの親戚に送られたとも聞いています。しかしあなたは、天野さんは何者かに突き落とされたとおっしゃるんですね」

「はい。いま二人で事件を調べ直しているんですけど、行き詰まってしまって。ここは是非、一緒に高井さんの事件を担当した冬野さんのお力を借りるしかないということになりまして」

「天野さんらしい捜査方法だし、さっき聞いた僕の個人情報も天野さん以外の、ごく限られた人間しか知り得ません。また、死者の霊魂が人形に宿るという例も古今存在します。有名どころでは、北海道岩見沢市栗沢町の萬念寺《まんねんじ》にまつられたお菊人形。髪の毛が伸びる人形として、一九六〇年代後半から七〇年代前半にかけてマスコミで取り上げられ、大騒ぎになった。しかし実際には湿度の変化や、撫《な》でたり梳《くしけず》られたりすることによって人形の頭部に植毛された髪がずれ、あたかも伸びたかのように見えたのではないかと言われています」

「はあ」

　お菊人形？　なにそれ。キモいんですけど。堅苦しくて回りくどい話し方といい、この人、イケメンだけどちょっと変？　朗々と語り続ける冬野を引き気味に眺めていると、康雄が言った。

「すまねえな。こいつ、東大出のキャリアで頭は切れるし人柄も悪くないんだが、ちょっと変わってるんだよ。都市伝説とかネッシーみたいな怪物が大好きで、オタクって言うのか？　俺や署のお偉いさんも散々注意したんだが、『噂《うわさ》は人間の深層心理の上澄《うわず》み。僕はオカルト的見地ではなく、社会学的推論と民俗学から都市伝説の伝播《でんぱ》について探究していきたいんです』とかぬかしやがって。おかげで本庁のエリート集団では浮きまくって、あちこちたらい回しにされた挙げ句、うちの署に飛ばされてきたんだ」

「なるほど」

康雄に打った相づちを勘違いしたらしく、冬野は満足げに頷きコーヒーをすすった。

「よって、あなたの話もにわかには信じられない。いくつか質問をしてもいいですか」

「私に？」

「バカ。お前の話を聞いてどうする。俺に、に決まってるだろ」

速攻で突っ込まれ、和子は慌ててテーブルに置かれたクマを冬野に向けた。思わず胸をときめかせてしまったことが、恥ずかしい。

「洋服には無頓着《むとんちゃく》でも、下着には一家言ある天野さん。愛用のパンツは？」

「なんだ、くだらねえこと訊《き》きやがって。グンゼのブリーフ『快適工房』だ。サイズはＬＬ。色は白オンリー。冬場は、これにFukuskeのパッチを重ねばきする」

「うえ〜。いまどき白ブリーフって。パッチってなんですか？」

「大きなお世話だ。さっさと伝えろ」

康雄がわめく。仕方なく、和子は繰り返した。

「グンゼのブリーフ『快適工房』だそうです。サイズはＬＬ、色は白。冬は、Fukuskeのパッチもプラス」

「はい、その通り。では、もう一問。奥様とは新人警官時代、行きつけの定食屋の看板娘と客というシチュエーションで知り合われたそうですね。プロポーズの言葉はなんでしたっけ」

前髪をかき上げながら、冬野は淡々と質問を続ける。和子は返事を待ったが、康雄はなかなか答えない。

「どうしたんですか。教えて下さいよ、プロポーズの言葉」

「……俺のパンツを洗ってくれないか」

押し殺した声で、ぶっきらぼうに答えた。荒い鼻息には怒りが滲《にじ》んでいる。

「うわ、ダサっ。キモっ。てか、どんだけパンツが好きなんですか」

「うるせえ。あの頃は、最先端のフレーズだったんだよ」

「なんだ。康雄さんも、案外流行《はやり》もの好きのロマンチストだったんですね。奥さんも『赤毛のアン』ファンてことは、間違いなく乙女《おとめ》系だし。プロポーズの言葉も喜ばれたでしょ」

「まあな。大昔の話だけどな」

和子の脳裏に、康雄の自宅と妻・世津子《せつこ》の姿が蘇った。世津子の左手の薬指には康雄が遺影に写っていたのと同じ、細い銀の指輪がはめられていた。心労あるいは病気のせいか、指輪が少しゆるそうだったのが気にかかる。

「俺のパンツを洗ってくれないか、ですって」

笑いをかみ殺しながら和子が告げ、冬野はまた頷いた。

「結構。では、最後の質問」

「まだあるのかよ」

「一意専心《いちいせんしん》、犯罪捜査と犯人逮捕に身を捧《ささ》げてきた天野さんですが、二年ほど前に一度だけ警官に職務質問を受けたことがあります。無論すぐに誤認とわかり解放されましたが、黒歴史として本人は経歴と記憶から削除をはかっています。さて、なにが原因で職質を受けたんでしょうか」

「えっ。そんなことがあったんですか？」

康雄は再び黙り込み、鼻で荒く息をした。

「どうしたんですか、天野さん。そこにいるなら、答えられるでしょう」

「……この野郎。冬の大三角やらネロやらの、仕返しをしようって腹だな」

康雄が唸《うな》った。冬野を睨《にら》みつける気配を感じる。

「杏《あん》が……娘がレストランでウェイトレスのバイトを始めたって聞いて、ついでがあったんでちょっと様子を見に行ったんだよ。ほらあいつ、ちょっと不器用で人づきあいが下手なところがあるだろ？　そしたらトンマな店員が、『不審者が覗いてる』なんて通報しやがってよ」

「なにそれ。超イタいオヤジじゃないですか」

ついに噴き出し、和子は笑い転げた。イタいことはイタいが、世津子が言っていた仕事一辺倒で家庭や家族を顧みない冷徹な父親像とは、少し違う気がする。このエピソードを、世津子や杏は知っているのだろうか。

聞いた通りを伝えると、冬野はにやりと笑った。口角がきゅっと上がり、目尻《めじり》に小さくシワが寄る。

「正しくはついでがあったのではなく、わざわざ会議を抜け出して。ちょっと覗きにではなく、約二時間、向かいの電柱の陰から、店の中を凝視してたんですけどね。その歪曲《わいきょく》を含め、間違いなく天野さんです」

「信じてもらえるんですね」

「いえ。信じたのではなく、現象として受け止めただけです。虚言や捏造《ねつぞう》だと証明する根拠も、いまのところ見あたりませんし」

「よくわかんないけど、とにかく力は貸してもらえるんでしょう」

「程度によります。あなたは民間人だし、天野さんも殉職して、いまは警官ではありませんから。知りたいのは、陸くんの居場所ですよね」

「はい。親戚一家は、引っ越す時にどこかに預けていったそうです。高井フーズの元従業員の人たちは警察は知ってるみたいだけど、教えてもらえなかったって言ってました」

「僕から居場所を聞きだしたとして、どうするつもりですか」

「どうするの？」

康雄に尋ね返す。

「決まってるだろ。様子を見に行って、状態にもよるが、話が聞けそうだったら聞く。俺の姿を見れば、反応があるかも知れないしな」

伝えると、

「なるほど」

冬野は返し、テーブルの下で長い脚を組んだ。しばらく考え込むような顔をしてから、和子を見た。

「浪小僧《なみこぞう》はご存じですか？　静岡県某所に棲息するといわれているＵＭＡ《ユーマ》、つまり未知生物です」

「さあ。それがどうかしたんですか」

「この週末は久しぶりに休みが取れそうなので、フィールドワークに出てみようと思っています。目的地の近くには大きな病院があって、しゃれたカフェレストランも併設されている。近隣に店はないし、休憩をするならそこしかないですね」

「はあ」

だからなに？　あなたの週末の予定なんか、聞いても仕方がないんだけど。

「なにアホ面《づら》してるんだ。冬野の言いたいことが、わからねえのか。陸くんはその静岡の病院にいて、ＵＭＡ探しにつき合うって名目で連れて行ってやってもいいって言ってるんだよ」

「ああ、そういうこと。でも、バイトは完全週休二日制って約束だし。それに今週末は、友だちと下北沢に古着屋さん巡りに行く予定が」

「わかったよ。金を払えばいいんだろ。休日出勤手当だ。時給八百七十円」

「九百円」

「……足下《あしもと》見やがって。わかったよ」

「お待たせしました。浪小僧、いいですね。是非見てみたいです。私も、そのフィールドワークに連れて行っていただけますか。もちろん休憩は、その病院のカフェレストランで」

作り笑顔を冬野に向ける。

「わかりました。では、今週の土曜日ということで。これ、僕の名刺です。携帯番号とメアドもここに」

「どうも。私は名刺がないので、後で連絡先を送ります」

「ちなみに山瀬さん、ご自宅はどちらですか」

「所沢です。埼玉の」

「ふうん。所沢ね」

東大出のキャリア刑事なら、日給五千円の和子とは桁違《けたちが》いにゴージャスかつアーバンな暮らしをしてるに違いない。自宅は当然都内。港区か渋谷区あたりの、高級感とセレブ臭むんむんのタワーマンション。むろん上層階。車だって和子の家のような所沢ナンバーのカローラなどではなく、左ハンドルでボンネットの先に、黒豹とか馬とかライオンとかのエンブレムがど～んとついている。

「所沢って、『となりのトトロ』の舞台ですよね。トトロに関する都市伝説があるのを、ご存じですか？　通称『本当は怖いとなりのトトロ』」

「知りません。知りたくもないし」

「それも含め、週末に」

クールかつキザに告げ、冬野は席を立った。伝票をつかんでレジに向かい、ふと足を止めて振り返った。両足を揃《そろ》え、背筋を伸ばすと右手を額に当て、テーブルの上のクマに敬礼をした。何ごとかと他の客が視線を向ける。

「冬野のやつ……ちくしょう。なんだかんだで義理堅い、いいやつなんだよ。俺に挨拶《あいさつ》が返せれば。おい和子、俺の代わりに敬礼しろ」

「冗談でしょ。いやです」

「俺に恥をかかせるつもりか。敬礼を受けたら、返礼するのがルールなんだ。警察礼式って、国家公安委員会が定めた規則にも載ってる。いいからやれ。ちゃんと立って、背筋も伸ばせ。指を伸ばして、肘《ひじ》は肩とほぼ同じ高さだ」

せかされ、嫌々立ち上がって敬礼したが、身を縮め、指を額に申し訳程度につけただけだ。

にやり。今度はクマを見て冬野が笑った。腕を下ろすと上半身を約十五度に傾けて一礼し、すたすたと店を出て行った。

4

髪をブラッシングしながら鏡の前で顔を左右に振り、念入りにメイクをチェックした。

「よし」

「なにが、『よし』だ。悦にいってねえで、とっとタオルを外せ。俺を窒息死させる気か」

「窒息死って、もう死んでるじゃん」

小声で悪態をつき、トートバッグにヘアブラシをしまい、クマの頭をくるむミニタオルを外した。康雄《やすお》連れでトイレに入る時は、いつもこうしている。部屋で着替えをする時も同じだ。

「まったく、さっきから何度便所に入ってるんだよ」

「仕方がないでしょ。康雄さんが、電車の中でお化粧直しさせてくれないんだもん」

「当たり前だ。あんなの女の、いや、まともな大人のすることじゃねえ」

「でも、誰にも迷惑はかけてないし」

「恥の問題だ。最近の若いやつらは、仲間うちの評判や立ち位置は異常なほど気にするくせに、街中の人の目は屁《へ》とも思わない。電信柱やら、塀やらと同じだと思っていやがる」

「だって、知らない人だし。二度と会わないし」

「だからこそ、大事にしなきゃならねえんだろ。いいか。日本では昔から一期一会《いちごいちえ》、袖《そで》振り合うも多生《たしょう》の縁と言ってだな」

「やだ、八時五分前。そろそろ行かなきゃ」

腕時計を覗《のぞ》き、もう一度鏡を眺めて身支度を調えた。すとんとしたシルエットのワンピースにロングコート、ブーツというものコーディネートだが、ワンピースはほっこり系女子たちのカリスマブランド・minä《ミナ・》perhonen《ペルホネン》のものだ。ただし新品には手が出ないので、インターネットのオークションで、少し前のシーズンのものを競《せ》り落《お》とした。

「ちゃらちゃらしやがって。言っておくが、これは遊びじゃねえぞ。捜査、仕事だぞ。こっちは時給九百円も払ってるんだ」

「わかってます」

うそではない。今日のドライブの目的は、高井陸《たかいりく》くんに会うこと。それに、相手はイケメンだがオカルトマニアの変人刑事だ。そうはいっても、父・忠志《ただし》、兄・一《いっ》平《ぺい》以外の男と二人きりで出かけるのは、久しぶり。知らず、気合いが入ってしまう。

バッグを肩にかけ、出入口に向かおうとすると、すかさず康雄の声が飛んできた。

「待て。洗面台に落ちた髪を片付けてからだ」

「杏ちゃんにも、その調子でぐちぐちねちねち言ってたんですか。聞く耳持たずって態度だったでしょ。めちゃくちゃ嫌われたでしょ」

「なんでわかるんだよ」

「そりゃわかりますよ。あの年ごろの女の子にそんなこと言っても無意味、逆効果です。男の人を意識しだして、視線とかも気になりはじめる頃でしょう。小言の内容以前に、父親が自分の立ち振る舞いをじ〜っと観察してるってところがいやなの。ウザい。ぶっちゃけキモい」

「キモいだと？　俺は父親だぞ。血の繋《つな》がった親だぞ」

「そういうのが生々しくていやなんですって。とくに康雄さんみたいに普段ろくにコミュニケーションもとってないくせに、いきなり頭ごなしに言うタイプは――」

水を流す音がして、背後で個室のドアが開いた。出てきた若い女が鏡越しに訝《いぶか》しげな目を向け、和子《かずこ》から一番離れた洗面台で手を洗った。鏡の中の自分と会話する危ない女と思われたらしい。弁明したい気持ちを抑え、和子はバッグからティッシュを取り出し、散らばった髪の毛を拾い集めてごみ箱に捨てた。

駅の構内を出て歩道橋を渡り、玉川通りに向かった。待ち合わせのビルの前に、濃紺の乗用車が停まっている。運転席で冬野《ふゆの》が地図を眺めていた。

「おはようございます」

「どうも。おはようございます」

顔を上げ和子、バッグの口から顔を覗かせているクマの順に見る。

「おう」

当然のように、康雄も返す。

助手席に乗り込み、シートベルトを締めながら見ると、冬野はシンプルなタートルネックのセーターにジーンズを着て、メガネはレンズに薄く色が入ったものに変えている。髪はセットしていないが、もともとくせ毛らしく、毛先が自然な感じにはねている。スーツや制服姿はきまっているのに、休日に会ったら私服のセンスがダサダサでどん引きというパターンはままあるが、取りあえずは合格といったところだ。

「玉川通りを下《くだ》り、用賀《ようが》インターから東名高速に乗ります。浜松で高速を降り、バイパスを南下。海老名《えびな》サービスエリア近辺で若干の渋滞が見込まれますが、目的地までは四時間弱と考えていいでしょう」

「はあ」

淀《よど》みなく丁寧だが、和子と康雄、どちらに向けて話しているのか、いまいち判断がつきかねる。

「よし。行け」

康雄の声が聞こえたかのように、冬野は車を出した。

「素敵な車ですね」

脱いだコートを後部座席に置きながら、和子は車内を見回した。ボンネットに動物のエンブレムが輝く左ハンドル・3ナンバーの高級車という予想は外れ、ごくありふれた国産のセダンだった。しかし、見かけは地味でも車好きの間では有名な超レアものという可能性もある。

「そうですか。ほうぼう探して、やっと見つけたんですよ」

「やっぱり。すごく珍しい車なんでしょう。プレミアムカーってやつですか」

「ある意味そうですね。なにかと伝説の多い車です」

「伝説？」

「この車を買った人間は、半年以内に亡くなるそうです。病気や事故、自殺とか。最初のオーナーが失恋して車内で練炭自殺を図り、その呪《のろ》いがかかってるとか。まあ、全部ネットの噂《うわさ》ですけどね」

「なんだ。やめて下さいよ。一瞬どきっとしちゃった」

冬野はハンドルを握り前を向いたまま、無表情に続けた。

「でも状態の割にすごく安くて、ボンネットの裏には御札《おふだ》らしきものが何枚も貼ってありました」

「……冬野さん、この車を買ってどれぐらいですか」

「明日でちょうど半年です。ホラー映画やドラマのパターンでは、今日の夜あたりが一番危険ですね。『なんだ、なにも起こらなかったじゃないか』と胸をなで下ろした瞬間、ハンドルもしくはブレーキが利かなくなって谷底に転落。ガソリンに引火して、ドカ〜ン」

和子は黙り込んだ。知らず全身が強《こわ》ばり、踵《かかと》が床から、背中もシートから浮いている。

「なんてことは、絶対起こりませんけどね。いろいろ試した結果ですから、心配いりません」

「いろいろって、他にも噂を試したことがあるんですか」

「ええ。呪いのビデオに呪いの指輪、呪いの鏡にベッドに便座カバー、片っ端から手に入れて試しました。ちなみにいま住んでるマンションも、近所じゃ『血まみれの女の幽霊が出る』って噂らしいですよ。三年近く住んで、金縛り一つあったことありませんけどね」

「なんでそんなことするんですか」

「呪いとか心霊現象って、肯定派も否定派も結局明確には証明できないんですよ。たった一つ確かなのは、経験です。身をもって実践して白なら白、黒なら黒。それを自分にとって唯一無二の真実として先に進むしかありません」

「先に進むって、いったいどこへ」

「それはそうと、山瀬《やませ》さん。先般の『本当は怖いとなりのトトロ』。今日お話しするって約束でしたね。長くなりますが、まずはヒロインのさつきと、その妹・メイにまつわる噂からはじめましょうか」

「そんな約束してないし。もうやだ」

力なく呟《つぶや》き、ドアにもたれかかった。やっぱこの人、変。気張ってミナ・ペルホネンのワンピなんて着てきて損した。

「だから言ったろ。変わり者なんだって。余計な話を振るな。疲れるだけだから」

こちらもうんざりしたように、康雄が言った。

その後冬野は滑舌《かつぜつ》よく明確に、しかし回りくどくて微妙にカンに障《さわ》る口調で延々喋《しゃべ》り続け、話題はいつしか、「本当は怖いとなりのトトロ」から「悪霊の村・杉沢村の真実」を経て「トイレの花子さん伝説に見る現代日本の地域格差」まで広がり、和子は、生返事《なま》をしながら、車窓を流れる景色をぼんやり眺めていた。

「着きましたよ」

冬野の声で目を覚ました。いつの間にか、居眠りをしてしまったらしい。駐車場のようだ。傍《かたわ》らには白く大きな建物。眼前の海に張り出すかたちでゆるやかな曲線を描く外壁に、窓が等間隔で並んでいる。一瞬リゾートホテルかと思ったが、建物の側面には〈浜松潮《しお》の浜《はま》病院〉のアルミ文字が取り付けられている。

車を降りると、正面に病院の玄関らしきガラスのドアが見えた。

「ここに、陸くんがいるんですか？」

冬野が答えないので、仕方なく後をついて歩く。間もなく、赤い三角屋根の平屋のかわいらしい建物が見えてきた。出入口のドアの前には、〈カフェレストラン　シーサイド〉と書かれた看板が置かれている。

自動ドアから店内に入った。天井の高い広々としたフロアに、白いテーブルと籐《とう》の椅子《いす》が並んでいる。ちょうど正午を過ぎたところなので、ほぼ満席。パジャマやスウェット姿の患者と見舞客の他に、ドライブのついでに立ち寄ったと思われるカップルや、家族づれの姿もある。

「予約した冬野ですが」

レジカウンターに歩み寄り、冬野は店員に声をかけた。

「予約してくれてたんだ。変わってるけど、気は利くんだな。感心したのも束《つか》の間《ま》、案内されたのは海ではなく、病院の中庭に面したテーブルだった。がっかりしながら席に着き、メニューを開いた。海沿いのレストランらしく、カレーライスやサンドイッチの他に海鮮丼や刺身御膳《ごぜん》、パエリヤなどもある。

「ドリンク込みで、八百円以内だからな」

『伊勢海老のテルミドール・グラタン風　3、150円』を食い入るように眺めていた和子に、康雄が高圧的に言い放つ。

「わざわざ休日出勤して、浜松まで来たんですよ。もうちょっと奮発してくれてもいいと思うけど」

「甘ったれるな。今日は冬野の分も払わなきゃならねえんだぞ。経費節減は、捜査の基本だ」

「ケチ」

仕方なく、七百五十円のシーフードカレーを頼んだ。

間もなく料理が運ばれてきた。ドリアを食べる冬野との間に、沈黙が流れる。気づまりだが、また変なオカルト話をされてはたまらないので、下手に話題を振れない。仕方なく、和子は窓から病院の中庭を眺めた。冬の柔らかな日差しが、手入れの行き届いた立木と植え込みに降り注いでいる。縦横に走るコンクリートの遊歩道を看護師や家族に付き添われ、車椅子に乗ったり、松葉杖《まつばづえ》をついたりした患者が散歩していた。

「きれいな病院ですね」

「ええ。まだ開院して三年ぐらいのはずです。日本にはわずかしかない小児精神神経科があって、名医といわれている先生もいるので、わざわざ地方から診察を受けにくる患者さんも多いとか」

「なるほど。それで陸くんはここにいるんですね。でも、入院費用はどうしてるのかしら。ホテルみたいだし、すごく高そう」

「生前高井さんご夫妻がかけていた、生命保険の保険金が下りたんですよ。大半は借金の返済に充てられたそうですが、残金が少しあると聞いています」

「だけど、よくこんなにいい病院に入れましたよね。テレビで見たけど、人気のある病院って入院は順番待ちだし、診察の予約も何カ月も先までいっぱいなんでしょう。親戚《しんせき》の人は、陸くんを捨てるみたいにして置いていったって聞いてるし。コネでもあったのかしら」

冬野の返事はなかった。ほっそりした指で紙ナプキンを取って口を拭《ぬぐ》い、コーヒーをする。

「冬野、ひょっとしてお前」

康雄が呟き、同じことが和子の脳裏にも閃《ひらめ》いた。

「もしかして、この病院を探して陸くんを入院させてくれたのは冬野さん？」

「ふた月ほど前、陸くんの遠縁の方から、署に『陸を預かってくれる病院を探して欲しい』と電話があったんですよ。それをたまたま僕が受けて、偶然大学時代の友人がこの病院で働いていることを思い出し、コンタクトを取ったら、図らずもベッドに空きが見つかった。それだけのことです」

「たまたま、偶然、図らずもだと？　ちくしょう、カッコつけやがって。お前は昔からそういうやつだよ」

感極まった様子の康雄の声を聞きながら、和子は質問を続けた。

「じゃあ、お見舞いにも来て下さってたんですね。陸くんに会ったんでしょう？　どんな様子ですか」

「見舞いといっても、一度だけですよ。しかも、その時は具合がよくなくて面会はできなかった。友人を通じて時々様子は聞いていますが、事件発生時からほとんど変化はないようです」

「そうですか。今日はどうかしら」

「さあ。でも、もし体調に問題がなかったとしても、精神疾患の患者さんの場合、面会や電話で話せる相手は家族や一部の友人だけとか、医師の判断で制限されることが多いんです。とくに陸くんの場合は、事情が事情ですし」

「赤の他人の私がいきなり訪ねても、会えるわけないってこと？　でも、冬野さんが一緒ならなんとかなるでしょう。お友だちに頼むとか、身分を明かすとかして」

「無理ですね」

あっさりと返し、冬野は空になった皿をテーブルの端に寄せた。

「どうして。力を貸してくれるって言ったじゃないですか」

「程度によると言ったでしょう。今日僕は非番だし、ここに寄ったのも昼食をとるため。目的はあくまでもフィールドワーク。浪小僧《なみこぞう》です」

「だそうですよ、康雄さん」

バッグの口から顔を覗かせるクマに、指示を仰ぐ。

「まあ仕方ねえな。こいつの言ってることは、至極正論だ。とはいっても、このまま帰ったんじゃ意味がねえ。なんとかしろ。現状を打破する方法を考えるんだ」

「私が？」

「当たり前だろ。時給九百円だぞ」

言い渡され、渋々顔を上げた。顎《あご》を引き、唇をすぼめてわずかに口を開き、上目遣いに冬野を見る。

「そこをなんとか。お願い」

「アホの子のフリをしても、無理なものは無理です。口の端に、カレーのソースがついてますよ」

メガネのブリッジを押し上げ、眉《まゆ》一つ動かさずに言い放った。和子は慌《あわ》ててクマを押しのけてバッグを引っかき回し、ポケットティッシュと手鏡を探した。自慢のアヒル口をアホの子扱いされた上に、大恥をかかされた。この冬野という男、変わり者な上に性格も悪い。

「いい天気ですね」

「そうですね」

ソースを拭う手を休めず、つっけんどんに返す。

「この病院では、病状に問題のない患者さんは一日に一度散歩に出て、日光を浴びるように勧めているそうです。今日は最高の散歩日和《びより》だな」

「はあ」

「小児精神神経科の患者さんも、この時間帯に散歩をする人が多いと聞いています。ああ、本当に気持ちがよさそうだな。そう思いませんか」

妙にしつこいので手を止め、窓を振り返った。日当たりのいい中庭を、患者が付き添い人と一緒にのんびり歩いたり、ベンチに腰掛けたりしている。さっき見た時と、まったく変わらない光景だ。

「とくに、あの花壇のあたり」

言われて視線を移す。広いスペースの中央に円形の花壇が設《しつら》えられ、パンジーやシクラメン、葉ボタンなどが彩りよく植えられている。

「もっと右より。外灯の脇」

疑問とムカつきを感じながらも、視線は勝手に滑る。

花壇の周囲には芝生が植えられ、隅に背の高い外灯が立っていた。傍らには、車椅子の患者と看護師の女の姿がある。車椅子《くるまいす》に座っているのは、フリースの膝掛《ひざか》けに、フリースジャンパーを着た子ども。看護師の陰になって顔は見えないが、膝掛けとジャンパーの色からして男の子のようだ。淡いピンクのワンピースのナース服にグレイのカーディガンを羽織った看護師は身をかがめ、花壇を指して笑顔で男の子に話しかけている。看護師が体の向きを変え、男の子の顔が露《あら》わになった。写真で見た時より少し痩《や》せてはいるが、すべすべとした頬と小さな唇、柔らかそうな髪。和子の胸がどきりと鳴り、康雄は言った。

「陸くんだ」

「ですよね。どうしよう」

「行って話しかけるに決まってるだろう」

「なんて？　私、子どもは好きだけど身近にいないから、いまいちコミュニケーションに自信がないんですよ」

助けを求めるつもりで視線を向けると、冬野は立ち上がった。

「失礼。ちょっとトイレに」

「えっ。そんな」

「バカ。気を利かせてくれてるんだよ。とにかく庭に出ろ。陸くんが病室に戻っちまったら、お終《しま》いだぞ」

バッグを抱えて席を立ち、店内を見回した。奥に中庭に通じるドアがある。早歩きで歩み寄り、ドアを押し開けて外に出た。

「いいか。慎重にいけよ。つまみ出されたら終わりだ。いきなり核心に触れるのも、御法度《ごはっと》だからな」

「具体的にどうしたらいいか、言って下さいよ。想定問答的なものを提示してくれないと。マニュアルは、バイトの必須アイテムでしょう」

「捜査にマニュアルなんかあるか。状況に応じて、その場で考えて行動するんだ。失敗してもいい。自分の頭で考えることが大切なんだ」

説教なんか聞いてる場合じゃないし。頭で言い返しながら必死に頭を巡らせ、言葉を探した。陸と看護師が、どんどん近くなる。

後方で一旦《いったん》足を止め、小さく深呼吸してから小走りに二人を追い抜いた。

「わあ。きれい」

花壇を見回し、さもいま気がついたように振り向く。ぺこりと頭を下げると、看護師も笑顔で会釈《えしゃく》をした。三十代前半だろうか。大柄で固太り、黒く長い髪を後ろで一つに束ねている。

「うちも同じ花を育ててるんですけど、上手く咲かないんですよね。気温が違うのかしら。東京は、このところすごく寒いから」

「そうかも知れませんね。ここは真冬でも、十五度ぐらいあるので」

「いいなあ。それだけ暖かければ、冬でもいろんな花が楽しめますね。お花をたくさん見られてよかったね」

さりげなく、陸に話を振った。反応はない。車椅子に背中を預け、無表情に黒目がちの濁りのない大きな目を前に向けている。取りなすように、看護師が陸の顔を覗き込んだ。

「そうね。よかったね。お花大好きだもんね」

「どのお花が好き？」

和子も続いたが、陸はノーリアクションのままだ。沈黙が流れ、看護師は体を起こして車椅子の後ろのハンドルを握った。

「ちょっと寒くなってきたね。そろそろ、お部屋に戻ろうか。失礼します」

「じ、じゃあこのクマちゃんは？」

二人の後を追い、バッグの中のクマをつかむ。その脇を誰かが追い越し、看護師に歩み寄った。

「すみません。お伺《うかが》いしたいのですが」

少し鼻にかかった滑舌のいい声、冬野だ。セーターの上に、濃紺のダウンジャケットを着ている。

「はい」

「第二特殊検査室は、どちらでしょうか」

「第二？　特殊検査室って、二つもあったかしら」

「あるはずです。泌尿器《ひにょうき》科の乾《いぬい》先生に言われました」

「あらそう。おかしいわねえ」

看護師が首を傾《かし》げた。乾というのが、冬野の友人の医者らしい。

「三階の、あのあたりだと聞いていますが」

背後を振り返り、冬野は病院の建物を指して数メートル横に移動した。釣られて看護師もハンドルを放し、ついていく。

「どのあたり？」

「だからあそこ」

「よくやった、冬野。感謝するぜ。おい和子、いまだ」

興奮した康雄の声が、頭にびんびんと響く。和子は陸の正面に回り込んで膝を折ってしゃがみ、目の高さを合わせた。

「こんにちは、陸くん。私は和子。陸くんのお友だちを連れてきたの」

明るく、優しく、ゆっくりと語りかけ、右手のクマを陸の前に出した。陸の目は、まっすぐクマに向けられている。しかし、表情にも眼差《まなざ》しもぴくりとも動かない。

「クーちゃんだよ。陸くん、大好きですごく大切にしてたんでしょう。忘れちゃったのかな」

クマを揺らしたり、手を持ち上げて振ったりしながら訴えたが、陸は押し黙ったまま黒く澄んだ目でぼんやり見返すだけだ。

看護師が戻ってきて、再びハンドルを握った。

「すみません。もう病室に戻らないと」

やや声を尖《とが》らせ、和子に告げる。仕方なく道を空けると、車椅子は動きだした。クマを抱え、和子はその背中を見送った。

「時間切れですか」

冬野が隣に並んだ。

「すみません。せっかく協力していただいたのに」

「でまかせのつもりが本当に第二検査室があって、危うく尿道に内視鏡を入れられるところでした」

淡々としているが、笑いを取り励まそうとしてくれているのかも知れない。しかし和子は肩を落とし、ため息をついた。

「落ち込むことはねえよ。アドリブで、よくあれだけがんばった。七十点、いや七十五点だ。それにしても、陸くんの病状はかなり重いんだな。事件のあと俺も何度か見舞いには行ったが、その時からまったく変化がない」

康雄も声のトーンを落とし、ため息をつく。

「よほど事件がショックだったんですね。時間がかかってもいいから、元気になってくれるといいんだけど」

遊歩道の向かいを、白衣を着た医師らしき中年男が歩いて来た。歩を緩め、陸の車椅子を押す看護師は会釈をした。その時だ。ふいに陸が背もたれから体を浮かせ、振り返ってこちらを見た。黒く濁りのない目は、まっすぐに和子が胸に抱くクマに向けられている。驚いて見返すと、陸の小さくぽってりした唇がかすかに、ゆっくりと動いた。

「おい！」

康雄が叫び、冬野も身を乗り出した。和子はクマを抱いたまま立ち尽くし、陸を見つめた。

「クーちゃん」。声は聞こえず、動きもかすかでたどたどしかったが、陸は確かにそう言った。

5

迷わず、和子《かずこ》は駆けだした。看護師の脇を抜け、車椅子《いす》の前に回り込む。

「いまクーちゃんて言ったの？　そうよ。クーちゃんよ。陸《りく》くんに会わせたくて、連れてきたの」

クマを膝《ひざ》に乗せた。陸は口をわずかに開き、じっと見下ろしている。白く小さな手がゆるゆると動き、クマに触れそうになった瞬間、

「やめて下さい。あなた、さっきからなんなんですか」

警戒心剝《む》きだしの声と眼差《まなざ》しで看護師が割り込み、和子を押しのけた。

「山瀬といいます。高井さんの知り合いで、陸くんに会いに来ました」

「聞いてませんよ。面会は受付を通して下さい」

「ウソじゃありません。このあみぐるみは陸くんのもので、届けに来たんです」

「あんた、どこの記者だ。この患者さんの取材は禁止だと言ってるだろう」

白衣姿の医師も加わり、和子の前に立ちはだかる。冬野が進み出た。

「説明させて下さい。実は私は」

「誰か。警備員さんを呼んで」

車椅子の向きを変え、陸を遠ざけながら看護師が声を上げる。強《こわ》ばった空気が流れ、中庭の人々が驚いたように目を向けた。

「待って。本当にこの子は陸くんのものなの。さっきちゃんと、『クーちゃん』って呼びました。そうよね？　陸くん、もう一度言ってみて」

「バカ。焦るな」

「和子さん、落ち着いて」

康雄《やすお》と冬野の声が重なる。その時、陸に異変が起きた。悲鳴のような細いうめき声を上げ、クマに覆《おお》い被《かぶ》さり体を丸めている。伸ばされた手は硬直し、小刻みに震えていた。

「先生。呼吸窮迫です」

医師と看護師が小さな体の前に身をかがめ、慌《あわ》ただしく処置を始めた。近くにいた数名の看護師と医師も、駆け寄って手を貸す。和子と冬野は集まりだした野次馬とともに、呆然《ぼうぜん》とそれを見守った。

「よし。いまのうちに病棟に運ぼう」

「お願い。誰か主治医の山根先生を呼んで」

人垣が崩れ、看護師は慎重かつ足早に車椅子を押し、病院の建物に向かった。首もとまですっぽり毛布にくるまれた陸は、さっきよりは少し落ち着いたようだが依然俯《うつむ》いたまま、苦しそうに首を振り、細い肩を震わせている。

後を追おうとした和子の腕を、冬野が捕らえた。

「行きましょう」

「でも、陸くんが」

「大丈夫。僕らが騒いだせいで、パニックを起こしただけです。処置を受ければ、すぐによくなるはず」

「だけど」

「後で僕の友人に様子を教えてもらいます。早くしないと警備員が来る。捕まったら、やっかいなことになりますよ」

淡々とした、しかし妙に説得力のある口調で説かれた。仕方なく、冬野に続いて歩き始めた。

「おい、待て。俺を置いてく気か」

柄《がら》の悪い声でわめかれ、康雄の存在を思い出した。見回すと、遊歩道の端にクマが転がっている。駆け寄って拾い上げ、泥と埃《ほこり》を払った。

「ごめんね、ミル太。大丈夫？　ケガはない？」

「なにがミル太だ。謝る相手が違うだろ。相棒を忘れるとは、どういう了見だ」

「相棒？　誰が？　ミル太はうちの子だけど、康雄さんはただの居候《いそうろう》、憑《つ》きものでしょう」

「誰が憑きものだ。人を吹き出ものみたいに言うな。まあいい。行くぞ。早く会計を済ませて、病院を出ろ。領収書をもらうの忘れんなよ。宛名《あてな》は天野、但《ただ》し書《が》きは飲食代で」

「前から気になってたんですけど、領収書をもらってどうするんですか。税務署に申告するとか。天国の？　あ、地獄か」

「おいこら。人を勝手に地獄送りにすんな。ほっこりだのゆるゆるだの、なまけたことばっかりぬかしてるクセに、そういうところは容赦《ようしゃ》ねえな。ほら、警備員が来たぞ。もたもたすんな」

急《せ》かされ、クマを抱いて先を歩く冬野に続いた。

「陸くんは、本当に大丈夫かしら。なんだか責任を感じちゃうな。それに、さっきの様子も気になるし。声は聞こえなかったけど、はっきり『クーちゃん』って言ってましたよね」

「大丈夫だって。そのへんは冬野が上手くやってくれるはずだから、任せておけ。俺が聞いた言葉も含めて、陸くんの様子を主治医に伝えてもらおう。捜査の役には立たなそうだが、治療のヒントにはなるかも知れない」

「言葉って？」

「さっき陸くんが発作を起こした時に、俺の上に突っ伏して騒いだだろ。ほとんどは、うーとかわーとか意味不明のわめき声だったが、ひと言だけ、はっきり聞き取れたんだ」

「陸くんはなんて？」

「みんな、いなくなっちゃった」

「どういう意味かしら」

「そのまんまの意味だろ。自分だけを残して、パパもママも消えちまった。俺を見たことで、事件の記憶が蘇《よみがえ》ったんだろうな。かわいそうに」

「みんな、いなくなっちゃった、か」

呟《つぶや》き、和子は中庭を振り返った。制服姿の警備員が数人、現場に居合わせた看護師から話を訊《き》いたり、周囲を見回したりしている。慌ててクマをバッグに押し込み、身を縮めてレストランのドアに向かった。

ママズキッチンの休憩所に、クラムボンの着メロが流れはじめた。腕を伸ばし、和子はダッフルコートのポケットから携帯電話を取り出した。

「冬野さんからメールだわ」

「読んでみろ」

康雄が返す。椅子に置いたトートバッグの口から、クマがちょこんと顔を覗《のぞ》かせている。

「『昨日はお疲れ様でした。今朝、浜松潮の浜病院に勤務する友人と連絡が取れ、陸くんの容態がわかりました。病室に戻り処置を受けると発作は治まり、いまは落ち着いているそうです。僕たちのことも、上手くごまかしておいてくれるように頼んだのでご心配なく。また〈クーちゃん〉と〈みんないなくなっちゃった〉についても報告しましたが、陸くんは以前から発作時に同様の言葉を口走ることがあり、主治医も度々《たびたび》聞いているとの返答でした』だそうですよ」

「まあ、予想通りだな。取りあえず陸くんに大事がなくて、よかったじゃねえか」

「そうですね。あれ、まだなにか書いてある。『追伸　フィールドワークへの参加もご苦労様です。あいにく浪小僧《なみこぞう》には遭遇できませんでしたが、撮影した写真の中に浪小僧の巣と疑われる穴を発見しましたので、添付します』って、そんなのいらないし。それにこれ、ただの岩場じゃないですか」

「どれ見せてみろ……ああこりゃフナムシの巣だな。昨日行った海岸にも、たくさんいたじゃねえか。ほら、穴からちょっと触覚が覗いてる」

「やめて下さいよ。思い出しちゃったじゃないですか」

顔をしかめ、和子は画像を消去してチェブラーシカの待ち受け画面に戻した。大きな耳と上目遣いの黒い目が特徴的なロシアの人形アニメで、和子のお気に入りのキャラクターだ。

康雄は陸に会わせるための名目と言っていたが、病院を出たあと本当に冬野のフィールドワークにつき合わされた。日当たりと足場の悪い海辺の岩場に連れていかれ、「大きさは大人の親指ぐらい。大きな顔に狭い額、生え際がぎざぎざで、二足歩行する未確認生物」を探すように指示された。そんなミニチュアの山崎拓《やまさきたく》みたいなのを探すのはまっぴらごめんだったのだが、康雄に「これも仕事のうちだ」と言われ、仕方なく捕虫網を片手に磯臭くじめじめとした岩場を這《は》いずり回った。しかし見つかったのは小エビとカニ、イソギンチャクにフジツボ、そしてフナムシだけだった。黒光りする小さな体を寄せ合い群れをなしたフナムシが、長い触角をさわさわと動かしながら右へ左へと移動する様は、向こう三カ月は思い出すたびに無条件で鳥肌が立ちそうなほど気味が悪い。

廊下を、ばたばたぽくぽくと聞き覚えのある音が近づいて来た。ドアが開き、白ずくめの一団が休憩室に駆け込んだ。先頭に江川《えがわ》トミ子、傍らには中国人留学生の楊《ヤン》・喜順《シーシュン》、西山《にしやま》の顔も見える。

「ごめんね。バタついちゃって、なかなか休憩が取れなくて」

マスクを外し、江川が歩み寄って来た。クマをテーブルに置き、和子は立ち上がって会釈《えしゃく》をした。

「こんにちは。お忙しいところ申し訳ありません」

「いいのいいの。陸くんの居所がわかったんだって？　どこ？　会ってきたんでしょ。様子はどうなの」

小さな目を輝かせ、小鼻を広げる江川と仲間たちに椅子を勧め、昨日の出来事をかいつまみ、フィクションと辻褄《つじつま》合わせも織り込んで説明した。

話を訊《き》き終えると、江川は言った。

「とりあえず、陸くんは無事なのね。よかった。知らせてくれて、ありがとね」

「私も安心しました。陸の容態に変化があったら知らせてもらえるようにお願いしたので、皆さんにもすぐに連絡しますね」

「いい病院みたいだし、浜松なら具合がよくなったら、お見舞いにも行けるものね」

「はい。ぼく、陸くんに手紙、書きます」

西山と楊の言葉に他のメンバーも頷《うなず》き、頰《ほお》を緩める。なごやかな空気が流れる中、康雄は言った。

「今日も陳《チエン》永康《ヨンカン》がいねえな」

「陳さんは、今日もお休みですか？」

高い頰骨をさらに上げて笑っていた楊が、すっと真顔に戻った。

「陳さん、もう来ません」

「仕事を辞めたってことですか。どうして？」

俯いて黙り込んだままの楊に代わり、江川が答えた。

「他にいい仕事が見つかったみたいよ。語学学校も辞めて下宿も引き払って、楊くんも連絡が取れなくなっちゃったの」

「えっ。それって」

「まあ、いろいろあるんでしょ。陳くんはすごく働き者で高井さんにも信頼されてて、『高井フーズ二号店を出せることになったら任せたい』なんて言われてたのよ。だから、あの事件にはこの中の誰よりもショックを受けて、すっかり様子が変わっちゃって。噂《うわさ》だと――」

「江川さん」

中国語訛《なま》りの言葉と強い目を向けられ、江川は口をつぐんだ。一転して空気が張り詰め、和子の頭に康雄が小さく鼻を鳴らす音がした。

沈黙を破るようにドアが開き、男が二人入ってきた。一人は三十代後半。ワイシャツにネクタイ、ニットベストを着て「MAMA'S KITCHIN」のロゴが入った胸当てエプロンをしめている。左胸に取りつけられた名札には、「主任」とある。

「あら、吉住《よしずみ》さん」

江川の声に振り返り、吉住は充血気味の幅広二重の丸い目でこちらを見た。

「みんなお揃《そろ》いでどうしたの？　あれ、あなたは確か高井《たかい》さんの……、恵理香《えりか》さんでしたっけ。今日はどうなさったんですか」

「陸くんの居場所がわかって、知らせに来てくれたのよ。浜松の病院だって」

「本当？　そりゃよかった。容態はどうなの」

表情がぱっと明るくなる。革靴でビニールタイルの床を踏み、歩み寄ってきた。

「よくも悪くもなってないって。でも、少しだけど言葉を話す時もあるそうよ。クーちゃんのこととか、気にかけてるみたい」

「クーちゃん？　ああ、陸くんのクマか。どこに行くにも、肌身離さず持ち歩いてたもんな。前にうちの娘がちょっと借りようとしたら、大泣きしちゃって大変だったんだよ。そうか。やっぱり、すごく大切なものなんだな」

「クーちゃんは、どこにいっちゃったのかしら。見つかれば、届けてあげられるのにねえ。そうだ。このぬいぐるみを陸くんにあげたら？　お揃いなんでしょう。きっと喜ぶわよ」

「そうね。陸くんの快復が、早くなるかも知れない」

「そうですよ、恵理香さん。なんなら、僕らがこれを送るか届けるかしてもいいですよ」

江川の提案に、吉住たちが色めきだつ。和子は、慌ててクマをバッグに押し込んだ。

「私もそう思ったんですけど、お医者さんに『事件を思い出させるものは逆効果』って言われちゃって。私にとっても叔母の思い出の品ですし。あと、ぬいぐるみじゃなくてあみぐるみ。これじゃなくて、この子って呼んで欲しいかなって」

「じゃあ仕方がないですね。でも、陸くんの様子がわかってよかった。お陰で元気が出ましたよ」

「そういや吉住さん、顔色が冴《さ》えないわね。また、本部のお偉方に呼び出されて締め上げられたの？」

「そうなんだよ。ここんとこ弁当の売り上げがいまいちでさ。なのに、容器やらスプーンやらの値段はどんどん上がってるし。コスト計算が甘いとか、発注が下手だとか頭ごなしにもうこてんぱんだよ。ああ、すみませんね。こんな話して」

ため息混じりに和子に詫《わ》び、がっちりとした肩を肉厚の手で揉《も》んだ。

「大学出の、売り場なんて研修でちょろっと覗いただけの若造に言われたかないわよね。数字だけ見て経験豊富なパートさんをリストラしたり、ポイントカード会員勧誘の無茶なノルマを背負わせたりして、自分で自分の首絞めてるのがわかんないのかねえ。ほんと、吉住さんも大変だと思うわ。これから作戦会議？」

江川が顔を上げ、皆も同じ方向に目を向けた。吉住の背後に立つ男が、ぺこりと頭を下げる。歳《とし》は四十半ばだろうか。背が高く痩せているが、骨格はしっかりして特にしゃくれ気味の顎《あご》は立派だ。濃紺のナイロンジャンパーを着込み、左胸には飾り気のない白文字で「弁当　おおはし」と刺繍《ししゅう》されている。

少し前に、聞き込みで会った男だ。名前は大橋《おおはし》。小岩の食品製造会社の社長で、このスーパーに弁当と総菜《そうざい》を卸している。暁嗣《あきつぐ》や弥生《やよい》とは同業者だが、納品や会合で顔を合わせた時に挨拶《あいさつ》をする程度だったらしい。

その後しばらく江川たちと話をして、休憩室を出た。段ボールを積んだ大きなキャスター付きカゴ車が並ぶ薄暗い通路を、通用口に向かった。

「これ、どうしよう」

両手に提げたレジ袋を見下ろし、ため息をついた。帰り際、また江川たちに弁当や総菜を持たされた。

「食えばいいじゃねえか」

「これ以上太りたくないんですよ。気持ちはありがたいんだけど、どうせくれるなら、サラダとかフルーツにしてもらえないかなあ」

「贅沢《ぜいたく》言ってんじゃねえ。旨《うま》そうじゃねえか。俺のところまで、揚げたてのコロッケのいい香りがするぞ。あとは鶏の唐揚げにかき揚げ、アメリカンドックもあるな」

「どんだけ鼻が利《き》くんですか。クマだから？　だったら、康雄さんが食べて下さいよ」

「食えるもんなら食いてえよ。でも、この体じゃな。胃やら腸やらがないどころか、体中綿だらけだ。腹は全然減らないし、喉《のど》も渇かない。寂しいもんだぜ」

「当たり前でしょう。あみぐるみなんだから。あみぐるみって言えば、康雄さん。やっぱり陸くんのそばにいてあげた方が、よくないですか」

「なんだ。藪《やぶ》から棒に」

「さっきはああ言って江川さんたちをごまかしたけど、全然喋《しゃべ》らない陸くんが発作の時に唯一口にする言葉が、『クーちゃん』と『みんないなくなっちゃった』ですよ。暁嗣さんと弥生さんはもう戻ってこないけど、クーちゃんはここにいる。そばにいれば、ちょっとは快復が早くなるかも知れない」

「俺が病院に行っちまったら、捜査ができねえだろ。真犯人をとっ捕まえない限り、陸くんを救ったことにはならない。始めにそう言ったじゃねえか」

「じゃあ、同じあみぐるみを買ってあげるっていうのはどうかしら」

「できるなら、とっくにそうしてるよ。このクマは、弥生さんの手作りなんだ。『陸の誕生日に、世界に一つしかないものを贈りたい』って休みの日に編み物教室に通って、デザインから編み図まで全部一人でやったらしい」

「すごい。タッチからしてハンドメイドだろうなと思ってましたけど、まさか弥生さんとは。陸くんが大切にしていたわけですよね。でも私、江川さんたちに『陸とお揃いでプレゼントしてもらった』って言っちゃいましたよ。まずかったかな」

「とくに怪しんでるやつはいないし、大丈夫だろ」

「それにしても、なんで陸くんはミル太を手放しちゃったのかしら。事件の後、崖《がけ》の縁《ふち》にひっかかってるのを、康雄さんが見つけたんですよね」

「それは俺も考えた。事件当夜、車から出されてあちこち歩き回ってるうちに落としたか、手放した時に風で飛ばされたか」

「そんなのおかしいわ。子どもにとってお気に入りのぬいぐるみは心の支え、自分の一部なんです。さっき吉住さんも、娘さんが借りようとしたら大泣きして大変だったって話してたでしょ。ましてやそんな状況なら、絶対に手放したりしないはず。それに康雄さん、この子を取ろうとした時に、後ろから誰かに突き飛ばされたんでしょう。ねえ、ひょっとして」

言うが早いかクマを取り、歩きながら上下に振ったり、胴体に耳を押しつけたりした。

「やめろ。目が回るじゃねえか。そんなとこ触るな。くすぐったいぞ、おい」

ふと視線を感じ、顔を上げた。前方に立つ制服姿の警備員が、怪訝《けげん》そうに見ている。素知らぬふりでクマをバッグに戻し、警備員に来客者バッジを返して通用口から外に出た。

アスファルトが敷かれた広いスペースの左右は、出入り業者のための駐車場になっている。行き交うトラックやワンボックスカーに注意しながら歩いていると、知った顔を見つけた。

「大橋さんだ」

駐車スペースの一つにボディの両脇に社名をペイントしたワンボックスカーを停め、開けたトランクの前でなにかの作業をしている。

「ついでだ。話を訊いておけ」

「どうせなにもないですよ。それに私、あの人苦手なんですよね。無愛想だし、なんか暗いし」

「捜査に私情を持ち込むなと、何度言わせりゃ気がすむんだよ。確かに愛想はねえが、経営者としては優秀らしいぞ。弁当も、そこそこ旨いものを作ってる」

「旨いとかまずいって、それこそ私情だと思うんですけど」

ぶつくさ言いながら、歩み寄って声をかけた。手を止め、大橋が振り返った。

「どうも先ほどは。あと、先日はお仕事中にお邪魔してすみませんでした。しつこく申し訳ないんですけど、叔母夫婦のことでなにか思い出したりしていませんか」

「別にないけど」

「ですよね。失礼しました」

「ああ、そう言えば」

低く太い声に足を止め、和子は振り返った。深いアイホールの奥の細い目が、無表情に見返してくる。

「どうかしました？」

「高井さんとは、挨拶程度のつき合いだったんだけど」

「はい。先日も、そうおっしゃってましたよね」

「この間あんたが帰ってから、車を運転しててふっと思い出したんだよ。事件の前にも同じように仕事で街を走ってて、何度か高井さんを見かけたなって」

「どこで？　どんな様子でしたか」

「このあたりの道端とか、高井さんちの近くとか。いつも難しい顔で話をしてた」

「誰と？」

「若い男だよ。黒いスーツを着て坊主頭とオールバックの二人組。ヤクザっぽくて、高井さんを脅してるみたいだった」

「なんだ。そいつらか。借金の取り立て屋だよ。嫌がらせで、わざと家のそばとか目立つ場所で恫喝《どうかつ》するんだ。他にも何人か目撃したって人がいたろ。事件のあと署にしょっ引いて話を訊いたが、人を脅すしか能のねえケチなチンピラだよ」

がっかりして康雄が説明し、和子も小さく頷く。

「あとは中年の男。ごま塩頭で、黒い革ジャンを着てる」

「ごま塩頭？　革ジャン？　そりゃ知らねえな。俺が調べた時には、そんなやつは浮かんでこなかった。おい、和子」

「詳しく教えてもらえますか」

「高井さんが亡くなる二カ月ぐらい前かなあ。駅裏の小さな飲み屋街のバーで、話し込んでるのを見かけたんだ。挨拶しようと思ったけど、すごく深刻な雰囲気だったからやめた」

「その男の名前は、わかりますか？　なにをしている人ですか？」

「名前は知らないけど、このあたりのスーパーとか、会合なんかで時々見かける顔だよ。確か、食材の出荷団体か卸業者の人だったと思う。ああごめん。もう行かなくちゃ」

腕時計を覗き、大橋は片付けを始めた。

「ありがとうございました。もしかしたら、またお話を伺《うかが》うかも知れません。よろしくお願いします」

大橋は無言で頷くとトランクを閉め、運転席に乗り込んで車を出した。

「怖いけど、悪い人じゃないみたい」

「だろ？　旨いものを作るやつに、根っからの悪人はいねえんだよ。それにしても、今日は大収穫だな。ようやく事件《ヤマ》が動きだしたぞ。風雲急を告げるってやつだ」

「風雲？　昔のバラエティ番組の名前ですよね。CSで再放送を見ましたよ。ビートたけしが殿様の恰好《かっこう》をして、エントリーした視聴者が池に落ちたり、悪魔に追いかけ回されたりするやつ」

「バカ。それは『風雲！たけし城』だ。風雲急を告げるっていうのは、昔のことわざで事態が急展開するとか、緊迫した状況になるとか——バイト代払った上に、なんでこんなこと教えてやらなきゃいけねえんだよ。まあいい。とにかく、帰って会議だ。明日から、新しい捜査をはじめるぞ。いま大橋から聞いた男の正体を探り、高井さんとの関係もつきとめる。それと平行して、もう一つ。陳永康の足取りを追う」

「陳永康って、中国人の留学生ですよね。高井フーズの元従業員の。なんでいまさら。スーパーの仕事も辞めちゃって、行方不明なんでしょ」

「だから捜すんだよ。陳には俺も会ったが、本当に高井さんを慕ってたようで、ガキみたいに泣きじゃくってロクに話も聞けなかった。さっきの江川の口ぶりじゃ、生活も人柄も変わっちまったみたいだし、引っかかるんだ」

「はあ」

「なにが、はあだ。ぼ〜っとしてんな。テンション上げろ。ここからが本番だ。刑《デ》事《カ》の血が騒ぐぜ。この感覚、久しぶりだな。く〜っ、たまらん」

薄気味悪い声を上げ、康雄は騒いだ。

「うわウザ。暑苦しいのに寒いってどういうこと？　てか、康雄さんに騒ぐ血なんてあるんですか。さっき、『体中綿だらけ』って言ったじゃないですか」

「うるさい。黙って歩け。帰る前に買い物をするぞ。懐中電灯にＩＣレコーダー、デジタルカメラ」

「ちょっと待って」

ばたばたと、バッグからペンとメモを出した。ペンはドイツ製、メモはフランス製、どちらもネットの輸入文房具ショップで買ったお気に入りだ。康雄は「捜査にちゃらちゃら悪目立ちするものを使うな。日本人ならペンはぺんてる、ノートはコクヨだ」とうるさいが、聞く耳は持たない。

「あとは東京の地図だ。歌舞伎町《かぶきちょう》と大久保《おおくぼ》、池袋《いけぶくろ》あたりができるだけ詳しく載ってるやつを買え。そうだ。中国語の辞書と会話集もいるな」

「歌舞伎町に大久保って……あのう、大丈夫なんですか。なんかうっすら不吉な予感が」

「ごちゃごちゃ言ってねえで、しっかりメモれ。買い物したら、領収書を忘れんなよ。宛名は天野。但し書きは捜査資料、もしくは備品で」

和子の不安をよそに、康雄はテンションとテンポをさらに上げ、喋り続けた。

第三章

仕事も便秘も

ARE YOU TEDDY?

1

池袋《いけぶくろ》駅で電車を降り、北口改札から地下通路を進んだ。仕事帰りのサラリーマンと、夜の街に繰り出す若者たちで通路はごったがえし、せわしなく濁った空気が立ちこめている。

「やだ。もう五時半じゃないですか。今日は定時で上がりますからね。表参道《おもてさんどう》のセレクトショップに、お取り置きしてもらってるムートンブーツを取りにいくんです」

「ムートンブーツ？　ああ、最近若い女が履いてるやつか。あんなマタギみたいなの、どこがいいんだ。それに、ありゃムレるぞ。足が臭くなるし、水虫の温床《おんしょう》だ」

「ちょっと、やめて下さい。あと、マタギってなに」

「本当だって。俺は三十年来の水虫の飼い主なんだ。汗かきで脂足な上に、一年中革靴だろ？　しかも捜査会議の最中や、これからガサ入れみたいな時に限って、猛烈にかゆくなるんだよなあ」

「やめて下さいったら。そんなカミングアウト、してくれなくて結構です。汗かきで脂足で水虫って、どこまでオヤジなんですか。その上ハゲデブで説教好きって、カード揃《そろ》いすぎ。オヤジのロイヤルストレートフラッシュ」

顔をしかめぶつぶつと呟《つぶや》く和子《かずこ》に、若い男がすれ違いざまちらりと視線を投げかけていく。

その日は朝一《あさいち》でママズキッチン篠崎街道《しのざきかいどう》店を訪ね、楊喜順《ヤン・シーシュン》に会った。陳永康《チエン・ヨンカン》の行方について話を訊《き》こうとしたが、固い表情で「知らない」と繰り返すだけだった。次に陳が住んでいるという大久保のアパートに向かったが、既に引き払った後。そこで近くの陳が通っていた日本語学校に行くと、同級生だったという数人の男に会うことができた。事情を話していくばくかの金も渡し、陳は学校を辞め池袋に移ったとの情報を得た。

篠崎に大久保に池袋。この事件に絡んでくるのは、なぜ揃いも揃っておしゃれ度皆無な街なんだろう。聞き込みに行くにしろ、代官山や自由が丘、せめて渋谷あたりなら楽しいのに。しかし、そんなことをグチろうものなら、康雄《やすお》に「ふざけるな」「人の生き死にがかかってるんだ」「バイト代払わねえぞ」と、ドヤされるのは目に見えている。

階段を上がり、地上に出ると日はとっぷり暮れていた。頬《ほお》に吹きつける北風が冷たい。ピーコートのポケットから、ニットの手袋を出してはめた。淡いグレーで、甲の部分にケーブル模様の編み込みが入っている。和子の憧《あこが》れのモデル兼デザイナー、雅姫《まさき》さんのブランド・ハグ オー ワーのものだ。

「なるほど。こういうことか」

康雄の声に顔を上げた。通りの両側に、大小のビルがぎっしりと建ち並んでいる。ファストフードショップやカラオケボックス、飲み屋などが多いが、中にぽつりぽつりと店頭に派手な提灯《ちょうちん》をぶら下げ、赤や黄色の看板に読み方がよくわからない漢字の店名が並ぶ中国料理店や雑貨屋、漢方薬局などがある。

「大久保近辺は、ここ数年の間にすっかり韓国系の街になっちまったらしい。最近じゃ中国人は、池袋の北口周辺に集まるようになってる」

「そう言えば、ニュースで見たことあるかも。ここで商売をする中国の人たちが池袋チャイナタウンとかいうのを作ろうとしてて、地元の人たちと対立してるとかなんとか」

「よく知ってるじゃねえか。お前にしちゃ、上出来だ」

「少し前に、外資系の輸入雑貨の会社に入ろうと思って勉強したんです。でもそこの入社試験、問題が英語だったんですよ。なにを訊《き》かれてるのかわからなきゃ、勉強しても意味ないですよねえ。あんなの詐欺《さぎ》だわ。もともと英語は苦手だし。服や雑貨も、アーリーアメリカンよりフレンチカントリーやスカンジナビアモダンが好きだし」

「なにがスカンジナビアモダンだ。能書きだけはいっちょまえな、スカポンタン娘のクセに。おい、着いたぞ。ここじゃねえのか」

わめかれて足を止め、傍《かたわ》らのビルを見上げた。鉄筋五階建てで、間口が狭く奥に広い。一階には、出入口の左右に派手なパッケージに中国語がプリントされた菓子や乾物、酒などを山盛りにしたワゴンを並べた店が入っている。中国食料品店のようだ。ビルの側面と上階の窓ガラスにも、「中国電脳」「休閑男女装」など中国語で書かれた看板が見える。バッグからメモを出して確認すると、確かに元同級生の中国人が教えてくれたのは、この食料品店だ。

「すみません。ちょっと教えていただきたいんですが」

店頭で、ワゴンにインスタントラーメンらしき袋を並べている若い女に声をかけた。小柄小太りでフリースのジャンパーを着込み、黒く艶《つや》やかな髪は後ろで一つに束ねた上、前頭部に幅の広いカチューシャをはめている。

ラーメンの袋をつかんだ手を止め、女は和子を見た。細い目に高い頬骨《ほおぼね》、すっぴんらしいが、色白で肌のキメも細かい。

「こちらに陳永康さんはいますか」

返事はなかった。目に警戒の色が浮かぶ。

「私は村野《むらの》といって、陳さんが前に働いていた江戸川区の弁当屋の者です。陳さんが店に忘れていったものを届けに来ました」

康雄と打ち合わせした通りの口実を明るく無邪気に、他意を感じさせない口調と笑顔で告げる。

ぷいと横を向き、女はラーメンを持ったまま店に入っていった。間もなく、奥から中年男が出てきた。白髪頭を短く刈り込み、ゴルフセーターとタックの入ったスラックスを着ている。

「そういう人は、ここにいない」

無表情に唇の薄い口だけを動かし、中国風のアクセントで告げた。フレームの大きな金縁の眼鏡は、左右の蔓《つる》の付け根にダイヤモンドが埋め込まれている。

「陳さんの日本語学校のお友だちに聞いてきました。忘れ物を渡したいだけなんです。陳さんは半年前まで、私の叔母夫婦が経営する弁当屋で働いてくれていました。高井《たかい》フーズといいます。叔母の名前は弥生《やよい》、叔父は暁嗣《あきつぐ》です」

「高井フーズ?」

「そうです。陳さんは叔母夫婦のことをすごく慕ってくれて、一生懸命働いてくれていました。でも、少し前に叔母たちは亡くなって、お店も閉めてしまったんです。ほらこれ。見て下さい」

バッグから携帯電話を出し、液晶画面を見せる。画面には生前、暁嗣たちが高井フーズの従業員たちと撮った写真が表示されている。渋る楊に「話したくないならいい。でも、一つだけお願いを聞いて」と、得意のアヒル口も織り交ぜて頼み込み、転送してもらったものだ。

画面に見入っていた男は顔を上げ、顎《あご》で通りの奥を指した。

「エビス通り。パチンコ屋の隣のビル。六階」

「ありがとうございます！　そこに行けば、陳さんに会えるんですね。お店かなにかですか」

しかし男は踵《きびす》を返し、店の奥に姿を消した。

通りを歩きはじめて間もなく、それらしき横道に行き当たった。ビルの谷間に走る狭くごちゃついた通りで、出入口の左右には、細い斧《おの》の刃を内側にして立てたようなデザインのシンボルゲートがある。

「ここ？　ちょっと勘弁なんですけど」

頭上を覆うようにビルの側面から突き出た看板は、ざっと眺めただけで飲み屋と風俗店、パチンコ屋に質屋とおしゃれ度数は測定不能。反対に、危険度メーターはレッドゾーンに突入だ。

「いい歳《とし》こいて、なにビビってんだ。こんなもん、日本中の繁華街にあるありふれた横丁じゃねえか。それにお前、『お散歩中に目にとまった裏通りにふらっと寄り道して、お気に入りのお店を見つけるのが好き』とか言ってただろ」

「その裏通りとこの裏通りは、全然違うの。こんなところで、お気に入りの店なんて見つかるはずないし。見つかったら大問題だし。そもそもこれ、お散歩じゃないし」

「うるせえな。俺はプロだ。本当にヤバい場所や、人間の見分けはつく。ここは大丈夫だし、いまの食料品屋の連中も、警戒してるだけで悪い人間じゃない。心配すんな。ど〜んと行け」

断言され、渋々通りに入った。行き交うのはスーツ姿の中年男のグループと、ダークな色合いの服に身を包んだ目つきの鋭い男たちばかりだ。傍らの電柱には、「防犯カメラ作動中」と書かれたプレートが取りつけられている。その横には、赤地に白抜きの大きな文字で、「禁止拉客　警視庁池袋警察局局长」と書かれた看板もある。字面《じづら》から察するに客引き禁止という意味だろうが、通りの隅にはアジア系の外国人と思われる男がぽつぽつと立ち、通行人の男に歩み寄ってはなにか囁《ささや》きかけている。

目指すビルは通りの奥にあった。茶のタイル張りの雑居ビルで、一階に中国料理店が入っている。ガラスのドアを押し、ビルのエントランスに進んだ。壁に並ぶポストの住居人表示プレートを見ると、他にマッサージ店や中国語の新聞社などが入っているらしい。

エレベーターで六階に上がり、ホールに出た。ビニールタイルが敷かれた薄暗い廊下に、黒いドアが並んでいる。トートバッグを抱き、エンジニアブーツの底を床に擦《す》りつけるようにして、静まりかえった廊下を進んだ。

「何号室かしら。さっきのおじさん、部屋番号は教えてくれませんでしたよね」

「待て」

「どうかしたんですか」

「しっ。耳を澄ませろ」

足を止め、言う通りにした。かすかに音がする。固く軽いものがぶつかり合うような、じゃらじゃらという音だ。傍らのドア、604号室から聞こえてくるらしい。インターフォンを前に躊躇《ちゅうちょ》する和子の頭に、康雄の声が響いた。

「あ～そうそう。お前、さっき言ってたマタギブーツの店に行った時、他にも気に入ったものがあっただろ。赤ん坊のよだれかけか、ローマ法王の上っ張りみたいな」

「よだれかけでも、上っ張りでもありません。ニットのポンチョ。別名ケープ。この冬の流行アイテムです。それがどうかしたんですか」

「そうそう、パンチョだ、パンチョ。手持ちの金がなくてマタギだけ取り置きしたんだが、えらく心残りな様子だったよな。なんならバイト代の前借りってことで、捜査費でパンチョを買ってもいいぞ」

「それホントですか⁉　あとパンチョじゃなくポンチョ。パンチョは、頭髪の怪しいプロ野球ニュースの元解説者」

「本当だ。男に二言はない。ただし、陳への聞き込みが条件だ。六時までにがっつり、八十点以上のネタを訊き出してもらわねえと——」

康雄のご託《たく》が終わるのを待たず、和子はチャイムを押した。さっきまでとは別人のような、機敏な動きだ。ややあってチェーンをかけたままドアが開き、肌が浅黒く目の細い男が顔を覗《のぞ》かせた。

「こんばんは。こちらに、陳永康さんがいると伺《うかが》って来ました」

「ココ、カイイセイ」

「は？　快晴？　今日は曇りでしたけど」

「バカ。会員制だ。会員しか入れないって言ってんだよ」

舌打ちとともに、康雄の突っ込みが入る。

「いいえ、お店に入りたいんじゃなくて、陳さんに忘れ物を届けにきたんです」

「ダメ。カイイセイ」

暗い目で繰り返し、男はドアを閉めようとした。とっさに、和子はドアの隙間《すきま》に片足を突っ込んだ。男は糸のような目をつり上げて中国語でなにかわめき、両手でノブを引っ張り、革靴の足で和子のブーツのつま先を蹴《け》ってドアを閉めようとした。しかし、ブーツは見てくれだけ模したものではなく、つま先の内側に薄い鉄板が入った本格的なエンジニアブーツだ。価格は、税込み三万八千八百五十円也。この手のハードなアイテムを、フェミニンなワンピースやニットに合わせるのが、このところの和子のブームになっている。

男はさらに目をつり上げ、声も裏返してノブを引っ張り、和子の足を蹴った。負けじと和子もノブを引き、足を踏ん張る。

「忘れ物を渡したいだけって、言ってるじゃん。さっさと陳さんを呼びなさいよ」

知らず、声も言葉も荒っぽくなる。おしゃれとかほっこりとかゆるゆるとか、日頃掲げているキーワードからはほど遠いが、この際知ったことではない。和子の脳裏には、表参道のセレクトショップで見たポンチョが浮かんでいた。色は、こっくりしたブラウン。薄く肌触りのいいアルパカニットで、全体に透かし編みが施されている。価格は、税込み一万二百九十円也。

そうだ。あのパンチョをマタギ、じゃない、あのポンチョをムートンブーツと合わせたら……かわいい。すごくかわいい。この冬一番の、おめかしコーディネートだ。ああどうか、売れずに残っていますように。こんなことをしている間にも、誰かが目をとめ、買ってしまうかも知れない。そんなのダメ。あれはもううちの子、私のための一品なんだから。

ドアの奥から別の声がして、男の蹴りが止《や》んだ。ノブをつかんだまま振り向き、男は興奮した口調で誰かと喋《しゃべ》っている。ややあって男は引っ込み、入れ替わりで別の男が顔を出した。

「高井弥生の姪《めい》の恵理香《えりか》です。あなた、陳永康さんでしょう」

「姪？」

「そうです。ほら、これが証拠」

バッグをまさぐり、クマをつかんで突き出す。

「クーちゃん！」

「そう。陸《りく》のとお揃いのクマです。信じてもらえました？　陳さんに、渡したいものがあって来ました」

「どんなものですか？」

「すごく大事なものです。時間は取らせないし、迷惑もかけません。お願いします」

戸惑ったような顔をした後、男は小さく頷《うなず》いた。和子が足を引くと一旦《いったん》ドアが閉まり、チェーンを外してから、再び開いた。

「ありがとう」

陳は気まずそうに目を伏せ、ぺこりと会釈《えしゃく》を返した。歳は二十二、三歳。ひょろりと背が高く、青白くごつごつと骨っぽい顔立ちをしている。飾り気のない白いワイシャツに黒いスラックスは、ユニフォームだろうか。

「こっちです」

促され、室内に入った。短い通路を抜けてドアを開ける。とたんにむっとした人いきれと煙草のけむり、大声で交わされる中国語の会話が押し寄せてきた。

広いフロアに四角く大きなテーブルがずらりと並び、黒いビニール張りの椅子《いす》に男たちが座っている。テーブルの天板は緑に塗られ、側面は大理石模様のプラスチックで、四面すべてになにかの数字が表示された横長の液晶が取りつけられている。実物を見るのははじめてだが、麻雀《マージャン》卓だろう。どうやらここは雀荘らしい。

男たちは煙草をくわえたり、酒を飲んだりしながら天板の上の牌《パイ》を眺めたり並べ直したりしている。一ゲームが終わったのか、牌を手のひらでかき混ぜながら天板に開いた穴に落としているテーブルもあり、さっき廊下で聞いたのと同じじゃらじゃらごろごろという音がした。客も従業員も中国人ばかりらしく、女の姿はない。陳に続き和子が隅の通路を進むと、数人の客が手を止め、目を向けた。

壁際のカウンターに入り、奥の厨房《ちゆうぼう》に進んだ。狭い厨房のコンロの前で、Tシャツに汚れたエプロンをしめた男が、隣で作業をする男になにか怒鳴りながら大きな中華鍋《なべ》を振っている。その後ろを抜け、突き当たりのドアを開けた。六畳ほどのスペースにパイプの二段ベッドが二つとスチール製で縦長のロッカーが三竿《さお》、事務机が一つ押し込まれている。床には段ボール箱や空港のタグが巻かれたトラベルキャリー、バッグなどが足の踏み場もなく置かれ、二つのベッドの間に渡された洗濯ひもには、着古したTシャツやトランクス、靴下などがかけられている。

「ここに住んでるんですか?」

バッグを抱いてドアの前に立ったまま、和子は訊《たず》ねた。事務所兼ロッカールーム兼従業員の住居らしい。無言で頷き、陳は左手下段のベッドに腰掛けた。ベッドには、薄っぺらい布団と毛玉だらけの毛布が丸まっている。ヘッドボードには数枚の写真と御札《おふだ》のような紙が貼《は》りつけられ、UFOキャッチャーで取ったと思われるぬいぐるみなどもぶら下げられていた。

「忘れ物ってなんですか」

陳が言った。アクセントは多少怪しいが、きれいな日本語だ。和子はバッグから携帯電話を出し、さっきと同じように暁嗣たちと高井フーズ従業員の写真を見せた。

「陳さんにこれを見せて欲しいと、楊さんや江川《えがわ》さん、他の従業員のみなさんに頼まれました。みんな、陳さんを心配していますよ」

康雄のでっち上げで、楊にも江川にもそんな伝言は頼まれていない。しかし、みんなが陳のことを心配しているのは本当だ。陳は手渡された携帯電話の液晶画面を、じっと眺めている。厚ぼったい一重まぶたの目にはさまざまな色が浮かび、揺れている。しかし、あちこちひび割れた薄い唇はきつく引き結ばれたままだ。

今度はクマを見せ、和子は言った。

「この間、この子を連れて陸の病院に行きました」

「本当に⁉　陸くんは、どうしてますか。病気は治りましたか」

「残念だけど、まだ治療中です。でも、この子を見て『クーちゃん』って言ってくれました。陸もがんばって病気と闘っているんです」

「そうですか」

「陳さんのことは、亡くなる前に叔母から聞いていました。頭がよくて真面目《まじめ》で、とっても信頼できる人だって。叔父も頼りにしてて、『弁当屋の仕事に向いてる。高井フーズの二号店を出せることになったら、陳くんに任せたい』って話してたそうです。陳さんも叔母たちのことを、大切に思っていてくれたんでしょう？」

「はい。僕は日本語がなかなか上手くならなくて、アルバイトもたくさんクビになりました。でも、高井さんは僕が失敗したり、仕事を覚えるのが遅くても、怒らないで丁寧に何度でも教えてくれた。それどころか、中国語を勉強して話しかけてくれたり、『うちの弁当を買うお客さんには、中国の人もいるはずだから』って、意見を聞いてメニューや味付けに取り入れてくれたりしました。嬉《うれ》しかった。日本に来て初めて居場所を見つけた。自分を必要としてくれる人に会えたと思いました」

「じゃあ、なおさらあの事件はショックだったでしょうね。警察の人から、陳さんはすごく泣いて悲しんでくれたって聞きました。覚えてません？　生え際がM字型に後退してて、そのくせお腹《なか》はせり出した人相の悪い刑事さん」

和子の頭に、康雄の荒い鼻息が響く。押し殺した怒りがむんむんと伝わってくるが、話を進めたいのか突っ込みはなしだ。

「高井さんが亡くなったと聞いた時は、すごく驚いて信じられなかった。でも本当だってわかって、悲しくて怖くなって」

「うんうん。わかるわ。叔母はお店が上手くいってないことを、私にはひと言も話してくれなかったんです。でも、陳さんは知っていたんでしょう？　どうしてこんなことになっちゃったのかな。二人とも真面目で、いつも一生懸命だったのに」

「そうです。すごくがんばってた。でも、野菜とか肉とか弁当の容器とか、どんどん値段が上がる。注文も減ってるのに、取引先の人たちは値段を下げろって言う。

二年ぐらいの間に、知り合いのお弁当屋さんがたくさん潰《つぶ》れました。潰れないところも従業員を減らしたり、材料や調理法をお金や手間がかからないものに変えたりした。だけど、高井さんは違いました。『みんなはうちの家族だから』って言って、誰もクビにしないし、仕事も手抜きや妥協は絶対にしなかった」

「その結果、借金がどんどん膨らんでいってしまったのね」

「はい。高井さんも奥さんも『大丈夫』って言ってたけど、お店に借金取りが来たり、電話もかかってくるようになって」

「でも、知り合いの社長さんが大口の注文をくれて、しばらくはしのげることになったんでしょう。おかしいですよね。どうして心中なんか。叔父からなにか聞いていませんか？　頼りにしてた陳さんになら、本音を漏《も》らしてたんじゃないかしら」

「いえ。高井さんは僕がなにを訊いても、『大丈夫』『心配ないよ』って笑うだけでした」

「そう」

力なく相づちを打った和子の頭に、康雄の野太い声がした。

「ロボコン０点。そこで諦《あきら》めるなら、パンチョもなしだぞ」

「０点？　ひどくないですか。ロボコンってなに？」

あみぐるみのクマに向かって真顔で憤慨《ふんがい》する和子を、陳がぽかんと見た。壁の時計に視線を走らせると五時五十七分。たったの三分で八十点の成果を上げなくてはならない。

和子はクマをバッグに放り込み、床に散らばる品々を飛び越えて陳に歩み寄った。

「さっき、叔母たちの事件を信じられなかったって言ったわよね？ 私も同じ。いまでも二人があんな亡くなり方をしたことが、受け入れられないの。だから叔父や叔母が言ったことや、やったことはなんでも知りたい。先に進むきっかけが欲しいの」

斜め上から目を覗き込んで訴える。陳は驚いて身を引きながらも、和子を見返した。しばしの沈黙の後、陳が口を開いた。

「亡くなる三日ぐらい前、店を閉めて帰ろうとしたら高井さんに『いろいろありがとう。俺にもしものことがあったら、みんなを頼む』って言われました。いつもとは違って、暗くて思い詰めたような顔でした」

「それで？」

「それだけです」

「本当に？ 他になにか言われたり、頼まれたりしませんでしたか」

「本当です。それだけです」

首を大きく横に振り、断言した。その時、和子の腕時計のアラームが鳴った。午後六時、タイムオーバーだ。

がっくりと肩を落とし、和子はため息をついた。

「わかりました。お忙しいところありがとうございました。そうそう。楊さんにだけでも、連絡してあげて下さい。本当に心配してましたよ。ママズキッチンの吉住《よしずみ》さんも、『仕事に戻ってきて欲しい』って言ってたし」

「嬉しいけど、みんなといると高井さんを思い出して辛《つら》いんです。ここの仕事は楽しくないけど給料はいいし、まわりもみんな中国の人だから」

「なるほどね。でも、部屋はもうちょっときれいにした方がいいかも」

呟き、陳のベッドに目を向けた。ヘッドボードの写真に目がとまる。一枚はレンガの壁の古い家の前に、数人の男女が立っている。陳の家族写真のようだ。みんな身につけているものは粗末だが、笑顔ははじけるようだ。陳も別人のようにいきいきとした目をしている。隣の一枚は最近のものらしく、陳はジーンズにフリースのジャンパー姿だ。どこかの家の居間のソファに座り、膝《ひざ》に小さな男の子を乗せている。陸だ。隣には色違いのフリースジャンパーを着た暁嗣が座り、おどけた顔でピースサインを突き出していた。写真と少し間を空け、UFOキャッチャーのぬいぐるみと、瀬戸物の人形がぶら下げられていた。人形は、高さ五センチほど。白い猫らしき動物が、右手を顔の横に上げて座っている。招き猫だが、顔はやや面長で赤や金、黄色を多用した色遣いが中国風だ。

「これ、かわいいですね」

迷わず身をかがめ、手を伸ばした。とたんに陳が人形を奪い取る。

「ダメです。これは大事な人形なんです。風水のおまじないがかかってる。人に触らせちゃ、いけないんです」

「ごめんなさい。中国の人って風水を大切にするって聞いてたけど、本当なんですね。ちなみに、どんなおまじないなんですか」

「言っちゃいけないんです。僕、もう仕事に戻らないと」

早口で答え、人形を両手で包み腰を上げた。

陳に礼を言い、雀荘を出た。エレベーターに乗り込むと、和子は俯《うつむ》いてため息をついた。

「おい、なんだそれは。無闇《むやみ》にため息をつくな。二酸化炭素が増える。地球に優しくないぞ」

「なんとでも言って下さい。どうせ、ロボコン0点ですから。あ〜あ。パンチョとマタギ、じゃない、ポンチョとムートンブーツですっかりコーディネートができあがってたのに。なんかもう、セレクトショップに行くのも、気が重くなってきちゃった」

「いまの聞き込みのことか？　大収穫じゃねえか」

「えっ、マジ？　どこが？」

「高井さんたちが亡くなったのを知って、陳は悲しくて怖くなったって言っただろ。殺人ならともかく、自殺だぞ。悲しいのはわかるが、怖いってのは変だ」

「そうかなあ。陳さんてナイーブそうだし、怖いって思うのも、わかる気がしますけど」

「それだけじゃない。高井さんが陳に残した、『俺にもしものことがあったら、みんなを頼む』って言葉。これから死のうっていう人間が言うにしちゃ、おかしい。せいぜい俺がいなくなったらとか、なにかあったらだろ」

「そんなの、受け取り方の違いでしょう。私はおかしいと思いませんけど」

「あとはベッドの写真。思い出すのが辛いからスーパーの仕事を辞めたクセに、枕元で高井さんが笑顔でピースサインだ。とどめは瀬戸物の招き猫だ。お前が触るのを阻止した時の反応は、明らかに普通じゃない。怪しい。なにかある」

「なにかって、なんですか」

「わからん。しかしあいつは絶対になにか知ってるし、隠してる。姿を消される可能性があるから、無闇に突っ込めないのが辛いところだけどな」

「えっ、てことは0点じゃないの？　合格？　八十点オーバー？」

「ああ。実際は、いいとこ七十三点だけどな。七点は難しいやつを相手に、がんばったごほうびだ。ありがたく思えよ」

歓声を上げ、和子は飛び跳ねた。エレベーターがぐらりと揺れる。一階に着くやいなや飛び出し、通りを駅に向かって小走りで戻り始めた。

「明日からは、もう一つの捜査に移るぞ。弁当屋の大橋《おおはし》から聞いた謎《なぞ》の男捜しだ。出荷団体か、卸業者の人間らしいって言ってたから——おい、聞いてるのか？　ばたばたするな。目が回る」

「待っててよ。絶対売れないでいてね。いま、迎えに行くから」

呟き、和子はさらに足を速めた。康雄の声はまったく耳に入らない。酔客たちの間をすり抜け、客引きの前を通り過ぎ、駅を目指した。

パンチョ、マタギ、パンチョ、マタギ。歩みに合わせ頭の中でリズミカルに繰り返される。すっかりパンチョとマタギになってしまっているが、いまの和子にとっては些細《ささい》なことでしかない。

2

大橋の会社は新小岩《しんこいわ》駅にほど近い、蔵前橋《くらまえばし》通りの裏手にあった。敷地いっぱいに、パネル張りの建物が二棟建てられている。奥の三角屋根の大きな建物は工場、手前の四角い建物が事務所だ。敷地の広さと社屋の大きさは、高井フーズの倍はある。事務所の出入口の左右に停《と》められた自転車とスクーターを見ると、従業員の数も多そうだ。

「お忙しいのに、度々《たびたび》申し訳ありません」

和子の挨拶《あいさつ》に大橋は小さく頷《うなず》き、黒革のソファに座った。社長室とは名ばかりの狭く日当たりも悪い部屋だが、ソファセットだけは大きく立派で、ガラステーブルの上に置かれたクリスタルガラスの灰皿も、テレビの二時間ドラマに殺人事件の凶器として登場しそうなほど分厚く、重たそうなものだ。

「今朝電話でお話しした通り、叔父が亡くなる前に会っていたという男の人について伺《うかが》いたいんです。大橋さんも、見覚えのある顔だっておっしゃってましたよね」

「多分ね」

短く返し、ワイシャツの広い背中をソファに預ける。会うのは三度目だが、深いアイホールの奥の細い目には相変わらず表情がない。

「出荷団体か卸業者の人ってお話でしたけど、どこかわかりませんか。中年でごま塩頭で、黒い革ジャンを着てるんですよね。他に思いつくことがあれば、教えて下さい」

大橋が黙り込んだ。表情も眼差《まなざ》しも、ぴくりとも動かない。

「どんなに小さなことでもいいし、ご迷惑はおかけしないって約束します。生前の叔母夫婦を知っている人から、話を聞きたいだけなんです。私、どうしてもあの事件が信じられなくて」

大橋が立ち上がった。驚いて身を引いたが大橋はふいと横を向き、自分の机に戻った。椅子に座り、引き出しを開ける。

「ご都合かご機嫌が悪いようでしたら、後日改めてということで失礼して」

うろたえてコートとバッグを抱えたとたん、康雄の声が飛んできた。

「おいこら。失礼してどうする」

「だって明らかに迷惑そうだし、協力する気ないし。やっぱり私、この人苦手」

「これ」

低く太い声がした。大橋が長い腕を伸ばし、なにか差し出している。近づいて受け取ると、プラスチック製の使い捨てライターだ。黒いボディには、店の名前らしき英語のロゴがプリントされている。

「高井さんと男を見かけたバー。そこに住所も書いてある。でも、あんまり柄《がら》のいい場所じゃないから、一人では行かない方がいいよ」

「はあ。どうも」

「男の歳《とし》は多分五十代半ば。小柄だけどがっちりして、顔は面長《おもなが》だった。彫りが深くて」

「ちょっと待って下さい」

片手を突き出して話を止め、もう片方の手でバッグをまさぐり、ペンとメモをつかむ。なにを考えているかはわからないが、協力する気はあるらしい。

「目元のきりっとした結構な二枚目で、俳優のあの人に似てたな。時代劇でよく見る……そう、伊吹吾郎《いぶきごろう》」

「SMAPの？」

「アホ。そりゃ稲垣吾郎《いながきごろう》だろ。いつ稲垣吾郎が、『水戸黄門』に出たんだよ。格《かく》さんになったんだよ」

頭の中に、康雄のハイテンポな突っ込みが響く。

「そんなこと言われても。とにかく、キーワードは伊吹吾郎なんですね。ありがとうございました。もしなにか思い出したら、連絡を下さい」

「わかった。でも、本当に気をつけなよ」

帰り支度《じたく》の手を止め、和子が顔を上げると大橋と目が合った。依然なんの感情も読み取れないが、二つの目は初めて、まっすぐに和子に向けられていた。

再度礼を言い、社長室を辞した。廊下を進みドアを開け、事務所の建物から出たとたん、車のクラクションがした。通りの先にショッピングカートを押した老婆《ろうば》が立ち、後ろに短い車列が出来ていた。自転車置き場の自転車のうちの数台が、狭い歩道をふさぐようにして停められている。老婆はそれを避け、車道に出たがカートが思うように捌《さば》けず、立ち往生してしまったらしい。

「おい」

「わかってます。大丈夫ですか？」

老婆に歩み寄ってカートを持ち上げ、歩道の先に置いた。待ち構えていたように、車列が流れだす。

「ありがとう。助かったわ」

「いえ。この自転車、邪魔ですよね。いま、どかしますから」

笑顔で応《こた》え、自転車の荷台に伸ばした手が止まった。ありふれたママチャリだが、ぼろぼろで荷台はサビだらけ、おまけにタイヤには泥がたっぷりこびりついている。仕方なく手袋を外してポケットに押し込み、両手で荷台をつかんだ。腕を伸ばして腰を引き、できるだけ体から遠ざけながら自転車を移動させる。

「なんだ。そのへっぴり腰は」

「仕方がないでしょ。ブーツを汚したくないんです」

肩に掛けたトートバッグから顔を覗《のぞ》かせたクマに向かって話す和子を、老婆がきょとんとして見た。ウールのワンピースにニットポンチョをはおり、手にはミトンの手袋、靴は薄茶色のムートンブーツという出《い》で立《た》ちだ。ワンピース以外は全部昨日就業後に表参道に行き、康雄から前借りしたバイト代で買った。手袋は購入予定ではなかったが、ポンチョと同ラインのアイテムで限定品、しかもさっき入荷したばかりと聞いて買い物魂が燃え上がり、試着室に飛び込んで康雄を説得し手に入れた。

再びクラクションが鳴らされた。背後に白い乗用車が停まっている。夢中になり、知らないうちに車道に出てしまったらしい。慌《あわ》てて歩道に戻ろうとしたが、手元のバランスが崩れ、自転車が倒れそうになる。とっさに腕を伸ばしてハンドルとサドルをつかみ、覆い被さるようにして車体を支えた。ほっとしたのも束《つか》の間《ま》、じゃり。足から不穏な音と感触が伝わってきた。ブーツの右足首に、泥の固まりがべったりとついている。

悲鳴を上げ、猛スピードで自転車を自転車置き場に押し込んでブーツの泥を払い落とした。しかし、濡《ぬ》れた粘土質の泥はスエード加工されたシープスキンにこびりつき、こすっても引《ひ》っ掻《か》いても黒ずみが取れない。

また、クラクションが響いた。車道に出てしまったらしい。和子は顔を上げ、背後のタクシーに目を向けた。

「うるさい」

知らず、ドライバーを睨《にら》みつけていた。豪快な舌打ちと、ドスの利《き》いたふてぶてしい声は、我ながら康雄にそっくりだ。

「あら、大変。汚れちゃったの？　いまティッシュをあげるから」

申し訳なさそうに言い、老婆はカートに向かった。腰が悪いのか、手を当てわずかに前傾姿勢になっている。

「大丈夫です。後で落としますから」

「ごめんなさいねえ。でも、助かったわ。ここはいつも自転車がはみ出してて、みんな迷惑してるのよ。町内会の方から注意をしてもらって、しばらくはよくなるんだけど、すぐに元通り。昔はこんなことなかったのに」

「そうなんですか」

「先代の社長さんの時は、ちゃんとしてたのよ。息子さんに代替わりしてからは、工場を建て替えたりして景気はいいみたいだけど、自転車の停め方とか、ゴミの出し方とかめちゃくちゃ」

「なるほど」

その後老婆は、固辞する和子に「気持ちだから」とカートから出したみかんを押しつけ、歩き去った。

「ああもう、最悪。おろしたばっかりなのに、こんなシミ。どうしよう」

老婆の姿が消えるやいなや、ぼやいた。身をかがめ、指先で未練がましくブーツをこする。

「うるせえな。仕事に、そんなちゃらちゃらしたもん履いてくるからだ」

「だって康雄さん、ゆうべ『捜査は新たな局面を迎える。気合い入れてかかれよ』って言ったじゃないですか」

「ボケ。俺は気を引き締めろって意味で……まあいい。とにかく収穫はあった」

「収穫？　なんの？」

「おいおい、いまの婆さんの話を聞いてなかったのか。この工場の評判だよ。前に言っただろ。『ピラミッドの一番下にいる人間を見れば、てっぺんにいるやつの器量がわかる』って。どうやら、あの大橋って男もひと癖ありそうだな」

「そうかしら。いろいろ教えてくれて、不器用だけど親切な人だと思ったけど。てかこれ、マジで落ちないんですけど。スエードだから、水洗いするわけにもいかないし」

「いいじゃねえか。ただのシミじゃない。人助けの結果、名誉の負傷だ。人間、生きてりゃ、どのみちまっさらってわけにはいかない。だったら納得できるシミ、誇りに思えるキズを作れ。そうすりゃ人にどう思われようと、胸を張って生きられる」

「出た、説教。話を無理矢理スピリチュアル本とか、自己啓発セミナーみたいな方向に持ち込んで、ごまかそうとしてません？」

突っ込み、疑惑の視線をクマに向ける。頭の中に、豪快かつ下品な舌打ちが響いた。

「おい、昼だぞ。さっさとメシを済ませろ。ただし、パソコンがあってインターネットが使える場所にしろよ」

「ネットカフェってことですか。なんで？」

「大橋から聞いた話を整理して、捜査資料を作る。午後からは、ママズキッチンに行くぞ」

「はいはい。江川《えがわ》さんたちから、話の裏を取るんでしょ」

うんざり返したが、「裏を取る」という言葉に、いつになく快感を覚える。

「イナガキゴロウ？　ＳＭＡＰの？」

一重の小さな目を丸くして、楊喜順《ヤン・シーシュン》は訊《き》き返《かえ》した。やや厚めの唇の端に、ハンバーガーのソースがついている。

「違います。伊吹吾郎。ベテランの俳優さんです」

首を横に振り、和子は用意してあった紙を取り出した。ネットカフェで伊吹吾郎の画像を検索し、プリントアウトしたものだ。首を伸ばし、楊と西山《にしやま》が覗き込んだ。二人ともいつもの白衣とゴム長姿で、休憩室のテーブルについて昼食をとっている。他のテーブルにも、同じように食事や休憩中の従業員の姿がある。

 やや遅れて、江川が紙を覗いた。もぐもぐと口を動かし、持参の弁当を食べている。

「知ってるわよ。水戸黄門の格さんでしょ。この前までの合田雅吏《ごうだまさし》くんも悪くないけど、やっぱり格さん役は伊吹さんが一番だったわ」

「似た人を見たことないですか？」

「知らないわねえ。こんないい男を見たら、絶対忘れないと思うんだけど。西山さんはどう？」

「見たことないわ。楊くんは？」

「わからないです。ごめんなさい。主任さん、どうですか」

和子の手から紙を取り、楊は背後のテーブルを振り向いた。吉住が紙コップのコーヒーを飲みながら、書類の束に目を通している。

「えっ、なに。ああ、この人。『救心』のコマーシャルに出てた人だよね。時代劇の役者だっけ。それがどうかしたの」

「亡くなる前、叔父が似た人と会っているのを見た人がいるんです」

「見たって誰が？」

「弁当屋の大橋さん」

和子の返答に、江川たちが反応した。大橋のことを知っている様子だが、声や表情に非難めいたニュアンスが感じられる。苦笑いをして、吉住《よしずみ》はコーヒーをすすった。

「そんな顔しないでよ。そりゃ愛想《あいそ》はよくないし、経営者としては高井さんとは正反対のタイプだけど、僕が本部から押しつけられた無茶を、文句一つ言わずに引き受けてくれるし、助けられてることも、たくさんあるんだから」

江川たちがしらけた顔で食事を再開し、吉住は和子に向き直った。

「大橋さんがそう言ったんですか。う～ん。でも、僕は知らないなあ。お役に立てなくて申し訳ない」

「そうですか」

「おい、しっかりしろ。肝心なことを忘れてるぞ」

康雄に言われて思い出し、慌てて付け加えた。

「その人は、伊吹さんより少し若いそうです。五十代半ばぐらい。小柄だけどがっちりして、ごま塩頭。黒い革ジャンを着ていたって聞いてます」

「ふうん」

「あとは、食材の出荷団体か卸業者の人かも知れないって。会合で見た覚えがあるそうです」

「そう……自信はないし、ひょっとしたらなんですけど」

「自信がなくて結構。ひょっとしたら大歓迎。ご迷惑もかけません」

「古谷《ふるや》さんかも知れない。潮《うしお》商店っていう千住《せんじゅ》にある卵の卸業者の人で、ここら一帯の担当者のはずです。うちは卸を通さずに生産者さんから直接仕入れてるからつき合いはないけど、顔だけはなんとなく。体は小さいのに、妙に濃くて苦み走った二枚目だから目立つんですよ」

「なるほど」

「よっしゃ。階段を一段上がったぞ。このまま調子よく、ストトトーンといこうぜ」

暑苦しく康雄が騒ぐ。和子ははやる気持ちを抑え、ドイツ製のペンを猛スピードで走らせ、フランス製のノートに「古谷　潮商店　千住　卵卸　二枚目」と書き留めた。

吉住の説明と康雄の知識、ネットで検索もかけて、卵の流通ルートについて勉強した。

3

鶏卵業者から出荷された卵はGPセンターという施設に運ばれ、洗浄後サイズ別に選別され、キズや汚れのあるものを取り除き、殺菌してパックやダンボールに詰められ、各地の市場に出荷される。その後、卸業者の手を経てスーパーマーケットや食料品店などに届けられ、店頭に並ぶらしい。公式サイトによると、潮商店は老舗《しにせ》の卵卸業者で社員は三十人弱、足立区千住の本社の他に大田《おおた》や神田《かんだ》の青果市場の中にも営業所がある。古谷はこの道三十年のベテランで、江戸川区内のスーパーや飲食店、食品加工・製造会社などから発注を受け、配送もしているという。

「いまだ。ほら、行け」

康雄にせかされ、和子はハンドルを握ったままシートから身を乗り出し、左右を窺《うかが》った。

「早くしろ。後ろが詰まってるぞ」

バックミラーには、軽トラックが映っている。日が暮れ、ドライバーの顔は見えないが、白いボディから苛立《いらだ》ちのオーラが立ち上っているような気がする。

意を決し、アクセルを踏んで車を出した。とたんに甲高《かんだか》いクラクションが響き、左後方からヘッドライトの光が差し込む。ぎょっとして急ブレーキをかけると、車体は前のめりに揺れ、トートバッグが助手席の床に転がり落ちた。康雄がうめき声を上げるのと、車体の脇すれすれを派手な電飾でデコレーションした大型トラックが走り抜けていくのが同時だった。窓ガラス越しに、トラックのドライバーの罵声《ばせい》も聞こえた。

車列が途絶えるのを待ってなんとか右折し、住宅街の中の狭い通りに入った。片手でバッグを拾い上げたとたん、説教がはじまった。

「バカ野郎。死にたいのか。前方確認と一時停止は、運転の基本中の基本だぞ」

「だって、康雄さんが早くしろって言うから」

「交差点の中で待つ時は前を向いたままでいろ、ハンドルを右に切るなって教えただろ。だから、女の運転はダメなんだ。よくいままで事故を起こさなかったな」

「だから、東京で運転するのは自信がないって言ったでしょ。所沢《ところざわ》は、こんなに車が多くないもん。道だって広いもん」

「開き直ってどうする。お前がモタモタしてるから、古谷の車を見失っちまったじゃねえか」

「行き先はわかってるんだし、ぎゃあぎゃあわめかないで下さいよ。気が散るでしょ。もし事故っても、『あみぐるみに取《と》り憑《つ》いた悪霊刑事のせいで、ハンドル操作を誤りました』なんて言えないんだから」

「おいこら。言うに事欠いて、悪霊とはなんだ」

騒いでいる間に、目的地が見えてきた。住宅やマンションなど低層の建物が立ち並び、並んだ街灯の下を犬の散歩をする老人やスーパーの袋を下げた中年女などが行き交っている。その先に、三階建てのビルがある。間口が狭く奥行きが深いつくりで、二階のベランダの外壁には、〈鶏卵卸・販売　潮商店〉とペンキで書かれた大きな看板が取りつけられていた。

ビル手前の、電信柱の陰に車を停めた。小型の白いセダンで、今朝レンタカー屋で借りたものだ。携帯電話を耳に当て、通話のための停車と見せかけて前方を窺った。一階は倉庫で、煌々《こうこう》と点《とも》された明かりが、開け放たれたシャッターから通りに漏《も》れている。庫内には小型の段ボール箱が積み上げられ、淡いペパーミントグリーンの作業服を着た男たちが出入りしている。出入口の両脇には、箱形のトランクに店の名前がペイントされた小型トラックが数台停められ、中には見覚えのあるナンバーのものもある。古谷が配達に使っている車だ。

間もなくシャッターが降り、ビルから私服に着替えた男たちが出てきたが、古谷の姿はなかった。二階の事務所に明かりが点っているので、残業をしているのだろう。通りを行き交う人もまばらになった午後九時過ぎ、シャッターが開き、古谷が出て来た。小柄でがっちり、ややがに股《また》の体を年季の入った黒革のジャンパーとスラックスで包み、胸に段ボール箱を数個抱えている。日焼けしてシワも多いが、彫りが深く整った顔は遠目にも目立つ。

古谷は自分の車に歩み寄り、トランクのドアを開けて段ボールを積み込んだ。その後も何度か往復し、段ボールを運んだ。

康雄が鼻を鳴らした。鼻息を吹きかけられたようで気持ちが悪く、和子は夕食のおにぎりを食べるのをやめ、眉《まゆ》をひそめた。

「あいつ、どうも臭うな」

「そうかなあ。尾行を始めてから五日になるけど、怪しいところはないじゃないですか。遅刻、早退、勤務中のサボりは一切なし。取引先の人の評判もいいみたいだし」

「それはわかってる。しかし、暁嗣《あきつぐ》さんとの接点が見えない。取引はなかったようだし、プライベートの知り合いでもなさそうだしな」

「同じ業界にいるんだし、なにかしらつき合いがあったんじゃないですか。それより、本人に直接話を訊いちゃった方が早くないですか」

「まだ早い。おい、古谷が車に乗り込んだぞ。尾行しろ」

仕方なくおにぎりを包装フィルムの上に置き、キーを回してエンジンをかけた。

古谷の車は荒川《あらかわ》沿いに南下し、橋を渡って江戸川区に入った。船堀《ふなぼり》街道をしばらく走り、通り沿いに建つファミリーレストランに入る。しばらく間を空けて和子も続き、店舗脇の駐車場に車を停めた。数台の車が停まっているが、古谷のトラックはない。車を降り、足音を忍ばせて店の裏手に回った。勝手口の前の業者用駐車スペースに、トラックを見つけた。トランクの前で、古谷が段ボール箱を下ろしている。

「ここって、昼間も配達に来たお店ですよね。配達漏れか、追加注文でもあったのかしら」

「その割には、態度が妙だけどな」

言われて見直すと、古谷は手慣れた様子で荷下ろしをしながらも、全身から緊張感を漂わせ、時折きょろきょろと左右を見回している。

「二日前にも、同じことがあっただろ。西葛西《にしかさい》の中華料理屋だ。同僚たちが帰った後に会社を出て、こっそり卵を届ける」

「確かに」

潜《ひそ》めた声で同意し、店舗の外壁の陰から古谷を眺めた。下ろした段ボール数箱を抱え、足早に店の勝手口に向かう。

「車に近づいて、様子を見てみろ」

「え〜っ。見つかったら、どうするんですか」

「うるさい。とっとと行け」

仕方なく、中腰のすり足で車に近づいた。開け放たれたドアから、トランクを覗く。汚れやへこみの目立つ壁に囲まれた四角い庫内を、車内灯が黄色く照らしている。中央に、鶏のイラストがプリントされた段ボール箱が積まれていた。

「持ち出して、中を調べろ」

「そんなバカな。泥棒ですよ。犯罪ですよ」

「いいから早くしろ。ほら、古谷が戻って来ちまうぞ」

切羽詰まった口調に煽《あお》られ、一箱を抱え上げて駐車場に戻った。箱を車のトランクの上に乗せ、金具を外して蓋《ふた》を開けた。凹凸《おうとつ》のある紙製のシートが重ねて敷かれ、薄茶色の卵が収められている。

「一個割ってみろ」

卵を一つ取り、駐車スペースの奥の花壇にかがみ込んだ。コンクリートづくりで、ツツジが植えられている。コンクリートの角に当ててヒビを入れ、殻を割った。薄暗がりに目をこらし、幅五センチほどの縁《へり》に落ちた卵を眺める。

「普通の卵じゃないですか」

「いや。よく見てみろ。黄身に盛り上がりがなくて、白身も水っぽい。産み落とされてから、二週間は過ぎてるぞ。恐らく、売れ残りの在庫品だろう」

「でも、潮商店は『新鮮・安心・美味』がキャッチフレーズで、毎朝産みたての卵を鶏卵業者から運んでるんですよね。なんで、こんなものを配達しているんですか。しかも、人目を避けるようにこそこそと。康雄さん、ひょっとしてこれって——」


ふいに、背後から肩をつかまれた。振り向く間もなく、硬く重たいものが背中にのしかかってきた。安物の整髪料が入り交じった、男の体臭が鼻を突く。振り払おうとしたが、抱きかかえるように押さえ込まれて身動きが取れない。

「ヤバいぞ。おい和子、悲鳴を上げろ。助けを呼べ」

康雄は言ったが、首の下に回された腕に喉《のど》をしめつけられ、悲鳴はおろか呼吸も上手くできない。バッグが肩から滑り、アスファルトに転がった。

男はさらに大きくのしかかり、和子を横倒しにしようとした。和子は身をよじり、足もばたつかせて抵抗した。揉《も》み合《あ》ううちにムートンブーツを履いた足がバッグに乗り上げ、康雄が悲鳴を上げる。足裏の感触からして、クマの頭か腹を踏みつけたらしい。

恐怖と焦りでパニックを起こした頭の隅で、ふと違和感を感じた。足がずるずると下がるような感覚がある。誰かが後ろから、トートバッグを引っ張っているようだ。しかし、男の両腕はがっちり和子の体に回されている。

「く、苦しい。和子、足だ。足を蹴《け》れ」

康雄のうめき声で、我に返った。首の下に回された腕をまさぐり、右手の爪《つめ》で男の手の甲を引っ掻いた。頭の後ろで短い声が上がり、体を押さえ込む力がわずかに緩む。すかさず、和子は身を起こし、右足を勢いよく後ろに上げて、男の膝《ひざ》や脛《すね》にローキックを連打した。さっきより強く大きな声が上がり、首と体の拘束が解かれた。振り向くと、黒い革ジャンの古谷が体を折り、両手で脚を押さえている。

まずトートバッグの存在を確認し、抱え上げた。頭の中に、康雄が激しく咳《せ》き込《こ》む音が響く。続けて、ブーツに向けた視線が固まった。右足首にやや色は薄くなったが、シミが一つある。大橋の工場で、自転車を移動させる時に負った名誉の負傷だ。しかし、左足の脇にも黒く大きく、横に擦《す》れたようなキズがついている。向きからして、揉み合っているうちに古谷の足がぶつかったのだろう。

ひどい。左足まで。心を貫いたショックは、ただちに煮えたぎるような怒りに変わった。腕を伸ばし、和子はトランクの上の段ボール箱をつかんだ。振り返り、

「ざけんな、コラ。このスカポンタンが！」

巻き舌で叫ぶやいなや箱を振り上げ、微塵《みじん》の躊躇《ちゅうちょ》もなく、うつむいた古谷の額の真ん中に叩《たた》きつけた。

喉の奥から少年マンガの擬音のような声をもらし、古谷は崩れ落ちた。

古谷の痛みと、和子の怒りが落ち着くまでに十五分ほどかかった。

「はい、これ」

仏頂面《ぶっちょうづら》で顔を背けたまま、ポケットティッシュを差し出した。古谷はアスファルトに座り込んだまま受け取り、一枚を引き抜いて額に当てた。箱は軽く、勢いも強くはなかったが段ボールの角が直撃したため、赤く腫《は》れあがり、わずかだが出血していた。周囲には凶器の段ボールと、飛び出して割れた卵が散乱している。

「大したケガじゃなさそうで、よかったな。お前は大丈夫か？」

康雄が訊《たず》ねた。まだ声が少しかすれている。和子のブーツに、胸をもろに踏みつけられてしまったらしい。和子が頷くと、ため息をついた。

「しかし驚いたぜ。最近の若いやつらは、キレるとなにをしでかすかわからないってのは知ってたが、まさかお前がな。しかも、あの堂に入った怒鳴り声。『このスカポンタンが』って、ほっこりもっこり言ってる時とはまるで別人。猫目小僧《ねこめこぞう》の総長ばりの迫力だったぜ」

「やめて下さい。ブーツを汚されて、ついカッとなっただけです。もののはずみ、なにかの間違い。元はといえば、康雄さんのせいですよ。このバイトを始めるまではあんな言葉遣い、死んでもしなかったのに。スカポンタンってなに？　ディズニーアニメ？　それはポカホンタスか」

バッグから顔を覗かせたクマに向かい、ぶつぶつとノリツッコミを返した。視線を感じ、顔を上げると古谷が薄気味悪そうに見ている。

「あんた、なんなんだ。ここんとこ、ずっと俺の後をつけてただろう。なにが狙《ねら》いなんだ」

「だから、さっき説明したでしょ。私は高井暁嗣の姪《めい》なの。ある人から生前叔父があなたと会ってたって聞いて、話しかけるタイミングをはかってるうちに、こういうことになっちゃったんです」

「本当に高井さんの姪なのか。話を聞きたいだけなのか」

「本当だってば。あなたこそ、どうなんですか。この卵はどういうこと？　ちゃんと説明して下さい。じゃなきゃ会社とか、警察とかにバラしますよ。証拠は揃《そろ》ってるんだから」

腕を伸ばし、素早く卵の段ボールを拾い上げる。ブーツのキズが目に入り、また胸がむかむかしてきた。

「わかったよ。実は俺、半年ぐらい前に友だちに頼まれて借金の連帯保証人になったんだ。ところがその友だちに逃げられて、五百万の借金を抱え込むハメになった。女房は怒って実家に帰っちまうし、ガキはこれから大学受験だし、頼れるような知り合いもいないし。そうこうしてるうちに取り立てが始まって、焦ってつい」

「取引先の担当者を口説いて売れ残りの卵を安く卸し、小金を稼いで返済に充てていた」

「取引先の担当者を口説いて売れ残りの卵を安く卸して、小金を稼いで返済に充ててたんですね？」

康雄の推測をリピートして迫ると、古谷は目を伏せて頷いた。

「呆《あき》れた。それってつまり、ええとなんだっけ」

「食品偽装だ。ボケ。見出しだけでもいいから新聞に目を通せって言ってるだろ」

「そう、食品偽装。連帯保証人のことは気の毒だと思うし、古い卵だって知っていながら裏取引に応じた相手もひどいけど、あんまりじゃない？　この五日間、自分の仕事に誇りを持ってるプロって感じで、周りの人にも信頼されてて、カッコいいなと思ってたのに」

「わかってる。金を受け取るたびに、ほっとする反面、ひどい自己嫌悪を感じてた。でも、あんたにバレたと気づいたら、つい焦って……悪かったよ」

力なく返し、古谷はがっくりと肩を落とした。ごま塩頭と眉毛に割れた卵のカスがこびりつき、伊吹吾郎似の二枚目が台無しだが、根は悪い人ではないのかも知れない。

「お前が言うな、と言いたいところだが八十六点。キレっぷりもいいが、説教もなかなかいいぞ」

「やめて下さい。じゃあ、叔父と会っていたのも裏取引のため？」

「そうだ。工場がヤバいと聞いたんで、適当な理由をつけてバーに呼び出して卵を安く仕入れないかと持ちかけた」

力の抜けた声で返し、古谷は投げ出していた脚を引き寄せて胡坐《あぐら》をかいた。

「もちろん、叔父は断ったんですよね。そんな誘いに乗るわけないわよね」

「いや」

きっぱりと言い、古谷は顔を上げた。

「高井さんは誘いに乗った。俺が売った売れ残りの卵で、弁当や総菜《そうざい》を作ってたよ」

4

「そんなバカな。叔父夫婦が亡くなってるからって、適当なこと言わないでよね。罪をかぶせて言い逃れしようったって、そうはいかないわよ」

卵の段ボールを振り上げてキズのついたブーツの足を踏み出し、和子は古谷を睨《にら》みつけた。

「言い逃れなんかじゃない。本当だ」

「おい、待て。感情的になるな。相手の話を聞くんだ」

康雄《やすお》にいさめられ、和子はしぶしぶ段ボールを下ろし、話を続けるよう視線で古谷を促した。

「俺だって信じられなかったよ。高井さんたちの弁当や総菜へのこだわりはすごくて、昔からどんなに営業をかけても、『自分で探し出して、契約してもらった鶏卵業者さんがいるから』って取り合ってくれなかった。いくら工場が傾きかけてるからって、売れ残りの卵なんか買うはずがない、下手すりゃぶん殴られるか保健所に突き出されるぐらいの気持ちで、恐る恐る持ちかけたんだ。そうしたらあっさり、『よろしくお願いします』って」

「言ったんですか？　叔父が？」

「ああ」

頷《うなず》き、古谷は額からティッシュを外した。出血は止まったようだが、腫《は》れは引かず、たんこぶになっている。

「借金とか、仕入れ業者への支払いなんかで相当追い込まれてたらしい。バーで俺と話してる間にも、携帯に支払いの催促らしい電話が、何度もかかってきてた。あんなに明るくていつも生き生きしてた人が、すっかりやつれて顔色も悪くて、気の毒なぐらいだったよ」

「だからって、弱みにつけ込むようなことして。最低。そりゃ、古谷さんも借金で辛《つら》かったんだろうけど。私だって、いつもクレジットカードのキャッシングもリボ払いも限度額いっぱいだから、わからなくもないけど。でも、同じ境遇で苦しんでる人を悪事に引きずり込むなんて、一番しちゃいけないことでしょう。あなたみたいな人を、カクチっていうのよ」

両手で肩にかけたトートバッグのショルダーを握りしめ、捲《まく》し立《た》てた。胸に、今日までに聞き込みをした人々の顔が蘇《よみがえ》る。みんな心底辛そうに、時には涙を浮かべて事件について語り、本当に楽しげに慈《いつく》しむように高井夫妻や陸についての思い出話をしていた。

古谷はくっきりした二重の大きな目をきょとんと開き、和子を見た。

「カクチ？　女優の？」

「それは賀来千香子《かくちかこ》。あれ、違ったっけ。カチク？　あ、キクチか」

「ボケ。菊池は桃子。鬼畜《きちく》だろ。もういい。古谷をこれ以上責めても仕方がない。それにどんなに追い込まれてようが、上手く口説かれようが、高井さんが自分で選んだ結果だ。しかし、おかしいな。工場で使ってる卵が突然、目に見えて粗悪なものに変わったら、従業員にバレるだろう。高井さんが口封じをしてたって可能性もあるが、江川たちに隠しごとをしているような素振りはないしな。そこんとこ確認してみろ」

「了解」

　バッグのクマに向かって神妙に頷く和子を、また古谷が薄気味悪そうに見る。

「高井フーズの従業員さんたちは、叔父があなたから売れ残りの卵を仕入れていたことを知っていたんですか」

「いや、知らないと思う。高井さんは理由をつけて、いつもの鶏卵業者に発注する卵の量を半分に減らし、残りを俺から仕入れた卵で補ってたんだ。現場はバタついてるし、一度に大量の卵を調理する。新しいのも古いのも混ぜちまえば、わかりゃしないよ」

「わかりゃしないよって、いばってどうするのよ。そういうのをトウジンモウモウしいっていうの」

「トウジンモウモウ？」

「ボケ。そりゃ、盗人猛々《ぬすっとたけだけ》しいって読むんだよ。モウモウって牛かよ。鳴いてどうするんだよ」

「うそ。盗人って書いて、ぬすっとっておかしくない？　音読み？　訓読み？　じゃなきゃ本気と書いてマジと読むとか、代紋と書いてエンブレムと読むみたいなヤンキーマンガチックな——」

「いいから少し黙ってろ。ただし、帰りに本屋で国語辞典を買えよ。捜査費用じゃなく、自腹でな。四字熟語辞典とことわざ辞典も一緒だ」

「え～っ、なにそれ。ああ、なんかもう訳わかんないんだけど」

パニックを起こし、天を仰いでわめいた。また殴られると思ったのか、古谷はびくりとして立ち上がった。

「とにかく、悪かったよ。俺のことを警察や保健所に言うのか？」

「当たり前でしょ」。喉元《のどもと》まで出かかったが、言葉にはできなかった。胸に再び高井一家を愛し、夫妻の死に心を痛めている人たちの顔が浮かぶ。弁当や総菜に売れ残りの卵を仕入れていたと知ったら、江川や楊《ヤン》たちはどんな顔をするのだろう。

和子の葛藤《かっとう》に応《こた》えるように、康雄は低く落ち着いた声で言った。

「この副業は、今夜限りすっぱりやめること。続けようとしても無駄だ、ちゃんと見張ってると言ってやれ。それから、借金の保証人の件はいい弁護士を紹介してやると伝えろ。古い知り合いなんだが、生前に俺から話を聞いてたってことにすれば、任意整理なり自己破産なり力になってくれるはずだ」

和子が康雄の言葉を伝えてやると、古谷はまたアスファルトに座り込み、ぺこぺこと頭を下げた。

「わかった。金輪際《こんりんざい》こんなことはしないと約束する。弁護士さんの件も、ありがとう。助かったよ」

「いいから、もう頭を上げて下さい。お父さんと同い年くらいの男の人に土下座されるなんて、かなり微妙だし」

ほんの二十分ほど前には、土下座どころか段ボールで前頭部を殴打して軽傷とはいえケガまで負わせているのだが、それはそれだ。

「ところで古谷さん。今回のことは一人でやったんですか？　相棒というか共犯者というか、仲間がいたりしません？」

「いや。俺だけだ。儲《もう》けたくてはじめたことじゃない。当座の借金さえしのげれば、それでいいと思ったんだ。ウソじゃない」

「ふうん」

呟《つぶや》き、和子は左右を見回した。さっきから客用の駐車スペースには車が出入りする気配があるが、業者用のスペースには動きはなく、人影も見えない。

「なんだ。どうした」

康雄の問いかけに、さっき揉《も》み合《あ》った時に感じた後ろからバッグを引っ張られるような感覚を説明しようか、でも、これ以上古谷さんに危ない人を見るような目で見られるのは心外だしと迷っていると、古谷はゆっくり立ち上がった。

「見逃してもらったから言う訳じゃないが、今回のこと、あまり気に病まなくていいと思うぞ」

「どういう意味ですか」

「高井さんが、俺と取引してたのは事実だ。でも、たったの二回だけだ。売れ残りの卵を使った弁当や総菜は、ほとんど出回っていないはずだ」

「二回だけ？　叔父が思い直して取引をやめたってこと？」

「いや、そうじゃない。ばれたんだ。弁当を納めたママズキッチンの担当者に、古い卵を使ってると見抜かれた」

古谷は言い、遠慮がちに和子の目を見上げた。額のたんこぶは腫れは大きくないが、赤く熱を持っていそうで痛々しい。

二十分遅れで、吉住《よしずみ》は待ち合わせ場所に現れた。ママズキッチン篠崎街道《しのざきかいどう》店にほど近いファミリーレストランだ。

「すみません。遅くなっちゃって」

席に駆け寄って来るなり、肩で息をしながら頭を下げた。珍しくスーツ姿で、腕にベージュのビジネスコートをかけている。

コーヒーカップをソーサーに戻し、和子は腰を浮かせて一礼した。

「急にお電話してすみません」

「いえ。午前中、本部で会議があったんですけど長引いてしまって。売り上げが思うように伸びなくて、またとっちめられちゃいました」

苦笑いして、短く刈り込んだ髪を撫《な》でた。左右の生え際の後退が始まりつつある額に、うっすらと汗が浮かんでいる。和子の向かいのソファに座り、通りかかったウェイトレスにコーヒーを注文した。

「大変ですね」

「話って高井さんのことですか？　江川さんたちは、陸くんや事件のことでなにか進展はないかって、恵理香さんからの連絡を楽しみにしているみたいですよ。よければ、後で店に寄って下さい」

「はあ。実は、吉住さんに伺《うかが》いたいことがあって。叔父が古い卵を使って作ったお弁当やお総菜をママズキッチンさんに納めていて、吉住さんに見つかったって話は本当ですか」

吉住の顔から笑顔がすっと引いた。口をわずかに開いたまま、和子の顔を見返している。

「この間、叔父が亡くなる前にバーで会ってたのは、潮《うしお》商店の古谷さんじゃないかって教えて下さいましたよね。あの後、古谷さんに会いに行ったんです。そうしたら、お店で売れ残った卵を叔父の工場に安く卸してたって話してくれました。でも、すぐにママズキッチンの担当者に見つかって取引はやめたって」

吉住は無言、しかし目に混乱と警戒の色が浮かぶ。

「話を聞いて、すごくショックでした。叔父がそんなことをしてたなんて。でも、事実ならちゃんと受け止めて把握しておきたいんです。教えて下さい。お願いします」

早口で言い、頭を下げた。視界の隅に、バッグの口からいつも通りミルクティー色の顔を覗《のぞ》かせるクマが映る。

さらに沈黙が続き、張り詰めた空気が流れた。コーヒーを運んで来たウェイトレスが立ち去ってから、吉住はようやく口を開いた。

「そうか。あの卵は、古谷さんから仕入れてたのか」

湯気の立つコーヒーを、呆然《ぼうぜん》と眺めている。

「でも、古谷さんにもどうしようもない事情があったらしいんです。すごく反省して、もう二度とやらないって約束してくれました」

「高井さんは僕に、『こんなものをどこで仕入れた。売ったやつも同罪だ』ってどんなに問い詰められても、頑として口を割ろうとしなかったんです。義理堅いっていうのか、お人好《ひとよ》しっていうのか。本当にもうあの人は」

「じゃあ、話は本当なんですね」

吉住は力なく俯《うつむ》いた。

「すみません」

「なんで吉住さんが謝るんですか。悪いのは叔父でしょう。ひょっとして、違うの？」

「和子、落ち着け。言っただろ。まず相手の話を聞け。それが刑事《デカ》の仕事だ」

いつ私が刑事になったのよ。突っ込みの代わりにコーヒーを飲み、吉住のリアクションを待った。

「事件の二週間前です。私は昼食はいつも家から弁当を持ってきているんですが、その日はたまたま家内が風邪《かぜ》で寝込んでいたので、店の総菜売り場で高井さんのところのお弁当を買いました。でも、おかずの卵焼きの味がどうもおかしい。弁当のメニューは高井さんとさんざん悩んで研究して決めたものだし、味は舌が覚えています。試しに高井さんのところの他の弁当や総菜に使われてる卵焼きやオムレツ、親子丼なんかも食べたんですけど、明らかにいつもと違う。すぐに呼び出して、事情を訊《き》きました。始めのうちは、『気のせいです』とか『鶏卵業者が餌《えさ》を変えたらしくて』とか言ってましたが、食い下がったら古い卵を混ぜていると白状しました。私は怒りました。腹が立つというより、ショックだったんです。高井さんは、私の憧れだったから。あの人が凛《りん》として立ち続けてくれるから、私もノルマとか残業手当カットとか店でいろいろあっても、がんばれた。工場が大変なのはわかるけど、よりによってあんな卑劣なこと。興奮してたからよく覚えてないけど、私はひどい言葉で罵倒《ばとう》したと思います。でも、高井さんは私の足下《あしもと》に土下座したまま、それをじっと聞いていました」

言葉を切り、俯いてまた黙り込んだ。丸めた肩が小刻みに震えている。言葉をかけた方がいいのか、黙って見守った方がいいのか。迷い、和子はクマに目を向けた。すると、吉住が顔を上げた。目は充血し、涙もにじんでいる。

「本当は店の本部に報告して、取引もやめようと思いました。でも、そうしたら高井フーズは間違いなく潰《つぶ》れます。だから、『今後二度とこういうことはしないと誓うなら、今回だけは見逃します。でも、それはあなたのためじゃなく、弥生《やよい》さんと陸くんのためです』と言ったんです。高井さんは俯いたまま、『ありがとうございます』と頭を下げて帰って行きました。それから、とにかく工場が立ち直るまでだ、先のことはその時考えようと必死に言い聞かせて、自分を納得させました。でもその二週間後、高井さんは命を絶ちました。弥生さんを道連れにして、陸くん一人を遺《のこ》して」

両目から、ぶわっと涙がこぼれた。両手の拳《こぶし》を関節が変色するほどきつく握りしめ、吉住はテーブルに突っ伏すようにして頭を下げた。

「すみません。全部僕のせいなんです。僕があんなことさえ言わなければ。高井さんを追い詰めたりしなければ。ごめんなさい。許して下さい。僕が、あなたの叔父さんと叔母さんを殺したんです」

自称が僕に変わった声は裏返り、悲鳴のようだった。周囲の席の客たちが、なにごとかと目を向ける。

「そういうことか。責任を問われるのが怖くて、警察には話せなかったんだな。恐らく、家族や上司も知らないはずだ」

康雄の推測が聞こえたように、吉住は続けた。

「本当のことを言わなくちゃと、何度も思った。でも、いまの職場を追われたら、今度は僕の家族がめちゃめちゃになってしまう。だから、あなたが店を訪ねてきた時は怖かった。僕のしたことを知って責めにきたと思って。でもそうじゃないとわかっても、安心できなかった。もっと辛くなった。あなたが叔母さんや陸くんを想う気持ちが、高井さんにそっくりだったから。こんなに一途で気持ちのきれいな人を、僕は苦しませるのか。逃げ続けるのか。そう考えたら、たまらなくて」

声を上げ、吉住は泣き崩れた。腕がぶつかり、ソーサーに置かれたステンレスのスプーンが大きく跳ね、テーブルに転がった。その固く尖《とが》った音が、和子の耳と心に突き刺さった。

ハンバーグに伸ばしかけた箸《はし》を止め、和子はため息をついた。

「ちょっと、やめてよ。食事中に」

隣の厚子《あつこ》がスープを飲みながら睨む。「ちょびっとだけど、カシミアが入ってるのよ」が自慢の着古したワインレッドのセーターとスパッツ姿で、上に一平《いっぺい》のお下がりと思《おぼ》しき、背中にでかでかとユニオンジャックがプリントされた黒いジップアップパーカを着ている。

「ああ、ごめん」

「なによ、まずかった？　そのハンバーグ」

「別に。おいしくもないけど。今日の夕ご飯、全体的にぼそぼそしてない？」

向かいに座る一平に話を振った。風呂上がりで半乾きの金のメッシュ入りロングヘアを、ヘアクリップで留めている。着ているものは黒いスウェットスーツだが、胸には大きな角を二本生やし、額の真ん中に五芒星《ごぼうせい》が描かれた不気味な山羊《やぎ》の顔が大きくプリントされている。その下にはおどろおどろしい書体で、〝Rock'nRoll Is Dead!!〟の文字。よくこんな服をパジャマにしてうなされたり、金縛りにあったりしないものだ。

「そうでもないけど、いまいち材料がわからないものが多いよね。おふくろ、なにこれ」

つついていた煮物の小鉢を指して、訊ねる。

「しいたけの軸の佃煮《つくだに》。和子が食べてるのは、れんこんの皮のハンバーグ。お母さんがいま飲んでるのは、すいかの皮のコンソメスープ。栄養たっぷりなのに、普段はすぐに捨てられてしまう食材を再利用してみました。題して、『ママの気まぐれベジタブルディナー』。どう？　エコでしょ。ロハスでしょ」

「なにそれ。軸に皮って、野菜くずってことでしょ。生ごみじゃん。普通に捨てるか、せめて肥料かなんかにしてよ。てか、メニューに寒い名前をつけないでくれる？　『森の木こり風パスタ』とか『漁師風ブイヤベース』とか、つけたくてうずうずしてるんでしょ」

　皿を押しやり、和子は顔をしかめた。

　野菜の皮や芯《しん》、根などを再利用した料理があることは、和子もほっこり系雑誌の記事などで読んだことがある。しかし、本来食用には向いていない部分のため、調理には手間も時間もかかる。なにごとにも雑でムラの多い性格の厚子には、もっとも向いていないタイプのメニューなのだが、本人はまったく気づいていないため、珍妙な料理が出来上がってしまう。このぼそぼそして舌触りの悪いハンバーグも、本来は材料をミキサーにかけたり、裏ごししなくてはいけないところを手抜きして、粗みじん切りにする程度で済ませているはずだ。

「それにしても、真冬にすいかの皮なんてよく手に入ったね。温室栽培のやつ？だとしても、最近すいかなんて出してもらった記憶ないよ」

　スープボウルに浮かぶ白い野菜片を眺めながら一平が首をひねると、厚子はあっさり答えた。

「ああ、それ。夏にみんなで食べたやつを冷凍しておいたのよ」

　食卓に、非難と恐怖を含んだ声が上がった。

「やだもう。なんでそんなことするのよ。みんなって言われても、誰が食べたやつかわかんないじゃん。うわ。よく見るとこれ、うっすら歯形がついてる。気持ち悪い。もう半分近く飲んじゃったのに」

「夏に冷凍って、何カ月前のだよ。栄養分なんかとっくに壊れて、スッカスカのただの皮になってんじゃないの」

「はい、ざわざわしない。お口にチャックして下さい。食事中ですよ。お父さんを見習いなさい」

動じる様子は微塵《みじん》も見せずに言い返し、厚子はグラスの水を飲んだ。和子と一平が同時に視線を向けた父・忠志《ただし》は、豪快にげっぷを一つかまし、空になったスープボウルを厚子に差し出した。おかわりを要求しているらしい。今日も変な配色のチェックのパジャマと毛玉のついたカーディガン姿で、パジャマのズボンはシャツの裾《すそ》をインにし、胸の下あたりまで引き上げられている。

これ以上なにを言っても無駄と諦《あきら》めたのか、一平は無言で食事を再開した。和子は脱力してため息をつき、天井を見上げた。真上は和子の部屋だ。康雄は、どうしているのだろうか。一時間ほど前に帰宅してから、押し黙って定位置の棚に座ったままだ。

泣きじゃくり、謝罪を続ける吉住に「いまさら責める気はありませんから。とにかく落ち着いて」と言い含めて別れ、所沢に戻った。帰路、康雄は「断定はできないが、恐らく高井さんは資金繰りに困り果て、古谷に誘われるまま売れ残りの卵に手を出すが吉住にばれ、絶望して家族を道連れに自殺を図ったんだろう。潔癖でプライドも高い人だったために、たった一度だけ犯した罪の重さに耐えきれず、心が折れてしまったのかも知れない」という推測を述べた。つまり、高井暁嗣《あきつぐ》・弥生夫妻死亡事件は殺人ではなく自殺、警察の判断通りということだ。

「なんかおかしいのよね」

突然の急展開にいまいち事情は呑《の》み込《こ》めないが、違和感がある。しかしそれを上手く言葉にして、康雄に説明することができない。

「なによ。まだぶつくさ言ってるの。そうだ。あんた、またお腹《なか》が張ってるんでしょ。この間お兄ちゃんに『太った』って言われてから、ダイエットしてるみたいだし。食べるものは食べないと、かえって痩《や》せにくくなるわよ。ほら、この炒《いた》めものを食べなさい。れんこんとにんじんの皮のきんぴら。食物繊維たっぷりだから、明日にはがつんと――」

「ちょっと、やめてよ。私のため息は怒るくせに、自分の下ネタはスルーなの？　お腹なんて張ってません。仕事のことで、ちょっと考えごとしてただけ」

「ならいいけど」

厚子はれんこんの皮のハンバーグをかじった。自分で食べてもあまりおいしくないらしく、すぐに水のグラスに手を伸ばした。

「なにその薄いリアクション。この間まで私のバイトのことを、『怪しげな仕事』だの『雇い主はだれ』だの、疑いまくってたくせに」

「いまだって怪しいと思うし、疑ってるわよ。でも、お父さんが」

「お父さん？」

訊き返しながら見たが、忠志は目を伏せ、無表情で黙々と食事を続けている。最近また面積を広げたように思える額は、湯上がりと晩酌のビールでほんのりピンクに染まり、照明を反射してもの悲しくテカっている。

「そう。お父さんが、口を出すなって言うから。『あの靴なら大丈夫だ』って」

「靴？」

「いまのバイトを始めた頃から、玄関に置いてあるあんたの靴が目に見えて汚れて、底も減るようになったんだって。お父さん曰《いわ》く、『悪いことをして楽に儲けてる人間の靴は、あんなに汚れない。あれは汗水垂らして、必死で働いてる人間の靴だ。黙って見守ってやれ』って」

「ふうん」

和子の脳裏に、玄関の三和土《たたき》に脱いだムートンブーツが浮かんだ。買って間もないというのに大きなキズが二つもつき、連日の聞き込みで、早くも靴底が減り始めている。他の靴も汚れやキズが目立ち、ムカついたり気に病んだりしていたのだが、それを評価してくれる人がいるとは。行動をチェックされてるようでうっすらキモい反面、これまでにない高揚感も覚える。

「ねえ、お父さん」

　小さな目を動かし、忠志が和子を見た。

「お父さんと同じぐらいの年のある人が、一つの結論を出したの。キャリアもスキルもある人だから、たぶん間違っていないと思う。でも、私はなにかすっきりしないの。絶対このままじゃいけないのよ。どうしたらいい？」

　食卓に沈黙が流れた。和子の思いも寄らない行動に、厚子も一平も動きを止め見守っている。沈黙はさらに続いた。勢いで質問なんかしちゃったけど、ドツボにはまったかも。和子が後悔し始めた時、忠志はふいと目をそらし、ビールのグラスをつかんだ。

「最後のひとふんばりが、結果を決める」

　ぼそりと呟き、筋の浮いた喉を上下させてビールを飲んだ。父と言葉を交わすのは、いつ以来だろうか。

　最後のひとふんばりが、結果を決める。唖然《あぜん》としながらも、和子は父の言葉を反《はん》芻《すう》した。さっきの高揚感はさらに高まり、背筋をぴりぴりとしたものが走った。感謝の言葉を伝えようとした時、忠志は空になったグラスをテーブルに置き、こうつけ足した。

「仕事も便秘も」

「だから、便秘じゃないって言ったじゃん。なにそれ。もう最低」

一気に落胆してわめいたが、忠志は素知らぬ顔でグラスを傾け、ひときわ大きなげっぷをした。

「はいはい。ビールおかわりね」

いそいそと、厚子が立ち上がった。

部屋に入り、明かりを点《つ》けた。棚に歩み寄るなり、康雄が口を開いた。

「おい。クローゼットを開けろ。ホワイトボードを出してくれ」

「ひょっとして、事件を再捜査する気になったんですか」

「違う。この間の捜査会議で書いたことが、そのまま残ってるだろ。全部消してくれ。お前もテレビで見たことあるだろ？　警察で事件が解決したり、時効が成立したりして、『〇〇事件捜査本部』って墨書きされた紙を剝《は》がすシーン。それの代わりだ」

「ちょっと待って下さい。確かに卵のことはショックだったけど、でも捜査を打ち切るのは早いんじゃないかしら」

「気休めはよしてくれ。慎重に検討して出した結論だ。やっぱり、高井さんは自殺なんだ。俺の読みは、根本から間違ってたんだ。ちくしょう」

「そんな。ヤケにならないで下さいよ。康雄さんらしくもない」

「うるさい。なにが『らしく』だ。お前ら若いもんはなにかっていうと、『自分らしく』だの『ヤッさんらしくない』だのぬかすが、らしいもらしくないもねえ。それがお前だ。これが俺だ。ご託《たく》を並べるな」

「こんな時まで説教？　まあとにかく落ち着いて、もう一度考え直してみましょうよ。だって、まだはっきりしてないことがありますよ。たとえば、康雄さんを崖《がけ》から落とした犯人とか」

「あれは事故だ。突き落とされたっていうのは、俺の思い込みだったんだよ。いいから、さっさとホワイトボードを出せ。ひょっとしてお前、このまま俺に居座られるんじゃないかと警戒してんのか。安心しろ。出てくよ。明日の朝一番に、この間のリサイクルショップに売り飛ばしてくれ。情けは無用だ」

うんざりして、和子はクローゼットを開けた。オヤジって、すねると最低。ウザい上に、ちっともかわいくないし。

ホワイトボードには、黒いマジックで文字がびっしりと書き込まれている。前回の捜査会議では、これまでに聞き込みで得た証言をピックアップし、再検討した。

とくに収穫はなかったが、「クーちゃん」「俺にもしものことがあったら、みんなを頼む」「ごま塩頭、黒い革ジャン、伊吹吾郎《いぶきごろう》似の中年男」等の言葉は話を聞いた時の状況と一緒に、和子の頭に刻み込まれた。

「他にも気になってることは、あります。昨夜古谷さんと揉み合ってる時に、地面に落ちたバッグを、誰かが後ろから引っ張ったんです」

「俺はバッグの中にいたが、なにも感じなかったぞ。気のせいだろ」

「いいえ。誰かが遠慮しながら引っ張ってるような気配を、はっきり感じました。でも駐車場には誰もいなかったし、古谷さんも仲間はいないって言ってた。置き引きってことも考えられないし。絶対になにかあるわ」

「なんだよ。いきなりやる気を出しやがって。ひょっとして、俺を哀れんでるのか。ふざけんな。いっそいますぐ、その辺のゴミ置き場にでも捨ててくれ。生ごみと一緒にカラスに腹を突《つつ》かれて朽《く》ち果《は》てるのが、俺にはお似合いってもんよ」

さらにやさぐれてわめき続ける康雄を無視し、和子はボードに書かれた文字に視線を走らせた。

「そうか。大切なことを忘れてたわ。ねえ康雄さん、これ見て」

身を翻し、片手でボードを抱えてクマの眼前に掲げ、もう片方の手でボードの中程の文字を指した。

・みんな、いなくなっちゃった（陸くん・浜松潮《しお》の浜《はま》病院にて）

「ああ、これか。覚えてるよ。陸くんが発作を起こした時に、口走った言葉だろ。でも、前にも同じようなことを言ったことがあるって話で、とくに意味はなさそうだったじゃねえか」

「口走ったことに意味はなくても、言葉の内容に意味があるかも」

「なんだそりゃ」

「警察の捜査と康雄さんの推測では、事件当日高井さんたちは家族三人だけで長野のキャンプ場に行き、車の中で自殺を図った。同行者はなくて、キャンプ場には他にお客さんもいなかった。ですよね？」

「ああ」

「だとしたら、この発言はおかしくないですか。『パパもママも、いなくなっちゃった』か『誰もいなくなっちゃった』ならわかるけど。『みんな』ってことは、他にも複数の人が現場にいたのかも」

「どうかなあ。なにしろ、五歳の子どもの言うことだしなあ。しかも病人だぞ」

訝《いぶか》りはしたが、康雄の声はいつもの落ち着きを取り戻している。

「わかってます。でも、調べる余地はあると思う。もうちょっとがんばってみましょうよ。康雄さん、聞き込みを始める前に言ったでしょう。迷ったり、くじけそうになった時には高井さんたちの写真を見て、思いをはせろって。でも私、何度見てもまだなにも感じられないんです。ただ気の毒な一家だなって、ぼんやりニュースでも眺めてる気分。これだけいろいろなところを回って、高井さんたちのことを知って、泣いたり心配したりしてる人も大勢見てきたのに、私だけが、なんの思いも抱けない。そんなのいやです。だから、ここで諦めたくない。康雄さんに取《と》り憑《つ》かれ、じゃない、体を貸してるミル太のためにも、そうしたいんです」

　ボードをしっかり抱き、前のめりで訴えた。康雄は無言、しかし全身で和子の話を聞いている気配を感じる。

　一呼吸置き、和子はこう付け加えた。

「康雄さん。最後のひとふんばりが、結果を決めるんですよ。仕事も便秘も」

「便秘？　なんで便秘が出てくるんだ？　まあいい。わかったよ。お前がそう言うなら、やってみよう」

「了解。がんばりましょう」

「さてと。仕切り直すとして、取りあえずはどう動くかだな。なにか策はあるのか？」

「策はないけど……困った時は取りあえず、でしょ」

　ボードを床に置き、和子はにんまりと笑った。その笑みには、康雄と組み、このバイトを始める前には見られなかったすごみと威圧感が漂っているのだが、本人は知るよしもない。

第四章

アー・ユー・テディ？

ARE YOU TEDDY?

1

交差点に着くと同時に信号が赤になり、和子《かずこ》は足を止めた。

横断歩道の向こうに、ビルが見える。鉄筋五階建ての小さな建物。前に来た時と同じだ。しかし壁面の垂れ幕は、「指さし確認チェケラッチョ　グゥー！な戸締まり　キター！な火の元」に変わっている。隣の「警察官募集中‼」はそのままなので、江戸川東警察署は依然人手不足のようだ。だったら、この寒い防犯標語をなんとかすべきなんじゃない？　眉《まゆ》をひそめ、和子は思う。

「そうか。『悪いことをして楽に儲《もう》けてる人間の靴は、あんなに汚れない』か。嬉《うれ》しいこと言ってくれるじゃねえか。く～っ。さすが同世代。昭和二十四年組。あれ、お前の親父さん、二十五年生まれだったか。寅年《とら》か？」

感極まった様子で、康雄《やすお》が騒いだ。信号待ちをする人たちに聞こえるのではと、和子は周囲に視線を走らせ、クマの頭をバッグに押し込んだ。

「干支《えと》なんか知らないってば。一人で暑苦しく盛り上がらないで下さいよ」

「暑苦しくて悪かったな。お前に捜査を続けたいなんて言い張られりゃ、なにがあったか気になるだろうが。でも、話を聞いて納得したよ。いい親父さんじゃねえか。最後のひとふんばりが、結果を決める。正にその通りだ。仕事も便秘もな」

「まあね。私は便秘じゃありませんけどね」

「おふくろさんといい、お前は親に恵まれてるよ。言うべきことはびしっと言い、引くところは引いて見守ってくれる。信頼と愛情がある証拠だ」

「それは褒《ほ》めすぎじゃないかなあ。まあ確かに、昨夜のひと言ははっとしましたけどね。でも、『えっ、あのお父さんが⁉』って意外性で、インパクト三割増しって気がしないでもないな」

「いやいや。なかなかできることじゃないぞ。最近は、子どもとうまく距離が取れない親が多いんだ。目先のことでぎゃあぎゃあ騒ぎすぎるか、顔色ばっかり窺《うかが》って甘やかしちまうか。まあ、俺も人のことは言えなかったけどな」

「杏《あん》ちゃんのことですか？　そうかなあ。康雄さんのところは、距離以前にコミュニケーション不足っていうか、誤解が多すぎるっていうか。でまた康雄さんてば、口を開けばわざと？ってぐらい事態を泥沼化させるようなことしか言わないし。これまでに私に話したことの半分も、杏ちゃんや奥さんには伝わってませんよ。もっと素直な気持ちで話し合えば、いろいろ変わると思うんだけどな」

「悪かったたな、泥沼で。まあ、どのみち手遅れだ。前に言っただろう。これが現実だ。おい、信号が変わったぞ。ちゃちゃっと渡れ」

促され、小走りで横断歩道を渡り、警察署の敷地に進んだ。

受付で冬野《ふゆの》の呼び出しを頼み、ロビーをうろついた。

江戸川東警察署のマスコットキャラクター・エディーのグッズが並ぶショーケースを鏡代わりに、髪の乱れを整えていると、ふと視線を感じた。ショーケースの端に人影が映っている。背後の受付カウンターに座る若い婦警だ。一人は前回ここに来た時にも対応してくれた金井《かない》で、もう一人はやや年上。小柄色白で、セミロングの髪は、軽くカラーリングしている。二人は和子の背中にちらちらと視線を送りながら、顔を寄せ合い、囁《ささや》き合《あ》っていた。和子が振り向くと、二人は慌《あわ》てたように口をつぐみ、視線もそらした。

「どうやら、噂《うわさ》になってるようだな」

ぼそりと、康雄が言った。

「噂？　私がですか。なんで？」

「あの髪の長いのは、総務課の吉松《よしまつ》さん。明るくていい子だが、お喋《しゃべ》りで人のことをあれこれ言うのが大好きなんだよ。恐らく、署の誰かがお前と冬野が会ったり、電話で話したりするのを見聞きしたんだろうな。それがあの子に伝わって、一気に広まった。まあ、冬野は有名人だからな。ツラと肩書きに釣られて、初めのうち女の子たちもキャーキャー騒いでたが、いざ話すと筋金入りの変わり者だ。『キモい』とか『オタク』とか言われて、あっという間に人気ガタ落ちだ。とはいえ女ができたらしいと聞けば、それはそれで、騒ぎたくなるだろ。キモいオタクとつき合うのがどんなやつなのか、興味津々《しんしん》。鵜《う》の目鷹《たか》の目で――」

「冗談じゃないですよ！　誤解もいいところだわ。そりゃイケメンだし、服のセンスもそこそこだし、一見冷たいけど、さり気なくフォローしてくれるところとかは、ふ〜んと思ったけど。でも、せっかくの休みを浪小僧《なみこぞう》とかいうミニチュアの山《やま》崎拓《さきたく》探しに費やして、しかも翌日フナムシの巣の写真を送って来るような男の人、私だってご免です。ひょっとして、私も都市伝説だのUMAだのが好きだと思われてるの？　やだ。冗談でしょ。せっかく一キロ痩《や》せたのに。髪もメイクも、いい感じにいったのに」

「イケメン？　山崎拓が？　なるほど。山瀬《やませ》さん、そういうご趣味でしたか」

少し鼻にかかった、聞きようによってはキザでカンに障《さわ》る声がした。ぎょっとして振り向くと、目の前に鼻梁《びりょう》がやや太めで先の尖《とが》った鼻と、そこに乗ったフレームの細いメガネがあった。冬野が身をかがめ、和子の肩越しにショーケースを覗《のぞ》いている。どきりと、頼みもしないのに胸が鳴り、反射的に身を引き頭もそらせた。その拍子に、後頭部がショーケースにぶつかる。ごんという鈍い音にロビーの喧噪《けんそう》が途切れ、人の目が集まった。

「大丈夫ですか」

メガネの奥の目を開き、冬野が和子の後頭部に手を伸ばした。たちまち受付カウンターから細く高い女の声が上がり、和子の目の端に、身を寄せ合って騒ぐ吉松と金井の姿が映った。

「だ、大丈夫。でもある意味、全然大丈夫じゃない」

後頭部の痛みに耐えながら返し、手を押し戻そうとした。しかし冬野は首を傾《かし》げ、さらに深く身をかがめて大きく薄い手のひらで和子の頭を包んだ。吉松と金井の声がさらに大きく、甲高《かんだか》くなる。

「ケガはなさそうだけど、後頭部にはチャクラがあるから。ちなみにチャクラとは、人体に七つあると言われる気の出入口で、とくにこの位置のものは、クラウンチャクラと呼ばれ——」

「とにかく外に出ましょう」

身をかがめて冬野の腕の下をくぐり、和子は玄関を目指した。警察署の敷地を出て、通りを進む。

「おいおい、どこまで行くつもりだ。落ち着け。顔が真っ赤だぞ。いい歳《とし》してなんだ、そのザマは。お前は少女マンガの主人公か？　ラブコメディードラマのヒロインか？　せっかく少し刑事《デカ》らしくなってきたと思ってたのに」

「なに言ってるんですか。康雄さんが、変なこと言うからでしょ。いつ私が刑事になったんですか」

「言っておくが、仕事中は恋愛禁止だからな。捜査に私情を持ち込むと、カンも体のキレも悪くなる。色恋沙汰《ざた》はとくにそうだ。まあ、解決した後は勝手にしろだが、よりによって冬野とお前か。双方趣味を疑うっていうか、ゲテモノの共食いっていうか」

「だから違うってば。いい加減にしないと、怒りますよ」

憤慨しながら、ちらりと背後に視線を走らせる。冬野は胸の前で腕を組み、ひどく真剣な顔で和子とトートバッグの中のクマを交互に眺めている。

少し歩き、ファストフードのハンバーガーショップに入った。客は高校生と子連れの女のグループばかり。ここなら、江戸川東署の人間は来そうもない。

飲み物を買い、奥まった一角に落ち着くと和子は改めて頭を下げた。

「お忙しいのに、呼び出してすみません」

「いえ。その後、なにかあったんですか」

合板の狭いテーブルに肘《ひじ》をつき、冬野はカップのコーヒーをすすった。立ち上る湯気が、瞬間的にメガネのレンズを曇らせる。

頷《うなず》き、和子もコーヒーを一口飲んで喉《のど》を湿らせて話を始めた。冬野と陸《りく》の病院を訪ねた後のことを、説明する。

「なるほど。一つ訊《き》いてもいいですか」

話を聞き終えた冬野は、カップをソーサーに戻した。コーヒーは半分ほどに減っている。

「はい」

「高井《たかい》さんが、弁当に売れ残りの卵を使っていたというのは本当なんですね。古谷《ふるや》という鶏卵業者も、ママズキッチンの吉住《よしずみ》さんも確かにそう認めたと？」

「ええ。でも古谷さんは二度と古い卵を売らないって約束したし、吉住さんも迷惑はかけないって約束で話してくれたことなので、取り調べとか、そういうのはなしの方向でお願いしたいんですけど」

「いや。そういう意味ではなく……もう一ついいですか？」

「どうぞ」

「高井さんの食品偽装に関する一連の事実は、大橋《おおはし》という弁当業者の証言によって判明したんですよね？　つまり、大橋氏の登場によって流れが一気に変わった。いきなりの急展開」

「ええまあ」

「あなたは、捜査を始めて間もない頃にも一度大橋氏のもとを訪ねている。しかしその時は、今回のような証言は聞けなかったはずです。なぜいまになって急に？」

「さあ。私がしつこく訊いたから、思い出したんじゃないですか。『そういえば』とか、『なんとなく』とか言ってましたけど」

なんでこう、いちいち回りくどくてイラッとくる話し方をするんだろう。やっぱこの人、パス。これ以上妙な噂を流されちゃたまらないし、今後は警察署を訪ねるのはやめよう。眉をひそめ、和子はスプーンで冷めたコーヒーをかき混ぜた。

「なるほど。そういえば、なんとなく、ね」

「それがどうかしたんですか」

「いえ、別に。それはそうと、いまさらですが山瀬さん、無茶しますね。下手をすれば、古谷に殺されていたかも知れませんよ。こんなやり方、天野《あまの》さんらしくないな」

「それはわかってる。確かに俺は、やらせちゃいけないことを和子にやらせちまった。お前に軽蔑《けいべつ》されても、仕方がねえ」

康雄が返し、それが聞こえたかのように、冬野もメガネ越しの視線をバッグのクマに向けた。

「個人的にも興味を引かれる状況なので目をつぶってきましたが、さすがにこれ以上は見逃せないし、協力もできませんよ。どうするつもりですか」

「それを相談しようと思って来たんですけど……冬野さん。今度は私から質問するので、刑事としてじゃなく、一個人として答えてもらえますか？」

「はい」

「私の話を聞いて、どう思いましたか？　高井さんが陳《チエン》・永康《ヨンカン》さんに遺《のこ》した、『俺にもしものことがあったら、みんなを頼む』という言葉。古谷さんと吉住さんの話で明らかになった、高井さんの食品偽装。一方で、『みんな、いなくなっちゃった』という陸くんの言葉と、遺体発見状況の矛盾。古谷さんと揉《も》み合《あ》った時に感じた、バッグを引っ張られるような気配。そして、康雄さんを崖《がけ》から突き落とした誰か。やはり高井さん夫妻は、心中を図ったんでしょうか。それとも、別のなにかがあるかも知れないと思いますか」

「そりゃ普通、なにかあると思うでしょう」

微塵《みじん》の躊躇《ちゆうちよ》も見せず、冬野は答えた。

「じゃあ、刑事としてはどうですか。いまの話を警察の偉い人にして、事件を再捜査してもらえる可能性はありますか？」

「ないでしょうね」

冬野は答えた。前の質問の時と同様、躊躇はない。

「高井さんが陳さんに遺した言葉や、食品偽装は当事者から得た証言だし、捜せば物的証拠も見つかるでしょう。一方、陸くんの言葉やバッグは、あくまでも山瀬さんがそう思う、気配を感じたというだけ。天野さんの件については、失礼ですが当事者も亡くなっていますし、論外です。つまり、証拠も証人もいない。これでは、警察は動けませんよ」

「それはそうかも知れないけど」

「結論。刑事としては即刻捜査は打ち切りにして、事件から手を引くべきです。個人的には、あなたと別の見地で気になる点はありますが、取りあえずノーコメントですね。また、この特異な状況下におけるオカルト的見地から意見するとした場合――すみません。前にも一度お願いしましたけど、そのぬいぐるみを見せていただけませんか」

「ぬいぐるみじゃなく、あみぐるみ」

「あみぐるみ。お願いします」

拒否しようかとも思ったが、意図は不明ながらも眼差しに悪意は感じられない。クマを受け取り、冬野は前回同様にミルクティー色の顔を覗き込んだり、体を裏返したりしている。

「だからやめろって。目が回るんだよ、おい」

頭に響く康雄の鬱陶《うっとう》しい声も、前と同じだ。指先でクマの耳を引っ張りながら、冬野は訊《たず》ねた。

「これ、貸してもらえませんか」

「ダメです。どうせ変なおまじないをかけたり、胡散臭《うさんくさ》い霊能者のところに連れて行ったりする気なんでしょ。それに、これじゃなくこの子ですから」

噛《か》みつくように応《こた》えると、冬野は肩をすくめ、クマを返した。カップの載ったトレイをカウンターに戻し、店を出た。別れの挨拶《あいさつ》をしようとする和子より早く、冬野は
「これは、状況的または物理的根拠は全くない推測、つまりなんとなくなんですが」

「はあ」

「山瀬さん、気をつけた方がいいかも知れない」

「なにを？　なんで？」

「だから、なんとなく。なんとなくがなにかは、気が向いたら調べておきます。まあとにかく、夜道を一人で歩かない。戸締まりには気をつける。バッグは車道側ではなく、歩道側の手で持つ。指さし確認チェケラッチョ　グゥー！な戸締まり　キター！な――」

「もういいです。わかりました。誰が考えてるんですか、その標語」

「管内の小中学校に、コンクール形式で募集をかけます。でも、応募が少ないので最近はひまな署員が作らされたりしてますよ。僕もその一人ですけどね」

「えっ。じゃあまさか、いまのチェケラッチョって」

返事の代わりに、冬野は敬礼をした。両足を揃《そろ》えて背筋を伸ばし、右手を額に当てている。日差しを受け、メガネのフレームがきらりと光った。とたんに、康雄が騒ぎだした。

「おい。返礼だ、返礼。この間教えたろ。警察礼式だ。背筋と指をしゃきっと伸ばし、肘と肩はほぼ同じ高さ」

「まったく。気まぐれで、エキセントリックなことしないでよね」

うんざりして呟《つぶや》き、行き交う人の視線を気にしながら、背筋も指も曲がったままのハートのない敬礼を返す。

にやり。前に敬礼をした時と同じように、冬野が笑った。しかし今度はクマではなく、和子に向けられている。どきりと、また図らずも和子の胸が鳴った。

いやだから、そういう意味じゃなくて。自分に自分で言い訳をする。和子の内心のパニックを知ってか知らずか、冬野は腕を下ろし、上半身を十五度に傾けて一礼し、すたすたと歩き去った。

2

ダッフルコートのポケットの中で、携帯電話が振動を始めた。取り出して相手を確認し、和子は電話をポケットに戻した。バッグの中で、康雄が訊ねる。

「なんだ。誰からだ」

「江川《えがわ》さん」

「またか。なんで出ないんだ」

「どうせ捜査の報告の催促でしょ。申し訳ないとは思うんだけど、どう話したらいいのかわからなくて。吉住さんとの約束もあるから、高井さんの食品偽装のことを教える訳にはいかないし。かといって、『なにも進展はないです』とか『もう少し待って下さい』とか言い訳するのも疲れちゃったし。そもそも、私自身どうしたらいいか。行き詰まりまくりの、煮詰まりまくりだし」

ため息をつき、眼前の建物を眺めた。

工場が多いこの一角でも、ひときわ小さな建物だ。二階が住居、一階が工場というつくりで、出入口にはさびとキズだらけのシャッターが下ろされている。青い庇《ひさし》テントには、白ペンキで〈㈲高井フーズ〉と書かれている。数カ月前、事件を調べ始める前に訪れた時と変わりはないが、心なしか建物全体がくすんで、もの悲しげに見えてしまう。

トートバッグを抱え、和子は周囲を見回した。午前十時過ぎ。通りをボディに弁当屋や総菜《そうざい》工場の名前をペイントしたワゴン車やトラックが行き来し、周囲の工場の排気口や窓からは独特の匂《にお》いをはらむ湯気が流れている。しかし、ランチタイム用の商品の製造・納品ラッシュは一段落したため、町全体にのんびりとした空気が感じられる。

「おい。どうする気だ」

隣家との隙間《すきま》の狭い通路に潜り込んだ和子に、康雄が声をかける。

「裏口に回ってみようと思って。なにか見つかるかも知れないし」

「やめておけ。なにもありゃしねえよ」

「そんなの、わかりませんよ」

言い返し、薄暗くじめじめとした空気の中、横歩きで一歩踏み出したとたん、ざり。不穏な音とともに、トートバッグの側面が隣家の外壁をこすった。

短い悲鳴を漏らし、和子は大急ぎで建物の前に戻った。バッグのダメージ状況を確認し、側面についた埃《ほこり》を払い落とす。

「ほら。言わんこっちゃない」

「ひどい。通販で買って、昨日届いたばっかりなのに。六千三百円もしたのに」

「六千三百円⁉　そのズタ袋が？」

「だってこれ、知る人ぞ知るブランドのなんですよ。しかも、フランス製ですよ。ズタ袋ってなに？」

片手でクマを持ち、もう片方の手につかんだバッグを見せる。淡いグレーのキャンバス地の横長トートで、向かって片端に同色のリボンが結ばれている。前面に白く染め抜かれたロゴを見たらしく、康雄は言った。

「なんだ、repetto《レペット》か。知ってるよ。バレエのレオタードとか、トウシューズのメーカーだろ。本店はパリにある」

「なんでそんなこと知ってるんですか⁉　トウシューズとか、本店はパリとか、康雄さんの口から出る言葉とは思えないんですけど」

「悪かったな。むかし杏、じゃねえ、娘がバレエを習ってたんだよ。嫁さんが、そういうの好きでな」

「そうだったんですか。奥さんは、『赤毛のアン』のファンですもんね。わかります。バレリーナは、乙女《おとめ》系女子の永遠の憧れ。私もバレエシューズ風のパンプスとか、カシュクールカーディガンとか大好きです」

「習ってたっていってても小学生の頃、ほんのちょっとだけだぞ。すぐに具合が悪くなって辞めちまったし。まあとにかく、その頃娘はこのレペットってブランドがお気に入りでな。嫁さんにあれこれねだって、買ってもらってたらしい」

「わかります。ウェアも小物もすごくかわいいから。ちょっと高いのが難点だけど、娘さんのためならどうってことないか」

和子が微笑《ほほえ》むと、康雄は必要以上に力み、鼻を鳴らした。

「下らねえ。親バカもいいところだ。娘もいい気になりやがって、小学校二年の時一度だけ発表会に出たんだが、俺に『レペットのトウシューズを持って見に来て』なんてぬかしやがった」

「でも、トウシューズってある程度大人になって、足の骨が固まってからじゃないと履かせてもらえないって聞きましたけど」

「ずっと続けて、いつかはプロになりたい。その時に履きたいってことらしい。しかし仕事はあるし、バレエの店なんて入りづらくてな。ネットの通販とかも、どうやっていいかわからねえし。嫁さんに頼もうと思ったら、『杏はあなたに選んで、買って来て欲しいのよ』なんて拒否しやがって。まあ、そうこうしてるうちにデカい事件が起きて、チャラになっちまったよ」

「チャラ？　じゃあ発表会は」

「行けっこねえだろ。一週間署に泊まり込みだよ。前にも何十回とあったことなのに、娘のやつ、いつになくぶんむくれやがってな。いま思えば、あの頃から俺とはロクに口も利《き》かなくなって、ってなんでこんな話になるんだよ。おい、和子。いつまでもウロついてても、仕方がねえだろ。どうするんだよ」

「どうするって、なにも浮かばないからこうしてる訳で。それにほら、前に康雄さん言ってたでしょ、現場百回って」

冬野のもとを訪れてから、数日が経っていた。度々《たびたび》康雄と会議をし、今後の捜査方針について話し合いもしているが、これという手が見つからない。悶々《もんもん》と悩むのにも疲れ、このところは意味もなく、これまでに捜査で回った場所をウロついている。

「なにが現場百回だ。聞いた風なこと言いやがって」

「現場っていえば、高井さん夫妻が心中を図った場所は、確か長野の山の中にあるキャンプ場でしたよね……そうか。忘れてた。康雄さん、そこですよ、そこ！」

「うるせえな。急にデカい声出すなよ。なにがどうしたってんだ」

「長野。遺体の発見現場です。私は肝心の場所に、まだ行ってない。もしかしたら、手がかりが見つかるかも知れませんよ。長野のどこ？　なんていうキャンプ場でしたっけ」

下半分にスカイブルーの腹巻きのような縞模様《しまもよう》が入ったクマの胴体をつかみ、バッグから出した。黒のガラスの目に和子の姿がシルエットとなって映り、ゆらゆらと揺れた。

3

本屋に飛び込み、長野の地図とガイドマップを買った。康雄の説明に従って目的地とルートを確認し、上野駅に向かった。

長野新幹線を終点の長野駅で降り、レンタカーを借りた。市街地を抜け、間もなくくねくねとした細い山道に入る。

「おいおい。スピードの出しすぎじゃねえのか。本当に雪道を走ったことあるのか。同じ雪でも、東京とこっちじゃ勝手が違うんだぞ」

「うるさいなあ。大丈夫ですよ。今年は暖冬で、雪も少ないってレンタカー屋の人も言ってたし」

ハンドルを握りながら助手席に置いたトートバッグのクマに返し、車窓越しにちらりと外を眺める。うっそうとした森が広がっているが、地面に積もった雪はわずかだった。道路も道端に汚れた雪の細い筋があるだけで、アスファルトが見えている。

「少ないって言っても、山の中だ。下手に歩き回ったら、遭難するぞ」

「わかってます。気が済んだら、すぐに帰りますよ。とにかく、現場をこの目で見ておきたいんです」

「そりゃわからなくもないが。だったら、せめて居所を誰かに知らせておけ。おふくろさん、いや、冬野の方がいいな」

「お断り。どうせまた回りくどい、いや〜な感じで説教されるか、『長野ですか。長野には有名なＵＭＡがいて』とか、ウザいオタクトークを聞かされるに決まってるんだから」

「そうは言ってもな。この間あいつが言ってた『気をつけた方がいいかも知れない』って言葉、どうも気になるんだよ。軽々しくああいうことを口にする男じゃないし、言われてみればなんだが、どうもここ何日か、不穏な空気を感じるっていうか」

「またまたあ。やめて下さいよ。一応、言われた通りに夜道は歩いてないし、バッグもしっかり持ってますけど、なにもないじゃないですか。それに『気が向いたら調べておきます』とか言ってたのに、全然連絡ないし。とにかく、あのなにかにつけ思わせぶりな感じがムカつくんですよね。警察のキャリアって、みんなあんななんですか？」

ぶつくさと言っている間に、キャンプ場に着いた。駐車場に車を停《と》め、出入口脇の管理事務所に向かう。平屋の小さな建物で、脇に施設の利用規約と地図の看板が立てられている。規約によると、キャンプ場の営業期間は四月末から九月末までらしい。出入口の前にはチェーンが張られ、立入禁止の札もかかっているが、管理事務所に人影はない。周囲は深い森。聞こえてくるのは鳥のさえずりと、隣接するスキー場のBGMだけだ。

チェーンを持ち上げ、ひょいとくぐって敷地の中に入った。

「おい」

「せっかくここまで来たんだし、少しだけ」

甘え声を出し、得意のアヒル口も作ってクマを見下ろした。その間も、足は休まず前進を続けている。

中央に雪に覆われた通路が延び、左手にトイレや炊事場、シャワールームなどの建物、右手にはログキャビンの三角屋根がぽつぽつと並んでいる。進むにつれ道は険しくなり、雪も深くなっていった。和子は白い息を吐き、ムートンブーツの足をふらつかせながら山道を登った。手にはめていた薄いモヘアのミトンを外し、自転車用のカラー軍手をはめた後、もう一度ミトンをはめる。気温がぐんと下がったようだ。

息が上がり、背中にうっすらと汗をかいた頃、視界が開け、がらんとした雪原に出た。奥には、トイレと思われる小さな建物も見える。ここがキャンプ場らしい。

「久しぶりだな。雪があるから、別の場所みたいだが。現場は……右の奥だ。足下《あしもと》が悪いから、気をつけろよ」

康雄の声に頷き、和子は肩で息をしながら人気《ひとけ》のない雪原を進んだ。雪はますます深くなり、細かな欠片《かけら》がブーツに入ってくる。バッグを抱え、雪を蹴《け》散《ち》らすようにして、前進した。

約十分後。和子は足を止め、息も絶え絶えに訊ねた。

「ここ？」

「ああ。トイレの位置からして、間違いない。ここに停められた車の中で、高井さんたちの遺体が発見された。車は普段夫妻が配達に使っていたワンボックスカー。車内及び周辺に争ったような形跡はなく、夫妻と陸《りく》くん以外の指紋や足跡なども発見されていない。オープン期間内だったが平日、しかも、もともと知る人ぞ知る穴場的な場所だったため、他に利用客はいなかった。車の脇には、前夜使ったと思われるキャンプ用品とゴミがきちんと片付けられ、その前で泣き疲れた陸くんが、うずくまるようにして眠っていた」

低く淡々と、康雄が当時の状況を説明する。これまでにも幾度となく聞かされているので、和子の目には雪原の上に緑の草原がだぶり、そこに停められた「㈲高井フーズ」の社名入りの古ぼけたワンボックスカーと、不安と恐怖で小さな胸を押しつぶされそうになりながら眠り込む陸の姿も浮かんだ。

重ねづけした手袋を外し、和子はバッグをまさぐった。線香を取り出し、ライターで火を点《つ》けて手であおいで消す。じっと見守る康雄の視線が感じられた。線香を雪の上に立て、目を閉じて合掌《がっしょう》する。康雄も同じことをしているのだろう。

暁嗣《あきつぐ》さん、弥生《やよい》さん。ご挨拶が遅れました。山瀬和子です。説明すると長くなるのでカットしますが、てか、そういうことは天国からはお見通しなのかな。とにかく、お二人の事件の真相と、康雄さんがミル太に憑依《ひょうい》するまでのいきさつを明らかにするために、がんばってます。でも、正直ちょっと参っちゃって。できれば力を貸して欲しいんですけど。「やっぱ心中でした」ってことならそれでもいいから、ヒント的ななにかをさり気なく教えてくれるとか。あ、陸くんはがんばって闘病中です。江川さんや楊《ヤン》さんも元気だけど、陳さんはいまいち心配かな。

「おい。いつまでやってんだ」

康雄の声に我に返った。

「康雄さんが落ちたのは、どこなんですか？」

「あっちだ。奥に大きな岩が見えるだろ。その先」

説明に従い、再び雪を蹴散らし歩き始めた。辿《たど》り着《つ》いたのは崖《がけ》。ごつごつとした岩場の間に、枯れかかった松や杉の木が生えている。

「そこの岩の隙間に、クマが引っかかってたんだ」

雪を踏みならした後、断崖《だんがい》の岩の上に膝をつき、注意深く眼下を覗いた。急斜面に、頭に雪を被《かぶ》った岩が転がっている。五十センチほど下には割れた岩があり、康雄の言う隙間もすぐにわかった。視線を急斜面に滑らせると、はるか下に底が見えた。一抱えほどもありそうな、大きな岩がいくつもある。

「うわ。あんなところに落ちたんですか。そりゃ死ぬわ。ご愁傷様《しゅうしょうさま》です」

「おい、それ以上身を乗り出すな。俺を二度殺す気か」

「どうしよう。こういう場合も、お線香を供えるべきなんですかね。供えて欲しいですか？」

「いるか、ボケ」

「でも康雄さん、前に『捜査前・捜査後の合掌は必須』って言ってたし、お祈りだけでも」

「祈るな。手を合わせるな。成仏しちまったらどうするんだ」

康雄のわめき声が頭に響いた時、断崖にいきものがかりの着メロが流れ始めた。

和子は体を起こし、バッグから携帯電話を出した。

「もしもし」

「冬野です。いま、いいですか？」

「取り込み中と言えば、取り込み中ですけど。ここって携帯通じるんだ。すごい」

「山瀬さん、どこにいるんですか」

「言えません。捜査機密。守秘義務。黙秘権。ご用はなんでしょうか」

「先日お目にかかった時に、あなたとは別の見地で気になることがあると言ったでしょう。ついでがあったので、調べてみたんです」

「なにを？」

「弁当屋の大橋です。ことの流れをがらりと変えるような人物や出来事には、なにかある場合が多いんです。渦中《かちゅう》にいる山瀬さんや天野さんは、気づきにくいかも知れませんが」

お馴染《なじ》みの回りくどい言い回しに、うっすらとだが自慢のニュアンスも感じられる。苛《いら》つき、和子は返した。

「すみませんけど、本題を言ってもらえませんか」

「失敬。少し調べてみたんですが、大橋の会社は代替わりしてから急に事業を拡大して、工場を増やしたり、自宅を建て替えたりしていますね」

「そうらしいですね」

脳裡《のうり》に、この間大橋の会社を訪ねた時に会った老婆《ろうば》の言葉が蘇《よみがえ》る。

「唐突に、わかりやすく景気がよくなった会社は怪しい。常識ですよね。案の定、大橋という男、人柄や経営手腕は賛否両論。つついてみると、いろいろ黒い噂も聞けました」

「なにが言いたいんですか」

「さあ。結論を出すのは尚早です。でも、一つだけ。大橋の工場は、潮《うしお》商店と取引しています」

「潮商店って、古谷さんの？　ふうん。でも大きな問屋さんみたいだし、取引があってもおかしくないでしょう。大橋さんが古谷さんのことを知らなかったっていうのが少し気になるけど、担当者が違うと、わからないってこともあるだろうし」

立ち上がり、向かいの山々の枯れた樹木と、根本を埋める雪を眺めながら答える。

「もちろん、それはあり得ます。しかし、大橋と古谷が会っているのを見たという人がいる」

「本当ですか⁉」

「ええ。しかも度々《たびたび》。人目を忍ぶように」

「そんな……どういうことかしら。じゃあ、なんで私にあんなことを。康雄さん、どういうことですか？」

携帯電話を耳に当てたまま、バッグのクマに目を向けた。わずかな沈黙の後、康雄は答えた。

「和子。ひょっとして俺たち、とんでもない迷路に、しかも自分から迷い込んじまったのかも知れないぞ」

「迷路？　それどういう」

バッグを引き寄せ、クマを覗き込もうとした瞬間、強い力で後ろに引き寄せられた。声を上げる間もなく、伸びてきた腕が和子の首と腰に巻きつく。携帯電話を放り出し、手足をばたつかせて抵抗したが、首と腰を締め付ける力はどんどん増していく。

古谷さん？　ううん。違う。もっと体が大きいし、腕も長い。まさか……。

振り返って顔を見ようとしたとたん、首を締め付ける力が一層強まった。喉が詰まり、息ができない。目がかすみ、意識が遠のいていく。

「おい、和子。しっかりしろ」

「山瀬さん？　もしもし？　どうしたんですか」

ぼんやりした頭に康雄の声が響き、足下の携帯電話からは冬野の呼びかけも届く。しかし、どちらも次第にくぐもった、ぼんやりとした音に変わり、やがてなにも聞こえなくなった。

4

「てめえ。この野郎、なにしやがる」

「やめねえか。どこ触ってんだ、こら」

意識が戻るに従い、暑苦しく耳障《みみざわ》りな康雄の声もボリュームアップしていった。目を開くと同時に喉《のど》が詰まり、激しく咳《せ》き込《こ》んだ。

「和子、大丈夫か」

康雄の問いかけに咳き込みながら頷《うなず》き、手のひらで胸を押さえようとした。しかし、腕はびくとも動かない。両腕とも背中に回され、手首をなにかでがっちりと拘束されている。起き上がろうとしたが、足も自由が利かない。

まさか。いきなり頭がはっきりした。視線を下に滑らせると、キズと汚れの目立つ板張りの床の上に横たわる、濃紺のダッフルコート姿の自分の下半身が見えた。裾《すそ》から覗《のぞ》くのは、ウールのAラインワンピースと、厚手のバルキータイツ。ムートンブーツの足は揃《そろ》えられ、足首には薄茶の粘着テープがぐるぐる巻きにされている。

「ムートンにテープ⁉　冗談でしょ。革がボロボロになっちゃうじゃない」

無理矢理上半身を起こす。それから、周囲に漂う冷えて埃《ほこり》っぽい空気と、人の気配に気づいた。

薄暗く、がらんとした空間だった。隅に木のドア、壁も床と同じ板張りで、向かい側に大きな窓がある。頭上には太い梁《はり》が縦横に走り、天井は三角形をしている。窓から差し込む日差しからして、さっき崖の上で意識を失ってからそう時間は経っていないはずだ。キャンプ場のログキャビンだろうか。

窓の下で衣擦《きぬず》れの音がした。人影が二つある。一つは大きく、一つはやや小さい。

「騒ぐと殺すぞ」

大きい方の人影が言った。ごつい顔にしゃくれ気味の顎《あご》、深いアイホールの奥の目には表情がない。大橋だ。黒いダウンコートを着て、手には黒革の手袋をはめている。さっき首を締め付けられた時の息苦しさと恐怖が蘇《よみがえ》り、和子は無意識に身を引いた。

「大丈夫だ。大人しくしてりゃ、なにもしねえよ」

言い含めるように、小さい人影が声を潜《ひそ》ませる。時代劇俳優・伊吹吾郎《いぶきごろう》似のきりりとした顔立ちと、着込んだ黒革のジャンパーとスラックス。古谷だ。

大橋と古谷は膝《ひざ》を折り、尻《しり》を床から浮かせた格好で、白い息を吐きながら床に座っていた。足下には和子のrepetto《レペット》のロゴ入りトートバッグが転がり、周囲に財布やカード類、化粧ポーチとメイク用品、長野の地図とガイドマップなどが散乱している。しかし、クマの姿がない。慌《あわ》てて視線を巡らすと、大橋の黒革手袋の手ががっちりとクマをつかんでいる。

「ミル太！」

「そうだ。俺はここだ。こいつら、おかしいぞ。さっきから俺の体を押したり、引っ張ったり、逆さにしたり。こんなところで人形遊びもねえだろうし、いやな予感がする」

早口で、康雄が捲《まく》し立《た》てた。

「ミル太を返して」

「お前、何者だ。なんで高井フーズの事件を嗅《か》ぎ回《まわ》ってる」

大橋はぼそりと返し、和子を見た。

「だから言ったでしょう。私は高井弥生の姪《めい》で、村野恵理香《むらのえりか》。叔母たちの事件が、どうしても受け入れられなくて——」

「山瀬和子。本籍・住所とも埼玉県所沢市」

黒革手袋のもう片方の手は、和子の運転免許証を持っている。どきりと胸が鳴り、焦りと恐怖がこみあげてきた。

「落ち着け。うろたえたり、パニックを起こしたら負けだ。お前は、俺の知り合いだったんだ。猫目小僧《ねこめこぞう》の元メンバーで、俺が更生させた」

「あ、天野康雄って知ってるでしょ。高井さんの事件の担当刑事で、ここの崖から落ちて亡くなった。私は、むかし天野さんに世話になったんです。ほんのちょっとだけどグレてて、猫目小僧に入ってた時にいろいろと」

「猫目小僧!? 暴走族の？　そうか。道理で」

古谷は頷き、汚れた軍手をはめた手のひらで額をさすった。この間の、ファミリーレストランの駐車場での一件を思い出しているらしい。

「道理でって、なにが。違うし。関係ないし。いや、関係はあるのか。とにかく、天野さんの亡くなり方が不自然だったから、気になって事件を調べることにしたの。恵理香さんの名前を名乗ったのは、その方がなにかと都合がよかったから」

「天野の知り合い？　いい加減なことを言うな」

「いや、大橋さん。それはウソじゃない。この間、こいつに紹介された弁護士のところに行ったたって話したろ？　天野の名前を出したら、借金のことで親身になって相談に乗ってくれた」

びくびくとしながらも、古谷がフォローする。大橋は表情を変えずに、鼻を鳴らした。

「まあいい。後でゆっくり白状させてやる。お前、このぬいぐるみをどこで手に入れた」

「ぬいぐるみじゃなくて、あみぐるみ。どこって、叔母が陸とお揃いのを、っていうのはもう使えないのか。どうしよう」

「うろたえるな。いま考えるから……そうだ、こうしよう。事件のことを調べていくうちに、陸くんのクマの存在を知った。聞き込みの小道具として使えると思い、そっくりなクマを探して買った。ほら、ちゃちゃっと答えろ」

「事件のことを調べていくうちに、陸くんがいつもあみぐるみのクマを持ち歩いてたって知ったの。聞き込みの時に見せれば、姪って肩書きに説得力が増すと思って、そっくりなクマを探したんです。中目黒のクララっていう、ハンドメイド雑貨のお店。私は常連で、メンバーズカードも持ってます。そこの、レンタルビデオショップのカードの隣にあるでしょ」

できる限り淡々と、当たり前といった口調で説明し、顎で床の上に散乱したカード類を指した。しかし大橋はカードには見向きもせず、低く太い声で告げた。

「そっくりなのを探しただと？　ウソをつけ。その手には乗らないからな」

「そっちこそなによ。私が聞き込みに行った時には、古谷さんのことを『名前は知らない』とか言ってたくせに。二人して、こそこそ会ってたんでしょ。私に、意図的に古谷さんを調べさせたの？　古谷さんも、わざと古い卵を納める現場を押させたとか？　なんで？　狙《ねら》いはなに？」

「おい、やめろ。こっちの手の内を明かしてどうする。それに、相手を追い込むな。お前の命が危なくなるんだぞ」

康雄の声に、はっとして口をつぐんだ。

重たく、張り詰めた沈黙が流れた。窓から刺すように冷たい風が吹き込んできた。見ると、窓ガラスの片方が割れている。石かなにかでガラスを割り、カギを開けて侵入したのだろう。日が傾き始めたのか、さらに暗くなり、冷え込んできている。

「とにかく、ブツを捜さないと」

取りなすように、古谷が割って入った。大橋は手の中のクマを見る。

「ブツ？　なにそれ」

「知らん。しかし、この空気はヤバいぞ。和子、いいか。なにがあっても騒ぐなよ。こいつらを刺激しないようにして、できるだけ時間を稼ぐんだ。そうすればきっと」

康雄が言い終える前に、大橋が動いた。和子の運転免許証を放り出し、片手でクマの片腕をつかんだ。そして、なんの躊躇《ちゅうちょ》もなく黒革手袋の大きな手で、胴体からクマの腕を引きちぎった。ぶつりと、短く乾いた音がする。

「やめて!」

叫ぶ和子の頭に、康雄の押し殺した悲鳴が響く。しかし大橋は、なにも聞こえないように腕を古谷に渡し、もう片方の腕も引きちぎった。康雄の声はさらに大きく、苦悶《くもん》に満ちたものになる。

「お願い、やめて! ミル太を返して」

必死に訴え、身を乗り出した。片膝がコートの前身頃を踏み、バランスを崩して前のめりに倒れ込んだ。打ちつけた肩と顎に、痛みが走る。構わず、和子は顔を上げて叫び続けた。

「なんでこんなことするの。知ってることは、なんでも話すから。もうやめて!」

知らず涙が溢《あふ》れ、声が震える。

「うるせえ。黙ってろ」

うろたえ気味に、古谷が一喝する。その間も、大橋は黙々とクマの解体を進めていく。両足を引きちぎり、古谷に渡す。渡された古谷は腕や足の中からパンヤを引きずり出し、注意深く調べている。

涙でかすんだ和子の視界に、大橋がコートのポケットからなにかを取り出すのが見えた。折りたたみ式のナイフだ。大橋が背をつかんで引き上げると、大きく尖《とが》った刃が現れた。大橋は、両手両足をもがれたクマの首の下に刃を当てた。

「康雄さん！」

クマに向かい、和子は叫んだ。大橋は手を止め、怪訝《けげん》そうに和子を見た。しかし、すぐに向き直り、片手でクマの頭をつかみ、もう片方の手でナイフの柄を握り直して、鈍く光る刃をクマの喉に突き立てた。

「見るな！」

全身の力を振り絞ったような康雄の声が響き、和子は思わず顔を背《そむ》けて目をきつく閉じた。その頭に、これまでに聞いたことのない、恐ろしく、悲しく、苦悶に満ち、しかしそれを和子に伝えまいと命がけで歯を食いしばる、康雄の声が響いた。頰《ほお》を埃と砂でざらつく床に押しつけたまま、知らず和子も歯を食いしばり、喉の奥から声が漏《も》れた。溢れた涙が頰をつたい、床に流れ落ちていく。

どれぐらい時間が経ったのか、わからない。和子は床に倒れ込んだまま、体を丸めていた。意識が朦朧《もうろう》とし、手脚が鉛のように重たい。その中で、心臓だけが激しく鼓動している。

「康雄さん」

かすれる声で、呼びかけてみた。しかし、返事はない。かすかなうめき声と、苦しげな息づかいが聞こえてくるだけだ。床の上には、ミルクティー色の頭と下半分にスカイブルーの横縞《よこじま》が入った胴体、先端だけスカイブルーの手足が切断、解体され転がっている。周囲には引きずり出され、むしり散らされた白いパンヤが雪片のように散らばっている。

家に帰りたい。なんでこんなことになっちゃうの。激しい感情の波が、胸を突き上げてきた。また涙が溢れ、視界がかすむ。

康雄のうめき声と息づかいが強くなった。痛みが増したのかと思ったが、そうではない。苦しみながらも、なにかを訴えようとしている。「落ち着け。諦《あきら》めるな」、和子にはそう聞こえた。

手が使えないので、瞬きで無理矢理涙を押し流し、視界をクリアにした。体をひねり、注意深く振り返る。

日はますます傾き、窓外には夕闇《ゆうやみ》が迫っている。床に置いた懐中電灯の明かりが、座り込む大橋と古谷の姿を照らしていた。

「だから、何度も言わせるな。ブツはない。ぬいぐるみを解体しても、綿を引っ張り出して調べても出てこなかった」

苛立《いらだ》ったような、大橋の声がする。携帯電話で誰かと話しているようだ。液晶画面のバックライトが上下に揺れている。古谷も耳を寄せ、会話に耳をそばだてているのがわかった。

「どうするんだ。あんたが絶対にぬいぐるみの中だって言うから、俺らは――」

大橋を遮るように、電話の相手がなにか言った。小さくくぐもっていて、性別や声の調子ははっきりしないが、興奮した様子で捲《まく》し立てている。

「女？　さっきも言っただろう。持ち物は真っ先に調べたが、ブツは見つからなかった。脅して聞きだそうとしたんだが、俺らがぬいぐるみを切り刻もうとしたとたん、気が触れたようにぎゃあぎゃあ泣きわめきやがって。やっと大人しくなったと思ったら、ショック状態っていうのか？　ぼんやりしちまって、とても話を聞ける状態じゃない。あんたも言ってたがこの女、ちょっとおかしいんじゃないのか。ぬいぐるみ相手にぶつぶつ話しかけて、ミル太だの康雄さんだの」

言いながら、大橋は和子に目を向けた。慌てて、和子は顔を背け、目を閉じた。

落ち着け。話を整理しよう。大橋と古谷はグル。これは間違いない。私を襲い、ミル太をバラバラにした目的は「ブツ」。大橋たちにとって、すごく大切なものらしい。でも、ブツは見つからなかった。そして、大橋たちには仲間がいる。姿を現さないところからして、多分そいつがボス。高井さん一家の心中と、康雄さんの転落死事件の首謀者、つまり大悪玉だ。

和子はわずかに自由の利く指先に、ぐっと力を込めた。大橋と古谷のつながりも、ボスの正体も、ブツとはなんのことで、どこにあるのか。さっぱりわからない。でも、大橋たちは全部私が知ってると思ってる。このままじゃ、きっと……焦りと恐怖の波が押し寄せ、また胸を突き破りそうになった。康雄は依然、苦しそうな息づかいを続けている。

「こいつらを刺激しないようにして、時間を稼ぐんだ」。ふいに、脳裡《のうり》にさっきの康雄の声が蘇《よみがえ》った。続けて、「納得できるシミ、誇りに思えるキズを作れ」。大橋の弁当工場を訪ねた帰り道でかけられた言葉が、再生された。すると、「テンション上げろ。ここからが本番だ」「現状を打破する方法を考えるんだ」「失敗してもいい。自分の頭で考えることが大切なんだ」「お前、見込みあるぞ。いい線いってる」「手を抜いて生きるな」「俺の声が聞こえたのは、お前だけだって。きっとこれにも意味があるんだよ」……これまでに康雄にかけられた言葉の数々が、暑苦しく偉そうな、しかしウソのない口調とともにぽんぽんと浮かんできた。そして締めくくりになぜか、「最後のひとふんばりが、結果を決める」。父・忠志の声がぼそりと、豪快なげっぷの音を伴って響いた。

大丈夫。できる。ざわめく胸を押さえ込み、和子は自分に言い聞かせた。その時、電話を切る気配があった。衣擦れの音がして、大橋が近づいて来る。かがみ込み、伸ばされた手を払いのけるように、和子は勢いよく振り返って顔を上げた。

「わかりました」

大橋が和子を見た。懐中電灯の光が顔に当たり、深いアイホールに黒い影を落としている。

「あなたたちが捜してるブツがなにか、気がついたんです。あれでしょ？　小さくて、軽くて、ミル太に隠せちゃうぐらいのサイズ。はいはい。わかりました」

「適当なことを言うなよ」

「生前、康雄さんは事件についての捜査メモを残してました。自宅に焼香に行った時に、奥さんに見せてもらったの。私は今日まで、そのメモを元に事件を調べてきたんです。じゃなきゃ、ズブの素人《しろうと》がここまで辿《たど》り着《つ》けるわけないでしょう」

身を引き、大橋は考え込むような様子を見せた。チャンス。和子は首筋がつって痛むのも構わず、さらに高く頭を上げた。

「康雄さんは、ブツの存在にも意味にも気づいてました。こっそり見つけ出して、裏を取ってから警察の上司に見せようと思って、一旦《いったん》ある場所に隠したの。メモにそう書いてあったわ。でも、その直後に亡くなってしまったんです」

「お前は、そのメモを見たんだな。ブツも手に入れたってことだな。教えろ。どこにある」

「教えてもいいけど、あなたたちじゃいや」

きっぱりと、和子は答えた。口を開きかけた大橋を制し、さらに続ける。

「いま電話で話してた相手。この事件のボスなんでしょう。その人を呼んで。そうしたら、教えてあげる」

「おい。調子に乗るんじゃねえぞ」

大橋の声のトーンが変わった。再び黒革手袋の手が伸びてくる。恐怖が、びりびりと電気のように和子の背筋を走った。立ち上がり、古谷が後ろから大橋の肩をつかんだ。

「やめろ。この女には手出しするなって、しつこく言われてるじゃねえか」

暗闇の中で、大橋と和子の視線がぶつかった。アイホールの奥で、大橋の目が光る。さっきクマを解体した時と同じ。無表情で、なんの感情も温度も伝わってこない。この人には、心がないのだろうか。ふとそんな思いがよぎり、さらに恐怖が増した。それでも、和子は大橋を見返し続けた。

舌打ちし、大橋は腰を上げた。

「あいつに電話して、こっちに向かわせろ。ぐだぐだ言っても無視しろ。大至急だ」

待ち構えていたように、古谷は革ジャンのポケットから携帯電話を出した。

日が暮れ闇が深くなるのにつれ、室内にも重苦しい空気がたちこめていった。大橋は、明らかに苛立ちを募らせていた。ぶつぶつとなにか呟《つぶや》き、舌打ちとせわしない衣擦れの音が、暗い室内に響いた。そのつど、古谷はおろおろと声をかけたり、立ち上がっては窓外の様子を窺《うかが》ったりしていた。和子はそんな二人に背中越しに神経を尖らせながら、小声で康雄を励まし、その言葉で自分自身も支え続けた。

雪を踏む、かすかな足音が聞こえてきた。緊張が走り、大橋は壁に身を寄せて窓外を覗き、古谷もばたばたと懐中電灯の明かりを消した。古谷が電話をかけてから、約二時間が経過している。

足音は窓の下で止まり、しばらくして押し殺した声でなにか訴えるような気配があった。大橋はそれに、

「玄関に回れ」

と短く応《こた》え、しゃくれた顎でドアを指した。古谷がドアに歩み寄り、解錠して注意深く開く。続けて、黒い人影が室内に滑り込んで来た。

「明かりを点けるな」

男だ。しかし、声を潜ませている上に、口元にマフラーかなにかをぐるぐる巻きにしているらしく、よく聞き取れない。

「どういうことだ。話が違うじゃないか」

「それはこっちの台詞《せりふ》だ。あんたに言われた通りに女をさらって、ぬいぐるみをバラした。でも、ブツは見つからねえし、女はあんたじゃなきゃ、ありかを教えないとぬかしやがる。冗談じゃねえぞ」

窓の前に立ち、大橋は男に言い返した。

暗闇に目をこらし、和子は男の正体を見極めようとした。しかし、男は和子に背中を向けたまま、ドアの前から動こうとしない。それでも、目が慣れてくると男がキャメルのウールのコートを着ているらしいこと、小柄だが肩幅はそこそこ広いこと、髪は短く、若者でも老人でもなさそうなことは見極められた。

古谷が歩み寄って来た。身をかがめ、和子を見下ろす。

「希望通りの相手を呼んでやったぞ。ブツの隠し場所を吐け」

黙っていると、さらに身をかがめ、和子の耳元に囁《ささや》いた。

「大丈夫だ。あんたには感謝してる。紹介してもらった弁護士のおかげで、借金が整理できそうなんだ。この二人だって、悪人じゃねえよ。大人しく全部喋《しゃべ》れば、悪いようにはしない」

ウソばっかり。しわがれた声が、和子の尖った神経を逆なでする。そんな子どもだましが通用すると思ってるの？　この場限りの出まかせキャラとはいえ、私は猫目小僧のメンバーなのよ。ふざけんなっつうの。心の中でなじり、ぷいと横を向いた。

「おい。乱暴はやめろ。その子に触るな」

男が、籠《こ》もり気味のぼそぼそとした声で咎《とが》めた。

「バカ言うな。なにもしちゃいねえよ。こっちの苦労も知らねえで、好き放題ぬかしやがって」

「うるせえ。ぎゃあぎゃあわめくな。さっさと女にありかを吐かせて、ブツを引き上げるんだ」

大橋が割って入った。太く抑揚のない声だが、端々から押し殺した怒りがにじみ出ている。

ひょっとして、この三人あんまり上手《うま》くいってない？　仲間割れ、不協和音ってやつ？　よし。一か八かだ。

勢いをつけ、和子は体を反転させて男たちに向き直った。首と腹筋のつりを堪《こら》えながら、できる限り上体を起こす。

「うるさいのはどっちですか。いい加減にして。せっかく、ブツの隠し場所を教えてあげようと思ったのに。知りたくないの？」

居丈高《いたけだか》に、余裕綽々《しゃくしゃく》といった態度で言い放つ。しかし緊張で、全身が硬く強《こわ》ばっていくのがわかる。男たちの視線が、一斉に和子に集まった。古谷を押しのけ、大橋が歩み寄って来た。

「どこだ。教えろ」

「クマの中。陸くんが持ってたのと、お揃いのクマ」

「なにを言ってやがる。そのぬいぐるみなら、とっくに――」

「ぬいぐるみじゃありません。あみぐるみです。あなたたちが壊したのは、ダミーです。もう一体あるの。雑貨屋で見つけた時にすごくかわいくて気に入ったから、自分用に一つ買ったんです。ブツはそっちの中。残念でした」

「ウソだ！」

籠もり気味の声が響いた。悪玉の男だ。ドアの前から数歩進み出て、こう続けた。

「なにが雑貨屋だ。自分用に一つだ。いい加減なことを言うな。俺はとっくに気がついてたぞ。あのクマは日本中探したって、売っちゃいない。弥生さんの手作りなんだ。世界に一つだけ、陸くんのために作ったクマなんだ」

なぜそれを。驚きと焦りが胸に押し寄せ、再びパニックを起こしそうになる。同時に違和感を覚え、頭は勝手に記憶をたぐり始めた。

ミル太が弥生さんの手作りで、この世にたった一つのオリジナルであることは、高井さん一家と康雄さん、私しか知らないはず。その証拠に聞き込みでミル太を見せ、「叔母に陸とお揃いでプレゼントしてもらった」と説明しても、誰も疑わなかった。そう。江川さんも、西山さんも、楊さんに、陳さんだって。脳裡に、江川の人のよさそうな顔、「私たち、高井さん一家が大好きだったの」と訴える西山の眼《まな》差《ざ》し、はにかんだように目を伏せる楊喜順《ヤン・シーシュン》の横顔、狭いベッドに座り込む、陳《チェン・》永康《ヨンカン》の広いけれど頼りなげな肩……そして最後に、ある男の顔と、交わしたやり取りが再生された。

訝《いぶか》しがるその男に、和子はクマの出所を告げた。「そうですか」と小さく頷く男。しかし、大きく丸い目はクマに向けられたままだ。

「あなたまさか、吉住さん？」

和子の問いかけに、男が凍り付いたのがわかった。

「おい。答えてやれよ。この期《ご》に及んで、一人だけ逃げようってのか。汚ねえぞ」

まだ怒っているのか、古谷が大股《おおまた》で近づき、男の腕をつかんで部屋の中央に引きずり出した。床の懐中電灯を拾ってスイッチを入れ、大橋がその顔を照らす。

予想した通り、顔の下半分はマフラーで覆われていて見えない。しかし、短く刈り込んだ髪と左右の生え際の後退が始まりつつある額は紛れもなく、ママズキッチン篠崎街道《しのざきかいどう》店総菜売り場主任・吉住のものだ。

「やっぱり。どうしてこんな」

「ち、違う。そうじゃない。あんたは誤解してる」

「誤解って、なにが。あなたが首謀者なんですか？　でも、あんなに親身になって力を貸してくれたのに。高井さんのために、涙まで流してたのに。あれは全部ウソ？　まさか、あなたが高井さんたちを？　康雄さんも？」

「黙れ！」

裏返り気味の声で、吉住が叫んだ。マフラーをむしり取り、床に叩《たた》きつける。

「なにも知らないくせに、ぎゃあぎゃあ騒ぐな。俺がどんなに苦しんだか、あんたにわかるのか。悪いのは俺じゃない。俺は誰もキズつけるつもりはなかったし、助ける道だってつくってやったんだ。なのに高井さんも、あの天野とかいう刑事も……。あんただってそうだ。こいつらは、もっと早くにあんたを襲う計画を立ててたんだぞ。それを俺が説得して、事件から手を引くように仕向けてやったんだ。なのに、また舞い戻ってこそこそ嗅ぎ回りやがって」

大きな目を潤《うる》ませ、和子を睨《にら》みつけた。話の内容も怒りの意図も見えず、和子はただその目を見返していた。

大きく一つ、大橋がため息をついた。手にした懐中電灯を、吉住に押しつける。

「おいおい、逆ギレか。だから、あんたは甘いって言うんだよ。楽な道を選んで、どっぷり甘い汁に浸《ひた》っておきながら鼻先だけ突き出して、俺は汚れてない。お前らとは違うと言い張るのか？　バカバカしい。つき合ってられるか。さっさとカタをつけて、お終《しま》いにしようぜ。おい、お前。お遊びはここまでだ。ブツはどこにある。そもそも、本当にありかを知ってるのか？　とっとと答えろ」

和子の肩をつかみ、引き起こした。いままでにない、荒々しい語気と仕草に、和子の口から短い悲鳴が漏れる。

「おい。乱暴はやめろ」

吉住の声に、大橋は勢いよく振り返った。

「黙れ。俺はもう、うんざりなんだ。高井も天野とかいう刑事も、この女も。揃いも揃って、ぬるい正義感を振りかざしやがって。それでなにかを変えたつもりか？　一段高いところに立ったつもりなのか？　目先の悪事を叩いて、優越感に浸りたいだけじゃねえか。鬱陶《うっとう》しいんだよ。消えちまえ」

低く太い声が初めて、感情を爆発させた。怒りと苛立ち、そして強い焦りが和子にぶつかってくる。しかし依然、眼差しにはなんの温度も感じられない。

ぷちりと、弾けるような音がした。和子は、無意識に大橋の足下に視線を向けた。サイズが三十センチ近くありそうな、スニーカーを履いた大きな足がなにかを踏んでいる。目をこらすと、ミルクティー色のニットの断片。傍《かたわ》らには、砕けた黒いガラスの粒が散乱している。クマの目だ。

「ひどい。なんてことを……康雄さん」

しかし、かすかな息づかいが返ってくるだけだ。もはや、うめき声を上げる力も奪われてしまったのだろうか。

唐突に、和子の胸に怒りが湧《わ》いてきた。これまでに感じたことのない、強く熱く、リアルな怒りだ。

ぬるい正義感？　優越感？　なに言ってんの。あんたに、なにがわかるの。高井さんの無念を。陸くんの孤独を。江川さんたちの想いを。そして、その全部に命をかけた、天野康雄って刑事を。

「鬱陶しいのは、どっちよ」

「なんだと？　おい。いまなんて言った」

身をかがめ、大橋が顔を覗き込んできた。鼻をかすめる生臭い息と、肩を揺さぶる革手袋の手を確認した時、和子の中でぱん、となにかが破裂した。

「鬱陶しいのは、あんたの方だって言ってんの。てか、消えろってなに？　消えちまえなのは――」

そこで言葉を切り、上半身をよじって大橋の手を振り払った。

私は、東京の下町を根城に暴れ回った暴走族・猫目小僧の元メンバー・華呵虎《カズコ》。怖いものなど、なにもない。喧嘩上等。修羅場最高。夜露死苦《ヨロシク》。

怒りに任せ言い聞かせると、みるみるテンションが上がり、鳥肌が立った。脳裡に、派手な刺繍《ししゅう》の入った特攻服を着込み、額に「仏恥義理《ぶっちぎり》」と墨文字で書かれた鉢巻きをしめ、胸の前で腕を組んで上目遣いにメンチを切る自分の姿が浮かぶ。そのイメージをキープしつつ、和子は大きく体をそらせ、尻で床を打って反動をつけ前のめりに飛び出した。

「てめえの方だ！」

叫ぶと同時に、頭を低く下げる。次の瞬間、前頭部がスラックス越しに半端に硬く、弾力のあるものに激突した。

どすんと重たい音がして、部屋が揺れた。目眩《めまい》と前頭部の痛みを堪え、和子が頭を上げると、向かいの床に大橋が倒れていた。尻餅《しりもち》をつく格好で、革手袋の両手は股間《こかん》を押さえている。

「大橋さん！　大丈夫か」

古谷が駆け寄る。吉住は呆然《ぼうぜん》と立ち尽くしている。大橋は間抜けな格好で固まったまま、全身を小刻みに震わせながら呟いた。

「こ、この野郎。ふざけやがって」

いつもより、さらに虚《うつ》ろさを増した目で自分を見据える大橋を、和子は肩で息をしながら真《ま》っ直《す》ぐに見返した。前頭部がびんびんとしびれ、かすかに残った大橋の体温が気持ち悪い。

古谷の手を借り、大橋は立ち上がった。体は前のめりに折ったまま、足下もふらついている。しかし、片手は股間から離れ、コートのポケットを探った。取り出したのはナイフ。さっき、クマを解体した時に使ったものだ。

「だめだ。大橋さん」

「おい。やめろ」

古谷の手を振り払い、吉住の声を無視して、大橋はナイフの刃を開いた。右手にしっかりと握り、構える。

「殺してやる」

左手で股間を押さえ、肩を大きく上下させながら、大橋が唸《うな》った。しかし、アイホールの奥の目は依然、なんの感情も映してはいない。

やっぱり、この人には心がない。ミル太の黒いガラスの目の方が、何十倍も何百倍もいろんなものを映してるよ。

「殺してやる」

もう一度、口調を強めて唸り、大橋がナイフを振り上げた。腰にすがりつく古谷を引きずったまま、青白い顔で突進してくる。

この人、本気だ。和子は直感した。しかし、あれほど胸を突き破ろうとしていた恐怖や焦りは感じられず、代わりに強い怒りと高揚感がこみ上げてきた。

「かかってこいや！」

気がついたら、怒鳴っていた。ドスの利《き》いた、ほっこりからもおしゃれからもほど遠い声。まさしく元猫目小僧メンバー・華啊虎。ううん、違う。これは康雄さんだ。そう確信した時、大橋の黒い影が和子にのしかかってきた。

5

どしんと重たく大きな音がして、ログキャビンが揺れた。大橋は、振り上げたナイフを和子の頭上数センチのところで止め、振り返った。出入口のドアが開き、白く強いライトの光が室内に差し込む。和子たちは思わず眼を細め、顔を背《そむ》けた。その瞬間、ドアの方で男の怒鳴り声がした。続いて、どたばたという足音、別の男の怒声、それに応《こた》えるように叫ぶ大橋の声、揉《も》み合《あ》う気配、吉住のものらしい裏声の悲鳴が大きな黒い固まりとなってぶつかってきた。

ふいに、伸びてきた手に肩をつかまれた。和子は身をよじり、暗闇《くらやみ》を睨《にら》みつけた。

「ざけんな、コラァ！」

コラァは巻き舌だ。しかし手はびくともせず、誰かが傍《かたわ》らにかがみ込む気配があった。

「山瀬さん、僕です」

聞き覚えのある、少し鼻にかかった声。続けて、先の尖《とが》った鼻とフレームの細いメガネが和子の顔を覗《のぞ》き込《こ》んだ。

「冬野さん」

我に返り、顔を上げた。室内の騒動はまだ続いている。人影と足音が交錯し、ドアと窓外から差し込む光が目まぐるしく揺れ、舞い上がった埃《ほこり》を照らす。人影はすべてスーツ姿の男で、三つのグループに分かれ、それぞれに大橋、古谷、吉住を取り囲んでいる。

大橋が野太い声で怒鳴り、暴れた。それを男たちが、のしかかるようにして拘束している。鈍く籠《こ》もった音がして、大橋の手のナイフが床に転がる。男の一人が大橋の手首をつかみ、黒い手錠をかけた。

「昼間いきなり電話が切れて、何度かけ直してもつながらなかったんです。瞬時に状況を推測し、上司や長野県警など関係部署に確認を取って緊急捜査網を敷きました。ただ、上司への事情説明と山瀬さんの携帯の電波を辿《たど》るのに手間取り、遅くなってしまいましたが」

書類でも読み上げているような、いつもの口調だ。しかし、大きく温かい手は和子の肩をしっかりつかんで、離さない。

「はあ」

間抜けな相槌《あいづち》を打ったとたん、体の力が抜けた。礼なり謝罪なり、なにか言わなくてはと思うのだが、頭もぼんやりして上手《うま》く回らない。

「とにかく、無事でよかった。これから所轄署に行って、お説教を含め、たっぷり話を聞かせてもらいますから」

冬野は和子の背後に回り、手首と足首の粘着テープを剝《は》がした。

室内に動きがあった。三つのグループが、ドアに向かう。先頭は古谷で、左右を刑事に囲まれ、観念したように無表情に俯《うつむ》いている。続いて吉住。刑事たちに体を支えられるようにして、ふらふらと進む。手錠をかけられ、顔面は蒼白《そうはく》、大きな目は固まったように見開かれている。その目が動き、和子を見た。血走り、うつろな眼差《まなざ》しだったが、和子の胸に強く重たいものがぶつかってきた。吉住は必死になにかを叫び、訴えている。それがなんなのか読み取ろうと、和子が身を乗り出しかけた時、どたばたと暴れ回る大きな影が視界を遮った。大橋だ。二人の屈強な刑事に両腕、さらにもう一人に後ろから頭を押さえ込まれながら、唸《うな》るように叫び、身をよじって抵抗している。まるで野獣だ。しかしそれでも、闇の中で冷たく光る目からは、なんの感情も体温も伝わってこない。

男たちが出て行き、まだざわついた空気が残るキャビンに、和子と冬野だけが取り残された。開け放たれたドアの外にはパトカーの赤色灯がいくつも見え、刑事たちの話し声や、雪を踏む足音が聞こえてくる。

「しかし、さっきのあれはすごかったな」

「あれって？」

「決まってるでしょう。『ざけんな、コラァ！』ですよ。少し前から、他の捜査員たちとキャビンを取り囲んで突入するタイミングを計っていたので、『てめえの方だ！』や『かかってこいや！』も聞きましたけど、いつもの山瀬さんとは全然違う。まるで別人」

白い息を吐きながら、微妙にカンに障る口調で説明し、冬野は腰を上げた。細身のスーツの上に同じく細身のコートを着ている。言い返そうとした時、和子の眼前に薄く大きな手のひらが差し出された。渋々その手にすがり、立ち上がった。脚の筋肉がしびれ、関節も痛む。指先は冷え切っている。闇の深さと気温からして、時刻は午後十時前後だろうか。だとしたら、五時間近くログキャビンの床に転がされていたことになる。

和子が顔をしかめ、中腰で太ももの脇をさすっていると、冬野はさらに続けた。

「多重人格か霊憑依《ひょうい》かと思ったんですが、すぐにピンときました。あの押し殺したような発声、ドスの利《き》かせ方。間違いない、あれは天野さんだ」

「そうだ！　康雄さん」

はたと気づき、室内を見回した。騒ぎで蹴散《けち》らされ、ニットの断片とパンヤはさらに汚れ、ぼろぼろになり床の隅に転がっている。

慌《あわ》てて駆け寄り、和子は床に座り込んでクマの残骸《ざんがい》を拾い集めた。中に、頭部と思われる丸く大きなニットの固まりがあった。拾い上げ、手のひらで包み込むようにして呼びかけた。

「康雄さん！　聞こえる？　返事をして」

「……よう。俺だよ」

たちまち、記憶が蘇《よみがえ》った。代官山《だいかんやま》のフリーマーケットからクマを連れ帰ったその夜、初めて康雄にかけられた言葉だ。ほんの数カ月前のことなのに、いまの康雄の声はかき消えそうに細く、息も荒い。

振り返り、呆然《ぼうぜん》と和子が持つクマの残骸を見つめている冬野に言った。

「パンヤ持ってきて」

「パン屋？　お腹《なか》が空いているんですか？　食事なら署で――」

「違う。パン屋じゃなくて、パンヤ。手芸用の綿のことです。あと、裁縫と編み物の道具も。用意して。大至急！」

ニットとパンヤをしっかりと胸に抱き、和子は叫んだ。

6

ママズキッチン篠崎街道店は、予想通りの状態だった。敷地の周囲にはテレビ局の中継車と新聞社の旗を立てたハイヤーが停車し、店の玄関も通用口もマイクを握ったレポーターとカメラマン、記者たちが取り囲み、出入りする客や従業員、業者たちに容赦なく質問を投げかけ、レンズを向けている。

和子は通用口の後方で足を止め、マフラーを口の上まで引き上げ、頭のキャスケットを目深《まぶか》にかぶり直した。どうしたものかとためらっていると、潜《ひそ》めた声がした。

「恵理香、じゃない、和子ちゃん。こっち」

通用口の前のスペースは、出入り業者のための駐車場になっている。そこに停《と》められた大型トラックの陰から江川が顔を出し、手招きをしている。和子は背中を丸め、小走りでトラックに駆け寄った。トラックと荷台に白いコンテナを積んだ冷凍車の間の狭く細長いスペースに、白衣にゴム長姿の江川と西山、楊喜順が立っていた。

「ずっと連絡しなくてごめんなさい。今回のことでも、いろいろご迷惑をおかけしちゃって」

マフラーを引き下げ、キャスケットを脱ぎ、和子はぺこりと頭を下げた。おばさん臭い仕草で手のひらを振り、江川は言った。

「いいのいいの。あんたが恵理香ちゃんじゃないってわかった時はびっくりしたけど、事情は電話で説明してもらったし。みんなも承知してるから。大丈夫」

「猫目小僧と、天野さんって刑事さんのことも聞いたわ。でも私たち、全然気にしてないからね」

細い首を突き出して眉《まゆ》を寄せ、西山も訴えてきた。頭を使い捨てのネットキャップですっぽりと覆い、金縁メガネのレンズは、はねた油でわずかに汚れている。同意するように、後ろに立つ楊が力強く頷《うなず》く。

「ありがとうございます。でも、猫目小僧の件にはいろいろいきさつがあって、皆さんに伝わってる情報が、必ずしも正しいとは言えないかも」

「まあとにかく、無事でよかったわ。怖かったでしょう。大橋のやつ、大きなナイフを持ってたっていうじゃない。クーちゃんを切り刻んだのも、あいつなんでしょ？　ひどいことするわよね。あら、でもそれ」

江川が和子のトートバッグに目をとめた。バッグの口から、ミルクティー色の顔がちょこんと覗いている。和子はクマを取り、三人に見せた。

頭が少しねじれていたり、左右の手足の長さが違っていたり、胴体の表面と横縞《よこじま》が引きつれて歪《ゆが》み、色目が少し違う毛糸が使われていたりするが、元通りのクマの外見を取り戻している。

「はい。クーちゃんこと、ミル太です。ご心配には及びません。復活して、元気になりました。不死鳥、もしくはユニコーンのように。ね？」

勢いよく説明し、前より左右の間隔をやや広めに空けて縫《ぬ》い付《つ》けられた、真新しい黒いガラスの目を覗き込む。沈黙ののち、和子の頭の中にだるく、不機嫌そうな声が響いた。

「ね？じゃねえよ。適当なこと言いやがって。ユニコーンどころか、頭の中に、とんがりコーンをぎっちり詰め込まれたような気分だよ。安物の綿を使いやがったな？　手脚の節々も痛むし、全然元気じゃねえぞ」

「仕方がないでしょ。あの時は緊急事態で、冬野さんだってそれが精一杯だったんです。いま、ちゃんと元通りの体に戻してくれそうな、あみぐるみ作家さんを探してますから」

「やめてくれ。訳のわかんねえやつにいじくり回されるのは、二度とごめんだ。こんおばさんのままでいい」

「だったら、家で休んでて下さいよ。どうしてもって言うから、こうして連れてきたのに。なんか、前よりグチっぽくなってません？　オヤジ、っていうよりおばさん臭い」

クマの耳に口を寄せ、ぼそぼそと囁《ささや》きかけていると、楊が進み出てきた。

「僕、いまでも信じられません。本当なんですか？　本当に、吉住さんがあんなこと」

中国語訛《なま》りのイントネーションで問いかけ、和子の目を覗く。しかし和子が口を開きかけると、答えを拒むように、俯いた。白い指が、不織布のマスクを強く握りしめている。

ログキャビンでの事件から、一週間が経過していた。あの後、康雄の治療を訴える和子に冬野は、「僕がなんとかしますから、所轄署で事情聴取を受けて下さい。ただし、フリマで買ったクマのあみぐるみがいきなり喋《しゃべ》りだし、日給五千円で雇われて事件の犯人捜しを始め、ここに至りました、とか答えても事態をややこしくするだけです。ここは、さっきあなたが大橋たちに言った、元猫目小僧メンバーの恩返しを主張して、その過程で僕と知り合ったということにして下さい」と言い含め、車に乗せた。仕方なく言われた通りの設定で刑事たちの質問に答え、説教も受けた。

深夜近くになって解放されると、冬野がクマを返してくれた。和子が事情聴取を受けている間に地元の手芸品店を回り、店を開けさせ、中に編み物に覚えのある店主がいたので、無理矢理クマの補修作業をしてもらったという。その処置が功を奏したのか、康雄は少しずつ元気を取り戻していった。

江川は腕を伸ばし、楊の背中をシワの目立つ小さな手でそっとさすった。

「それは、私や西山さんも一緒。刑事さんと店長から話は聞いたし、ニュースや新聞の記事も全部読んだわ。でも、信じられないの。吉住さんみたいに優しくて、家族思いで真面目《まじめ》な人が、あんな恐ろしいことをするなんて」

冬野の計らいで、マスコミには和子の名前や顔は伏せられている。しかし、この一週間の間にも数回、江戸川東署に呼び出され、事情聴取を受けたり、ファミレスの駐車場で古谷に襲われた時の状況説明をしたりしている。大橋、古谷、吉住は身柄を江戸川東署に移され、警察では和子の誘拐監禁から、高井暁嗣・弥生夫妻の殺人へと容疑を広げ、取り調べを進めているらしい。康雄の一件も近く殺人事件へと切り替えられ、再捜査が始まるという。冬野他刑事たちの話とマスコミの報道から察するに、大橋は依然反抗的で容疑も全面的に否認しているが、古谷と吉住は罪を認め、素直に自供を始めた様子だ。

去年の春のことだ。吉住は篠崎街道店の店長や各売り場の責任者たちとともにママズキッチンの本部に呼び出され、幹部連中から叱責《しっせき》を受ける。折からの不況を受け、店の売り上げが大幅に落ちていたのだ。中でも吉住の総菜・弁当売り場は不振で、閑職への異動やリストラも匂わせられ、徹底的になじられた。

その後、吉住は知恵を絞って売り場をリニューアルしたり、暁嗣の力も借りて新メニューを開発したりした。しかし、売り上げは思うようには伸びない。悩み、苦しむ吉住に馴染《なじ》みの弁当業者が「いい手がある」と囁きかけた。それが大橋だ。大橋は古谷他、裏でつながる食材の卸業者と共謀し、賞味期限の切れた卵や外国産のものに国内産と表示をつけた野菜を吉住に安く卸させ、自分はマージンを受け取ることを提案する。プレッシャーに負けた吉住は、いまをしのぐだけのつもりで、この話に乗ってしまう。ところが間もなく、吉住は暁嗣に呼び出され、食品偽装を指摘される。吉住の態度を訝《いぶか》しく思った暁嗣は密《ひそ》かに大橋たちの計画を調べ、伝票や納品の様子を収めた画像などの証拠をデータ化し、メモリーカードに記録しているという。

暁嗣はうろたえる吉住に、「大橋に上手く利用されているだけ。一番悪いのは、無茶なノルマを課すママズキッチンの本部だ。一緒に告発しよう。あんたが反対しても、俺は一人でやる」と迫った。パニックを起こす吉住に、大橋は「こうなったら仕方がない」と恐ろしい計画を伝える。

数日後、吉住は暁嗣の申し入れを受ける素振りを見せ、「お互いにしばらく家族とは過ごせなくなるから」と高井一家を長野のキャンプ場に誘い出した。自分の家族は急病で参加できないとごまかし、夫妻を酔わせて眠らせた後、隠れていた大橋と古谷が姿を現す。夫妻を車に運び、練炭の準備を整えたところで、先に車内で眠っていた陸《りく》が目を覚ましてしまう。吉住は我が子と同い年の陸の命を奪うことがどうしてもできなくなり、大橋を説き伏せ、手にしていたクマのあみぐるみを奪い、現場から引き離そうとする。しかし途中で転倒し、クマは崖《がけ》から落ちてしまう。そこで泣きじゃくる陸を高井フーズの車の傍らに残し、大橋に呼び戻され、吉住は指紋や足跡など自分たちの痕跡《こんせき》を消して、現場を去った。

翌朝、暁嗣と弥生の遺体とショック状態の陸が発見され、高井フーズの経営状態などから、警察は心中事件と判断する。大橋の計画通りだ。しかし、食品偽装の証拠を収めたというメモリーカードを処分しなければ、安心はできない。暁嗣の車やバッグの中にはなく、事件後、口実を作って入り込んだ高井家を捜しても、見つからなかった。

さらに事件を嗅《か》ぎ回《まわ》る刑事・康雄まで現れ、大橋たちは気が気ではない。そんなある日、康雄を尾行し、長野の現場に辿り着いた吉住は、康雄が崖の縁に引っかかったクマを拾い上げようとしているのを目撃する。「メモリーカードは、あの中だ！」。閃《ひらめ》いた吉住は、とっさに康雄を突き落としてしまう。

「優しくて、家族思いで真面目。だからこそ、吉住はこんな事件を起こしちまったんだよ。暁嗣さんも同じだ。二人がもっとずる賢くて、人の生活や幸せを屁《へ》とも思わず、心の隙間《すきま》に入り込んで好きにしてやろうと常に考えてるような人間なら、こんなことにはならなかった。そう。大橋みたいにな」

低く重い声で言い、康雄はため息をついた。最後のひと言には、強い怒りと憎しみが滲《にじ》んでいる。

康雄は事故死と判断され、発見されたクマも陸の親戚《しんせき》の手に渡ったと知り、胸をなで下ろす吉住たち。しかしその数カ月後、弥生の姪《めい》を名乗る女が現れ、その手にはクマもある。女は「陸とお揃《そろ》い」と言っているが、吉住は生前の弥生からクマは世界に一つだけと聞いている。さらに大橋の調べで、弥生の姪は日本にいないことも判明し、女の正体も事件を調べる目的もまるで見えない。さすがの大橋も焦り、和子を追い払う策を講じる。

古谷との関係をほのめかし、吉住にも口裏を合わせさせて暁嗣が賞味期限切れの卵を弁当に使っていたと思い込ませ、事件はやはり心中だったと結論づけさせようと謀ったのだ。ファミリーレストランの駐車場で古谷と揉み合っている時の違和感も、犯人は大橋。物陰に隠れ、こっそりクマを盗もうとしたらしい。

背中を丸め、西山が呟《つぶや》いた。

「私、吉住さんをなじって、ひっぱたいてやりたい。でも、どうしても心の底から憎むことができないの。刑事さんの話じゃ、事件の後ずっと罪悪感に悩んで、悪夢にうなされてたんでしょう。たかったからだって。私たちをこの店で雇ったのも、そういうものから逃れたかったからだって。それっぽっちのことで、許されるはずないじゃない。でも、苦しくて怖くて、すがるしかなかったのよ。そう思ったら、なんだか憐れになっちゃって」

「私たちと毎日顔をつき合わせれば、いやでも高井さんを思い出すことになる。ますます辛《つら》くなっちゃっただろうにね。本当にバカよ、あの人」

江川が続けると、西山はわっと泣きだした。楊も顔を背け、小刻みに肩を震わせている。

「今回の事件を機に、ママズキッチン本部にも警察の捜査が入るそうです。経営方針が改められて、同じような事件が二度と起きないようになってくれればって思ってます」

それだけ言うのが、和子には精一杯だった。

吉住からは、冬野経由で「申し訳ないことをした。許して欲しい。でも、あなたのお陰で抱え込んでいたものを吐き出せて楽になった。犯した罪は、一生かけて償います」というメッセージを受け取っている。あの夜、連行される吉住が和子に向けた目には、そんな思いが込められていたのだろうか。もっと深く、哀《かな》しく、重たいものがあったような気がする。しかし、いまの和子にはそれを読み取る心の鋭さも深さもない。

「お前がしんみりしてどうする。本題に入れ。本題に」

康雄にどやされ、我に返った。

「ところで江川さん、今日はどうしたんですか。私に大事な用があるっておっしゃってましたよね」

「そうそう、そうなのよ。楊くん」

江川が促すと、楊は手の甲で涙を拭《ぬぐ》った。背後を振り向き、中国語でなにか言う。ややあって、トラックの後ろから若い男が姿を現した。青白くごつごつとした顔、ひょろりとした体はフィールドコートとジーンズで包んでいる。

「陳《チェン》さん」

和子の声に、陳永康《ヨンカン》はやや気まずそうに、上目遣いでぺこりと会釈《えしゃく》をした。その肩に手を置き、楊は言った。

「陳くんが、和子さんに渡したいものがあるそうです」

「渡したいもの？」

陳は背中を丸めたまま、片手でフィールドコートのポケットをまさぐり、取り出したなにかを和子に渡した。

「えっ。これって」

高さ五センチほど。顔は面長、赤や金、黄色を多用した瀬戸物の招き猫だ。貯金箱らしく、頭の後ろに細長い口が開いている。以前池袋の陳の職場兼住居を訪ねた時に見かけ、触れようとしたら拒否されたものだ。

「亡くなる三日前です。家に帰ろうとしたら高井さんに呼ばれて、『詳しいことは言えないけど、トラブルに巻き込まれてる。もし俺になにかあったら、これを警察に届けて欲しい。とても大事なもので、この店やみんなの未来がかかってる。くれぐれも慎重に。他の人には絶対に話したり、渡したりしちゃダメだ』って言われて、メモリーカードを一枚渡されました」

「メモリーカード⁉」

驚いて、手の中の招き猫を持ち上げた。からりと、軽く固いものが招き猫の中の空洞を移動する気配があった。

「高井さんと奥さんが亡くなって、これは心中じゃない、殺されたんだと思いました。だから、カードを持って警察に行こうとした。何度も何度も。だけど、僕も殺されたらどうしようと思ったら、怖くてできなかった。そのうちに新しい仕事を始めて、学校にも行かなくなってビザも切れて、ますます警察には行けなくなった。だから、この猫の中にカードを隠しました。でもその後もずっと気になってて、すごく辛くて、本当はあなたが来た時に相談しようと思いました。だけど、姪って言うけど弥生さんと全然似てないし、ぬいぐるみと話してるし、ちょっとキモくて」

「キモくて悪かったわね。それに、ぬいぐるみじゃなくて、あみぐるみですから」

「おい。脅してどうすんだ。勇気を出して届けてくれたんだぞ。他に言うことがあるだろう」

「わかってます。陳さん、ありがとう。これは、私が信用できる刑事さんに渡します。たぶん、陳さんにも話を聞かせてもらうことになると思うけど、心配しないで。ちょっと変わったところはあるけど、優しくていい刑事さんなの」

得意のアヒル口をここぞとばかりに駆使し、微笑《ほほえ》みかけた。一瞬顔を強《こわ》ばらせた陳も楊になにか囁かれ、渋々ながらも頷いた。

招き猫を慎重にバッグにしまう和子を眺め、江川は言った。

「これは、夢のまた夢なんだけど」

「はい」

「私たちね、高井フーズを再開できないかって思ってるの。真相も明らかになったし、このままじゃ悔しいじゃない。取引先だった人たちからも、『また、高井フーズのお弁当が食べたい』『旦那がお総菜を懐かしいって言ってる』って言われるし。あそこの土地家屋を管理してる不動産屋さんに相談したら、『そういうことなら、売るのを少し待ってもいい』って言ってくれて」

「本当ですか⁉　すごい。大賛成です」

「おお。いいじゃねえか。よし。冬野に言って、署で高井フーズの弁当を取らせよう」

和子が身を乗り出し、康雄も声を弾ませる。江川は苦笑し、顔の前で大きく手を横に振った。

「上手くいくかなんて、わからないのよ。素人《しろうと》の寄せ集めだし。開店資金だって、集まるかどうか」

「そんなことない。きっと上手くいきますよ。私も応援させて下さい。できることは、なんでもします。それに、西山さんや楊さんもいるし。陳さんも、一緒にやってくれるんでしょ？」

「もちろんです。高井さんは僕のこと、『弁当屋の仕事に向いてる』って言ってくれましたから」

顔を上げ、陳が答えた。はっきりと、力強く、誇りに溢《あふ》れた言葉だった。その隣で楊が大きく頷き、西山もにっこりと微笑んだ。

江川たちと別れて間もなく、康雄は喋りだした。

「そうか。よかったな。禍《わざわい》を転じて福となす、っていうのは言い過ぎかも知れねえが、どんな不幸や悲劇にも、神様は必ず少しの希望を残してくれてるもんだ」

「吹くと茄子《なす》？　八百屋さんの話？　じゃなきゃ服とナース？　コスプレですか」

「ボケナス。お前は本当にしょうがねえな。あれだけの経験をして、死にかけたんだぞ。少しは学べ。成長しろ。いいか、禍を転じて福となすってのは……いてて。首が痛みやがる」

「大丈夫ですか⁉」

足を止め、バッグのクマを覗き込む。

「騒ぐな。言ったろう。納得できるシミ、誇れるキズを作れって。そういう意味じゃ、これ以上のものはねえよ。全身キズだらけの、つぎはぎだからな。それより、今後のことだ。招き猫を冬野に渡したら、その足で東京駅に行け。レンタカーを借りてもいい」

「どこに行くんですか？」

「決まってるだろ。静岡。陸くんのところだよ。あの子が唯一の心残りなんだ。

俺、というかクーちゃんがそばにいれば、少しは治療の役に立つかも知れない。まえに、お前もそう言ってたじゃねえか」

「でも、陸くんに返しちゃったら康雄さん、じゃない、ミル太とはこれっきり」

「そういうこったな。元々の持ち主の手に戻るんだ。当然じゃねえか」

「それはわかるけど。でも」

和子が口ごもると、康雄は鼻を鳴らした。

「お前も、厄介払いができてせいせいするだろ。いまのうちに、交通費やら経費を精算しとけよ。それと、残りの捜査費用についてだが――おい、聞いてんのか」

確かに康雄の言う通りだ。犯人は捕まったし、証拠の品も手に入った。遺《のこ》された人たちも、ささやかながら希望を見いだし、明日を生きようとしている。あとはクマが戻るべき場所に戻り、和子にも、元通りの気楽でほっこりゆるゆるとした日々が返ってくる。

違う。このままじゃダメ。仕事は、まだ残ってる。

「どうした。妙に神妙なツラして。なに考えてやがる。おいこら、なんとか言え」

康雄が騒いだ。しかし和子は口を引き結び、まっすぐ前を向いて歩き続けた。

「十万円⁉」

話を切り出すなり、厚子は目を剝《む》いた。「ちょびっとだけど、カシミヤが入ってるのよ」が自慢の着古したセーターに、ウエストがゴムのスカート、毛玉のついたタイツという格好で、居間に立っている。

「はい。お願いです。貸して下さい」

和子は言い、さらに深く頭を下げた。床の上に正座し、両手も床について土下座をしている。

「おいおい。帰るなり、いきなりなんだ。十万って、どういうことだ」

ソファに置いたバッグの中から、康雄がわめいた。似たようなことを、厚子も言う。

「いきなりなによ。どういうこと？　だってあんた、バイトしてるんでしょう。この間も、お父さんになにか相談してたじゃない」

「そうなんだけど。でも、急にまとまったお金が必要になって。こんなことになるって思わなかったから、今月分のバイト代は使っちゃったの。春物の服とか、バッグとか出始めてて、つい。とにかく、十万円。ダメなら五万でもいい。来月には必ず返すから、貸して下さい」

「なにに使うの？」

厚子が訊《たず》ねた。片手に針金ハンガーを持ち、テーブルの上には折り曲げられたハンガーとペンチ、輪ゴムなどが並んでいる。また、エコグッズ製作にいそしんでいたらしい。

家中の針金ハンガーをかき集め、曲げたりねじったりして植木鉢カバーやシューキーパー、モップなどを作っているがそれだけでは飽きたらず、近所の家からもらったり、ゴミに出されているのを拾ってきたりして、和子の顰蹙《ひんしゅく》を買っている。

少し前には、カラスが民家のベランダから持ち去った針金ハンガーを使い、器用に巣作りをしているというニュースを見て、「お兄ちゃん、カラスの巣ってどこにあるの？」と真顔で一平に質問していた。和子の脳裡《のうり》には瞬時にして、『五十代主婦、針金ハンガー欲しさにカラスと乱闘』という新聞記事（埼玉地域面）が浮かび、必死に説得し思いとどまらせた。

「そうだ。それをはっきりさせろ。場合によっちゃ、俺が貸してやらねえでもないぞ」

康雄も同調する。しかし、和子は首を横に振った。

「ごめんなさい。それは言えない。でも、悪いことに使うんじゃない。大切な人のために、どうしても必要なお金なの。一生のお願いです。貸して下さい」

「えっ、なに。どうしたの？」

帰宅した一平が、目の前の光景に驚き、慌てている。和子の視界の端に、お馴染《なじ》みの真っ赤な靴下がちらつく。

頭上から、厚子のため息が降ってきた。

「一生のお願いねえ。それは、この間お父さんが言ってた最後のひとふんばりってやつ？　あんたまだ、ふんばってるの？」

「うん。でも、私は便秘じゃないけどね」

くるりと踵《きびす》を返し、厚子が歩き去った。やっぱりダメか。絶望感が胸に広がり、うるさくわめいている康雄の声が遠くに聞こえる。それでも、和子は冷たいフローリングの床に手をつき、頭をすりつけた姿勢を変えようとはしなかった。

「ほらこれ。持って行きなさい」

ため息混じりの声とともに、後頭部に何かを乗せられた。和子は手のひらで後頭部をまさぐり、顔を上げた。銀行の預金通帳とキャッシュカードだ。

「お母さん、これって」

「あんたが入れた生活費を積み立ててたの。だからまだ、ほんの少ししかないわよ。お嫁に出す時に渡して感動の涙、みたいなのを楽しみにしてたのに。がっかりだわ」

「ありがとう！　すごく助かる。本当にありがとう。お母さん、大好き」

通帳を渡して涙って、いまどきそんなベタな展開。突っ込みは浮かんだが、厚子の気が変わらないうちにと、和子は素早く通帳とキャッシュカードをバッグにしまった。

「はいはい。カードの暗証番号は、あんたの誕生日だから。言っておくけど、お父さんには内緒よ。いいわね？　あと、一生のお願いは一度きりだから。同じ手は通用しないからね」

和子に背を向け、厚子は針金ハンガーを手にしたまま台所に入って行った。いかにも鬱陶《うっとう》しそうな口調だが、贅肉《ぜいにく》で丸くなった背中と、横顔の小鼻のあたりに照れのニュアンスが漂っている。

嬉々《きき》として二階に向かいかけた和子の前に、一平が立ちはだかった。

「なによ。文句あるの？　お母さんがいいって言ってんだから、いいじゃん」

両手でバッグを抱きかかえ、きっと睨む。一平は無言でその目を見返している。

黒いスキニージーンズを穿《は》き、両肩と裾《すそ》に変な銀の金具がついた革ジャン、黒いTシャツという出で立《い　た》ちだ。Tシャツの胸には、細く先の尖った植物の葉のイラストが描かれている。一瞬大麻かと思ったが、なにかおかしい。よく見ると、葉が八枚ある。八つ手だ。確か日本原産の常緑樹で、天狗《てんぐ》がうちわの代わりに使うという伝説もある。デザイナーはシャレかパロディーで作ったのかも知れないが、それが一平に伝わっているかどうか、定かではない。

さらに言葉を続けようとした和子の顔の前に、一平は細く筋張った手のひらを広げた。もう片方の手は、肩にかけたバッグを探っている。

「これ、持っていきな」

バッグから引き抜いた手は、なにかをつまんでいる。長さ三センチほどの三角形の黒いプラスチック片、ギターのピックだ。

「アイアン・メイデンのギタリスト、デイヴ・マーレイが一九八〇年に伝説のデビューアルバム、『鋼鉄の処女』をレコーディングする時に使ったと言われてるピックだ。アメリカのネットオークションに、ボーナスぶっ込んで落札した。本物だよ。目が利くやつのところに持っていけば、相応の値がつくはずだ」

「でも、お兄ちゃん」

「いいって。気にすんな。本当は金を渡してやりたいんだけど、俺も金欠でさ。でも、たまにはカッコいいとこ見せたいじゃん。一応兄貴なんだし」

「……ありがとう」

そうじゃなくて、これ本物なの？　偽物つかまされたんじゃないの。そもそもアイアン・メイデンってなに？　目が利くやつって誰で、ところってどこ？　本当は問いただしたかったが、一平のはにかんだような、それでいて誇らしげな顔を見たら、なにも言えなくなった。

一平はにやりと笑い、右手をかざして見せた。立てた親指と小指。「がんばれ」を意味するシャカサインのつもりらしいが、なぜか人差し指も立っている。

「おっ、テキサスロングホーンか？　スタン・ハンセンお得意のサインだよな。なんだ。お前の兄貴、ヘビメタだけじゃなく、プロレスもいける口だったのか」

ハイテンションの康雄の声が、古ぼけて傷だらけのピックを手にした和子の頭に、わんわんと響いた。

7

手鏡を覗き、ダマになったマスカラを指先で注意深く取り除いた。ほっと息をついたとたん、康雄の声が飛んできた。

「いつまで鏡を覗いてるつもりだ。さっさとしまえ。ここは天下の往来だぞ。恥ずかしいと思わねえのか」

「思いません。身だしなみを整えるのは、相手に対してのマナーです」

「けっ。なにを言ってやがる。対人マナーには神経尖《とが》らせるくせに、公衆マナーは無視か。これだから最近の若い奴らは」

「あ〜もう、うるさい。康雄さんこそ、死にかけたくせして全然変わらないんだから。少しは丸くなるとか、広い心を持つとかしたらどうですか」

手で耳を覆い、わめく和子を手をつないだ若いカップルが訝しげに眺めていく。

朝六時起きで、西武新宿線と都営地下鉄を乗り継ぎ市川に来た。背後には駅構内に通じる幅の広い階段、眼前には大きなロータリーがあり、大勢の人と車が行き来している。この街に来るのは数カ月ぶり、二度目だ。

間もなく見覚えのある濃紺の乗用車が現れ、和子の前で停まった。助手席の窓が開き、運転席の冬野が身を乗り出した。

「おはようございます」

「おはようございます。無理をお願いしてすみません。よろしくお願いします」

脱いだコートを胸に抱え、車に乗り込む。コートの下は、Aラインのワンピースにニットポンチョ、エンジニアブーツ。足下《あしもと》が度重なる「名誉の負傷」で、ぼろぼろになってしまったムートンブーツでないのを除けば、この冬のベストコーディネートだ。

「天野邸で焼香とご挨拶《あいさつ》をした後、道路状況にもよりますが、市川インターから高速七号線他を経由して東名高速に入り、浜松潮《しお》の浜《はま》病院を目指します。なお、天野さんのご家族と陸くんの主治医には先日の打ち合わせ通り、訪問目的を伝え、了承も得ています」

地味なストライプのシャツにニットベスト、スラックス姿の冬野は、ハンドルを握り前を向いたまま、前回のドライブの時同様淡々と説明した。メガネも前回と同じ、薄く色の入ったものをかけている。

「了解です」

「なにが了解です、だよ。挨拶なんて、柄にもねえこと言いだしやがって。俺の死因が事故だろうが、殺しだろうが嫁も娘も関心ねえよ。ああそうですか、ってなもんだろ。冬野も冬野だ。せっかくの日曜だってのに、ほいほいこのスカポンタン娘のために車を出しやがって。やっぱりお前ら、そうなのか？　ゲテモノの共食いが、現実になっちまったか」

「やめて下さい。セクハラ通り越して、妄想《もうそう》に突入してますよ。やっぱり康雄さん、あみぐるみ作家さんに、もう一度ばらばらにしてもらった方がいいと思う。パンヤを詰め直して、ついでに根性も入れ替えてもらって」

冷たく言い放ち、クマをバッグの奥に押し込む。それを見た冬野は、クールに言った。

「その様子だと、天野さんはまだクマの中にいるんですね。事件は無事解決して犯人も逮捕されたし、そろそろ成仏というのか、魂が解放されてもおかしくないんですが」

「そうそう。私も迷惑してるんです。この上、なにを望むのって感じ。ひょっとして、あまりの根性の悪さに、あの世も受け入れ拒否なのかも。あはは。きっとそうだ。霊魂難民」

康雄がくぐもった声でなにかわめいたので、和子はミルクティー色の頭をさらに押し、バッグの底に沈めてやった。

「なるほど。霊魂難民ね。それは斬新《ざんしん》な発想だ。でも、大丈夫ですよ。こんなこともあろうかと、関東近郊で除霊・浄霊に定評のある寺をピックアップしてあります。必要なら、ご供養をしていただきましょう。あ、いま『除霊と浄霊ってどう違うの？』って思いましたね？　まったくの別物です。除霊は、憑依した悪霊や怨《おん》霊《りょう》を強制的に排除しようというもの。大して浄霊は、霊と対話し、納得させることで霊界に送り出そうという行為を指します」

鼻にかかった声と、微妙にカンに障る口調で冬野のオカルト講釈が始まった。和子はうんざりして、バッグとコートを抱えシートに背中を預けた。

天野家の門を開け、アプローチを数歩進んだとたん、きゅうきゅうと鼻を鳴らす音がした。庭で顔は日本犬、体毛は長め、胴長短足の犬が落ち着きなく歩き回り、こちらを見ている。鼻声と黒い目は甘えと哀願に満ち、左右に大きく揺れる尻尾《しっぽ》からは強い喜びが伝わってくる。

バッグの底で康雄が騒いだので、和子は仕方なくクマを引き上げてやった。

「おお、ジョン。久しぶりだな。なんだよ、ますます痩《や》せて小汚くなっちまって。ちゃんとメシ食ってんのか？」

がらりと、庭に面した掃き出し窓が開いた。明るい茶にカラーリングしたロングヘアの若い女が、訝しげな顔でジョンを見ている。派手な化粧が施された父親そっくりの顔、母親譲りの小柄小太りの体は、ショッキングピンクのジャージで包まれている。杏だ。目が合い、和子が挨拶をしようとするとぷいと顔を背け、部屋の奥に向かって不機嫌そうに告げた。

「ママ、来たよ」

玄関の手前でドアが開き、世津子が顔を出した。意図不明のウェーブがかかったパーマヘアと、小柄小太りの体に変わりはないが、前に会った時より白髪が増え、さらにくたびれた印象がある。

仏間で焼香を済ませて居間に移り、ソファに世津子、杏と向かい合って座った。ジョンも窓ガラス越しに、バッグから顔を覗かせるクマを見つめている。

「このたびは、ありがとうございました。冬野さんから、山瀬さんのお陰で主人の死因がわかって、犯人も逮捕できたとうかがいました」

世津子が頭を下げた。しかし目は伏せたまま、声も細く抑揚がない。杏は脚を組み、仏頂面でけばけばしいスカルプをつけた爪《つめ》を弄《いじ》っている。

「いえ、そんな。康雄さんには、本当にお世話になりましたから。これが少しでも、恩返しになればと思います」

「先日、山瀬さんが届けて下さったメモリーカードのデータを元に取り調べを進めたところ、大橋も観念したらしく、少しずつですが罪を認め始めています。今後は、ママズキッチン本部や経営陣にも捜査を広げていく予定です。すべては天野さんの刑事としてのカン、捜査に対する執念があってこそです。それ以上に、天野さんの死を事故と安易に判断してしまったことが悔やまれます。申し訳ありませんでした」

立ち上がり、冬野は世津子たちに深々と頭を下げ、ソファに戻る間際、バッグのクマにも素早く一礼した。康雄は、ずっと押し黙ったままだ。

「いえ。刑事部長さんや、署長さんにも何度もお詫《わ》びいただきましたし」

姿勢も口調も変えずに、世津子が返す。会話が途切れ、居間に沈黙が流れた。エアコンは効いているのに、空気は寒々しく、張り詰めている。世津子の肩越しにサイドテーブルの上の薬袋が見え、さらにその奥には、仏壇に飾られた笑顔の康雄の写真が見えた。

ふいに、杏が組んでいた脚を下ろした。

「ねえ、もういいでしょ？　あたし、出かけたいの」

「なに言ってるの。山瀬さんも、冬野さんも、わざわざパパのために来て下さったのよ」

「関係ないし。それに、原因がなんでも、死んだことに変わりはないじゃん。パパが帰って来る訳じゃないし。別に帰って来なくてもいいけど」

「杏。いい加減にしなさい」

世津子が語調を強めると、杏も小さな目で睨み返し、広がった小鼻をさらに広げた。

「なんでよ。ママだって、心の中じゃそう思ってんでしょ。もともと、いてもいなくても同じようなパパだったじゃん。向こうだって同じだよ。あたしらのことなんて、どうでもよくて――」

「杏ちゃん」

和子が割り込んだ。これ以上のことをこの子に言わせても、康雄に聞かせてもいけない。

「確かに康雄さんは、いいパパや旦那さんじゃなかったかも知れない。でも、杏ちゃんやママのことを、どうでもいいなんて絶対に思っていなかった。仕事の合間、ううん、時には仕事を放り出して、二人のことを考えてた」

「ウソばっかり」

「本当よ。杏ちゃん、前にレストランでウェイトレスのバイトをしてたでしょう。その時、不審者にお店の中を覗かれるって事件がなかった？」

「あったあった。ハゲデブで目つきの悪いオヤジが、電柱の陰からじ〜っと見てたんだって。あたしは見てないけど、バイト仲間の子が警察を呼んでた。なんで知ってんの？」

「それ、杏ちゃんのパパ」

「おいこら。バカ娘。なにを言い出す気だ」

また康雄が騒ぎ始めた。杏はアイラインとマスカラをべっとり塗りたくった目を見開き、和子を見た。

「ウソ。マジ？」

「マジ。捜査会議を抜け出して、二時間。後で刑事部長に呼び出されて説教、四十分」

答えたのは冬野だ。湯気でメガネを曇らせ、世津子が出してくれたコーヒーをすすっている。

「冬野、お前もか。どういうつもりだ。死人に恥をかかせる気か。ますます成仏できなくなるぞ」

康雄はわめいたが、和子は杏の目を見て話を続けた。

「パパは、杏ちゃんのことが心配だったの。私に言ってた。『ちょっと不器用で、人づき合いが下手なところがあるから』って」

一瞬眼差しを揺らした杏だったが、すぐに仏頂面に戻り、長い髪をかき上げた。

「なにそれ。大きなお世話、てかキモい。ストーカーじゃん。心配とか言って、信用してないってことでしょ」

「違う！」

和子が叫び、そこに康雄の声も重なった。

「信用してたし、ちゃんとそれを伝えたいとも考えてた。でも、できなかったの。パパも杏ちゃんと同じで、どうしようもなく不器用で、人づき合いが下手なの。だから自分にできること、刑事の仕事を精一杯やったんじゃないかな」

「訳わかんない。意味もないし」

「うん。でも、私はそういうのありだと思う。杏ちゃんのパパに会って、そう思えるようになったの。訳わかんなくても、意味がなくても、取りあえず与えられた目の前のことを無我夢中でやる。大切な人に対して、誇れる自分でいられるようにがんばるの。それだって、人とつながったり向き合ったりすることだと思う」

なにも考えず、湧《わ》いてくる言葉をそのまま口にした。返す言葉を探しているのか、杏は口を少し歪めて引き結んでいる。

和子はバッグから包みを出して、テーブルに置いた。

「これ、パパから。前に、『自分に何かあったら、代わりに渡して欲しい』って預かったの」

引き寄せられるように、杏が包みを取って開く。現れたのは靴だ。光沢のあるピンクの布製で、ヒールのない靴底は白い革張りだ。つま先はスクエアにカットされ、広い履き口の後方の左右にピンクの長いリボンが縫い付けられている。中敷きは純白で、〝repetto〟のロゴが金文字で刻まれていた。

ゆっくり顔を上げ、杏が和子を見た。

「レペットのトウシューズ。それを持ってバレエの発表会を見に行けなかったこと、パパはずっと気にしてたの。いまさら手遅れってわかっていても、バレエショップの前をうろついたり、悪戦苦闘しながらパソコンのネットショップを検索して、注文しかけては止《や》め、を繰り返したり。多分ね」

クマにちらりと視線を向ける。返事はなかったが、わざとらしい咳払《せきばら》いが聞こえた。当たらずとも遠からずといったところだろう。

杏は俯き、手にしたトウシューズを見つめている。和子はさらにバッグを探り、驚いたように杏を眺めている世津子に、深紅のビロード調の布が張られた細長い箱を差し出した。

「私に？」

「はい」

戸惑いながらも、世津子は箱の蓋《ふた》を開いた。中には純白のサテンが敷き詰められ、細く長い鎖の先に、小さな真珠を一粒取り付けたネックレスが収められている。

「高い物じゃないかも知れないけど、康雄さんの思いが込められてます」

「思い？」

「はい。『涙は幸せな時も、こぼれるのよ』」

「それ……」

言葉を詰まらせ、世津子は真珠に見入った。

一応本真珠だが、粒は小さく、艶《つや》も悪い。高い物じゃないどころか、一目でわかる安物だ。しかし世津子はささくれと爪のでこぼこが目立つ指を伸ばし、真珠をそっと、いとおしむように撫《な》でた。杏も、トウシューズを見つめたまま動かない。そんな二人を、バッグの中の康雄が見守る気配を感じる。

再び、居間に沈黙が流れた。張り詰めた空気は変わらないが、温度はほんの少し、上がったように思えた。

その後しばらくして、天野家を辞した。玄関を出ると、待ち構えていたようにジョンが駆け寄ってきて、鼻を鳴らした。その姿を見て、見送りの世津子が首を傾《かし》げた。

「おかしいわね。この子がこんな風に甘えるのは、主人だけなんですよ。私や娘が散歩やブラッシングをしようとしても、ものすごく嫌がって。エサも少ししか食べなくて、困っているんです」

「多分、このクマです。前にお邪魔した時に見せたら、気に入ってくれたみたいで」

和子は庭に入り、クマをジョンの顔の前に差し出した。

「ごめんね。本当はここに置いていきたいんだけど、この子にも待ってる人がいるから」

身をかがめ、語りかけるとジョンはピンクの舌でクマの顔や体をぺろぺろと舐《な》めた。それに応えるように、康雄の声が響く。

「おうおう、わかったよ。ジョン、残念だがお別れだ。長い間話し相手になってくれて、ありがとな。これからは、世津子と杏がお前のボスだ。言うことをよく聞いて、長生きしろよ。番犬としての仕事も、きっちり頼むぞ。怪しいやつが入ってきやがったら、構うことねえ。ぎゃんぎゃん吠《ほ》えて、嚙《か》みついてやれ。いいな」

わん。和子の耳がきんとするほど元気よく、ジョンが鳴いた。別れの挨拶を交わし、和子と冬野はアプローチを戻った。門を出て振り返ると、居間の窓の前に立つ杏と目が合った。相変わらずの仏頂面で、なにか言いたげに、パールピンクのグロスが引かれた唇を歪み気味に引き結んでいる。しかし、ぷっくりとして肉づきのいい手は、トウシューズをしっかりと胸に抱いていた。

車が走りだしても、康雄はなにも言わなかった。

「余計なことしちゃったかな」

独り言めかせ、機嫌を窺《うかが》ってみたが返事はない。代わりに、冬野が答えた。

「そうでもないと思いますよ。杏ちゃんへの言葉は、説得力はともかく、ウソがないのは伝わったし。二人へのプレゼントも、天野さんのキャラクターを上手《うま》くつかんだ、なかなかのパフォーマンスでした」

フォローのつもりなのかも知れないが、キャラクターだのパフォーマンスだの表現がいまいち軽薄で安っぽい。ますます不安になり、和子は膝《ひざ》の上のバッグから顔を覗かせるクマに目を向けた。しばしの沈黙の後、和子の頭の中に鼻を鳴らす音が豪快かつ下品に響いた。

「ここ二、三日、なにをこそこそしてやがるのかと思ったら。おふくろさんに土下座して金を借りたのも、このためか？　まったく。浅知恵を働かせやがって。あんなことで、全部ひっくり返ると思ったら大間違いだぞ。人の心がそんなに単純だったら、殺人だの自殺だの起きやしねえ。警察はいらねえんだよ」

「わかってます。でも、元は康雄さんのせいなんですよ。私にはいろいろ話すくせに、奥さんや杏ちゃんにはなんにも伝えてない。もどかしくて、なにかしたくなるじゃないですか。まあそれがオヤジ、お父さんって生き物って気もするけど」

「なんだよ、逆ギレか。そんな歳でもねえだろうに。まあでも、ジョンに会えたのはよかったよ。後のことも託せたしな。それより、あれはなんだ。嫁にネックレスを渡す時に言った、涙がどうしたのってやつ」

「『赤毛のアン』に出てくる台詞《せりふ》です。エンゲージリングに真珠を望むアンに、婚約者のギルバートが『真珠は涙を表すから』って反対するんです。それに対してのアンの答えが、『涙は、幸せな時もこぼれるのよ』。ネットで奥さんへのプレゼントを選んでる時に、偶然見つけたんです。前に康雄さんから、奥さんはアンのファンだって聞いてたし、これしかないと思って。おしゃれでしょ？　ロマンチックでしょ？」

「なにがおしゃれだ。ロマンチックだ。けったくそ悪い。俺は昭和の男だぞ。そんなしゃらくさいことするか」

「それはすみませんでした。でも、けったくそ悪くてしゃらくさいことにかけては、プロポーズに『俺のパンツを洗ってくれないか』なんて台詞をチョイスしちゃう誰かさんと、大差ないと思うんですけど」

ハンドルを握ったまま、冬野がぷっと噴き出した。すかさず、康雄が叫ぶ。

「笑うな！」


ちょうど午後の面会時間が始まる頃、浜松潮の浜病院に到着した。許可は取ってあったが、陸の面会は親族に限られているため、前回同様中庭で偶然の立ち話を装い、主治医と看護師の立ち会いのもとクマを手渡すことになった。

「こんにちは、陸くん。この間は驚かしちゃってごめんね」

看護師にアドバイスされた通り、身をかがめて目線の高さを合わせ、ゆっくり、穏やかに車椅子《くるまいす》の陸に話しかけた。主治医からはこのところ状態はいいと聞いたが、陸の返事はなく、黒目勝ちの目をぼんやり空に向けている。見覚えのあるフリースの膝掛けとジャンパー、すべすべした頬《ほお》は前回会った時よりややふっくらして、背も少し伸びたような気がする。

「でもね、この間の陸くんの『みんないなくなっちゃった』って言葉がヒントになって、悪い人を捕まえることができたの。あの言葉がなかったら、諦《あきら》めちゃってたかも知れない。ありがとう」

クマをつかんだ手を傾け、お辞儀をさせる。かすかな風が吹き、陸の柔らかそうな髪を揺らした。中庭をやや傾きかけた日差しが照らし、ベンチに座ったり、歩きながら見舞客や医師と談笑するパジャマ姿の患者が数人いる。車椅子の少し後ろに看護師が立ち、その奥の花壇の前で冬野と主治医が話をしている。

「今日はこのクマさんを返しに来たの。覚えてる？　クーちゃんだよ。ちょっとボロくなっちゃったけど、ママが陸くんのために作った、世界に一つしかないクマさん」

下から陸の顔を覗き込み、膝の上にそっとクマを置く。緊張し、康雄が体を硬くする気配を感じた。

さっきより少し強めの風が吹き、陸の膝の上を抜けていった。ふと視線が動き、陸がクマを見た。和子が息を呑み、冬野たちの会話も止んだ。

ゆるゆると、しかし迷いなくぷっくりとした小さな指が動き、汚れて、ところどころミルクティー色からカフェオレ色になったクマの手に触れた。大きな、澄んだ目はクマのガラスの目を見下ろしている。

二、三十秒だろうか。中腰姿勢のせいで和子の膝が震え始める程度の時間沈黙が続き、陸が口を開いた。

「クーちゃん」

唇の動きは、前に見た時と同じだ。しかし今度は、細く舌足らずな声を伴っている。思わず身を乗り出した和子を、陸がぱっと顔を上げて見た。笑っていた。口は、わずかに端を上げただけ。でも、黒く大きな目には強い光と喜びが満ちている。

なにか言わなくちゃ。和子は焦った。しかし、胸を突き上げる思いの勢いが強すぎて、言葉が出てこない。

ゆらりと、視界が揺れた。興奮のあまり目眩《めまい》がしたのかと思ったが、そうではない。和子と陸の間に、なにかがある。細く、透明ななにかが、ゆらゆらと立ち上っている。陽炎《かげろう》のようだ。視線で辿ると、陽炎の出所はクマだ。

「陸くん、どうしたの？」

「待て！」

冬野の鋭い声が、主治医と看護師の足を止める。息を呑み、見つめる和子の目の前で、陽炎は立ち上る速度を増し、幅を広げていった。やがて、溢れるように陸の膝からレンガ敷きの地面へと流れ落ちる。その様を、陸がじっと眺めている。

「なにこれ」

和子は、歩み寄って来た冬野を見上げた。カンに障っても胡散臭《うさんくさ》くてもいいから、目の前で起きていることを説明して欲しい。しかし冬野は、メガネの奥の目を見開き、陽炎に見入っている。

レンガに落ちた陽炎は一度に小さく溜まった後、再び立ち上り始めた。その先端が和子の背丈ほどに達した時、陽炎はゆっくりと形を変えた。いびつな楕円《だえん》の下にさらに大きく、いびつな楕円。頭部と思《おぼ》しき上の楕円は両端が細長く割れ、下部も左右に分かれて人型を作っていく。頭部と思しき上の楕円は、立体感を増すと同時に日焼けして脂ぎった肌と、頭髪がM字型に後退した生え際、小さい目と横に広がった鼻、青白い髭《ひげ》の剃り跡に囲まれた口を形成していった。

「天野さん！」

冬野が叫ぶ。悲鳴を上げ、和子は冬野の腕にすがりついた。

「おお、お前か。久しぶりだな。和子、なにビビってんだ。俺だよ、俺」

ハイテンションで捲《まく》し立《た》て、陽炎がかたち作ったそれは、太く短い指でピースサインを作って見せた。ゆらゆらは止まらず、輪郭も所々不明瞭だが、数時間前に仏間の写真で見たのと同じ顔が、目の前にある。

「康雄さん？」

冬野の腕をつかんだまま恐る恐る訊ねると、それは威勢よく頷いた。

「おう」

「マジ？　なんていうか……そのまんま」

短い手足にせり出した腹、身につけているのはシワだらけのスーツと悪趣味なネクタイ、古ぼけた革靴。ドラマに出てくる、仕事はできるが冴《さ》えない刑事そのものだ。

「おい冬野、どうした。誰と喋ってるんだ」

主治医の問いかけに冬野は手のひらをかざし、そこに留まれというジェスチャーを作った。

「大丈夫だ。なんでもない。少し時間をくれ」

「医者と看護師には、俺が見えねえらしいな。関係者以外は、巻き込まねえってことか。ふん。そういうルールか。神様だか仏様だか知らねえけど、意外と筋が――なんだ、おい。体がふわふわしてきやがったぞ。やめろよおい、こそばゆいって。いやでも、悪くねえな。これが成仏、お迎えってやつか」

半笑いで身もだえし、康雄が騒いだ。同時に陽炎のゆらぎが大きくなり、康雄の姿が薄れ始めた。

「康雄さん！」

「時間切れらしいな。二人とも世話になったな。達者で暮らせ。そうだ。和子、捜査費用の残りだが、江川たちに渡して高井フーズの再建に使ってもらってくれ。大した額じゃねえし、名目はそう、俺の嫁からの寸志ってことにしとけ。ただし、さっき俺の家族に渡したプレゼント代と、お前のバイト代を引いた後だ。今日は日曜だから、時給九百円。いや、退職金代わりだ。プラス百円、千円で計算しろ。任務完了、バイトはお終いだ。これからは、まあなんだ、気を抜かねえで生きろ。笑うにしろ、泣くにしろ、怒るにしろ、逃げるな。どんなに辛くても、世の中から目をそらすな。身をさらして生きるんだ。お前ならできる」

「ちょっと、一方的に言いたいこと言わないで下さい。お金のことはわかりました。でも、退職金がプラス百円だけってあんまりじゃ——とにかく、靴や服を汚されたり、散々な目にあったけど、江川さんとか冬野さんとか、これまでのバイトじゃ絶対あり得ないような人たちと知り合えたし、お父さんやお母さんのことも、ちょっとわかった気がするし。だから、なにが言いたいかっていうと」

「バカ娘。くねくねするな。はっきりしろ。お前ってやつは、本当に成長しねえな。俺が何度——」

康雄の声は小さくなり、姿もみるみるかすれていく。和子の焦りは頂点に達した。しかし、言葉が出てこない。ふと、気配を感じて隣を見た。冬野は、敬礼をしていた。背筋をぴんと伸ばし、額に右手を斜めに当てている。切れ長の目はかすかに潤み、こみ上げる感情を押さえ込むように、顎《あご》を上げている。慌てて、和子も康雄に向き直った。背筋と指を伸ばし、肘《ひじ》と肩はほぼ同じ高さになるように。言葉にできない万感の思いを込め、敬礼を送った。それを受け、ほとんどシルエットだけになった康雄も敬礼をした。陽炎が日差しに溶けていく刹那《せつな》、にやりと、いたずらっぽく無邪気な、子犬のような笑顔が視界をかすめたような気がした。

主治医と看護師を適当な説明でごまかし、陸がクマをしっかりと抱くのを見届けて、中庭を離れた。

「びっくりした」

駐車場に戻るなり、冬野は呟いた。呆然とした顔で、自分の車の前に立っている。たったいま目にした現象のことかと思い、和子が返そうとすると、

「本当だったんですね。あみぐるみに、天野さんが乗り移ったって」

と続けた。

「はあ？　いまさらなに。実は信じてなかったってこと？　だって冬野さん、オカルトマニアなんでしょ。心霊だのUMAだの、大好きなんでしょ」

「はい。しかし恥ずかしながら、自分のこととなると別のようで」

「じゃあこの何カ月か、どういうつもりで私とつき合ってたんですか」

「トトロの里の、ちょっと危ないお嬢さん。天野さんの知り合い、隠し子、大穴で愛人。どっちにしろ、花丸つきの要注意人物」

「なにそれ。隠し子とか愛人とかあり得ないし。花丸ってなによ。いちいちトトロ

の里とか、つけるな」

詰め寄り、捲《まく》し立てているうちに胸がいっぱいになり、湧いてきた涙で視界がかすんだ。俯いてバッグを見たが、そこにはもうミルクティー色の顔も、ガラスの目もない。

ミル太には、また会いに来られるかも知れない。でも、康雄にはもう会えない。あの説教も、舌打ちも、鼻を鳴らす音も二度と聞くことはできないのだ。嫌で嫌で仕方がなかったものが、いまはたまらなく恋しく、胸をしめつける。

康雄さん、わかったよ。大切な人を失う気持ち。こんなに切なくて、苦しいんだね。康雄さんはこんな想いを抱えた人を、何人も何人も見てきたんだね。犯人を追いかける気持ち、刑事《デカ》根性ってやつ？　ほんのちょっとだけど、わかった気がするよ。

「困ったな。ええと、とにかくすみません。ごめんなさい」

頭上から、冬野の声が振ってきた。せわしなく、体を動かす気配も感じる。どうやら、自分が和子を泣かせてしまったと思い、うろたえているらしい。

ウィークポイントは女の涙。なんだこの人、変人だエリートだって言うけど、案外ちょろい？　ダークな閃きが、胸をよぎる。

「お詫びは道々するとして、取りあえずどこか行きませんか。人目もあるし。実はこの近くに、夕日がすごくきれいな海岸があって」

和子の涙と嗚咽《おえつ》が、ぴたりと止んだ。引っ張り出したハンカチで、流れたアイラインとマスカラでどろどろになっていると思われる目元を隠し、冬野を見上げる。

その様子にほっとしたのか、冬野は声のトーンを明るくして続けた。

「その海岸の奥に、UFOが頻繁に飛来すると噂《うわさ》の岬があるんです。どうです？見たいでしょう、UFO」

「まったく、一生、見たくありません！」

力みまくりで言い返し、和子は身を翻すと大股《おおまた》で助手席のドアに向かった。

8

「そうそう。それ、超かわいいよね。あたしも大好き」

素っ頓狂な声が、低い天井に響いた。和子はダイレクトメールに住所ラベルを貼《は》る手を止め、顔を上げた。

フローリングの床と白い漆喰壁《しっくいかべ》の狭い店内にアンティークの棚やテーブルが置かれ、食器やアクセサリー、衣類、文房具、ぬいぐるみなどの雑貨がぎっしりと並べられている。その中央にロングの茶髪を頭の天辺《てっぺん》でルーズに結った女と、制服姿の女子高生が二人立っている。

女子高生の一人が、棚に置かれたサーモンピンクのカットソーを指した。

「これの青って、ないんですか？」

「ごめ～ん。入荷してすぐ、あたしが買っちゃった。でも、その色もかわいいよ。そっちの方が絶対似合うし」

早口で言い、女は棚からカットソーを取って広げた。歳は二十歳そこそこ。がりがりに痩せた体を強調するように、タイトなシルエットのサマーニットとスキニージーンズを着ている。肌が荒れ気味の頬に入れた濃いオレンジのチークが、オカメインコを彷彿《ほうふつ》させる。

女子高生が店を出て、女がレジカウンターに戻ってきた。

「和子さん、すみません。レジ代わります」

「余計なことかも知れないけど、商品を先に買っちゃったとか、言わない方がよくない？」

「だって、本当のことだし。オーナーにも、『お客さんを大切な友だちだと思って、自分の言葉で語りかけて』って言われてるじゃないですか」

「そうだけど。でも、ちょっと意味が違うっていうか、自分がいまのお客さんの立場になってみたら、いい気がしなくない？」

「全然。私、友だちにはウソついて欲しくないんですよ。よくないことでも、ごまかさないで本当のことを言ってもらいたい」

「だから、そういう話じゃなくて。たとえ友だちでも、お金を払ってもらう相手なんだから、それなりの意識っていうか、筋っていうか」

「筋？　なんですか、それ」

　眉をひそめ、女が笑った。パールグレーのコンタクトレンズをはめた目を巡らせ、チャイナブラウスにデニムのロングキュロットパンツ姿の和子を眺める。

「和子さんて、時々面白いこと言いますよね。おばさん、てかオヤジ臭い。服とかすごくおしゃれでかわいいから、余計にウケるっていうか。バイトの若い子の間で、噂になってますよ」

「……裏で品出しするから。あと頼むね」

　無愛想に告げ、カーテンを開けてレジ裏のバックヤードに入った。

なにあれ。超ムカつく。クレームとか来たら困ると思って、言ってあげたのに。それに、バイトの若い子ってなによ。私はそこに入ってないってこと？　そりゃ、もうすぐ二十五だけど。脚はむくみやすいし、干物や佃煮《つくだに》が妙においしく思えてきたけど。オヤジ臭いって、噂になってるってマジ？　ひどい。なんで？　誰のせい？

心の中で怒りを爆発させながら、床に置かれた大きな段ボール箱のテープを剝がし、開封する。四畳ほどの狭い部屋には、同じ箱が山積みにされている。

この雑貨屋でバイトを始めて、間もなく三カ月になる。陸にクマを返してからしばらくは自宅でぼんやりしていたが、厚子の生活費の督促《とくそく》も厳しく、仕方なく久々にアルバイト情報誌を開いた。勤務地は大好きな下北沢、オーナーは素敵なマダムで、バイト仲間とも仲よくなった。細かなミスは相変わらずだが、売り上げ成績は上々でオーナーの評判もいい。ここなら続けられるかも。そんな気がする。

キュロットパンツのポケットの中で、携帯電話が振動した。取り出して液晶画面を覗くと、メールが届いていた。冬野からだ。件名には、「お食事でも」とある。

振り向いてレジの様子を窺い、再び画面に目を落とした。

『その後お元気ですか？　昨日、陸くんの主治医から連絡がありました。クマが戻って来てから、劇的にという訳にはいきませんが、表情の変化や言葉も徐々に増え、快復に向かっているそうです。また数日前には、天野さんの奥様からお電話をいただきました。杏ちゃんの態度は相変わらずですが、どんなに帰宅が遅くなっても、翌朝は必ず六時に起きてジョンの散歩に行き、エサやりとブラッシングもするそうです。トウシューズも時々取り出して、眺めている様子だとか』

「そう。杏ちゃんが。よかったね、康雄さん。ジョンにいい友だちができたよ」

囁いて、壁際に並ぶ従業員用のロッカーを見上げる。中ほどのロッカーに、和子のバッグとコートがしまわれている。クマを持ち歩かなくなってからも、ついバッグを覗き込んだり、話しかけたりしてしまう。

『さて、本題です。麻布に、知人がやっているイタリアンレストランがあります。小さな店ですが雰囲気がよく、料理は旨《うま》いし、ワインもいいものを揃えています。近いうちに、お食事などいかがでしょうか』

麻布、小さいけど雰囲気のいいイタリアン、お食事……これってひょっとして、デートのお誘い？　知らず胸が高鳴り、画面をスクロールさせる速度が増す。

『お食事の後、紹介したい人がいます。真吾くんという、店のオーナーのご子息なんですが、なんとあの〈チャンネルファンタズモ〉でADをしています。無論バリバリのオカルトマニアで、山瀬さんのことを少し話したら、是非会いたい。事件のいきさつを聞かせて欲しいと頼まれ』

そこまで読んで電源を切り、携帯をポケットに突っ込んだ。胸は一気にしぼみ、代わりに脱力感と苛立《いらだ》ちに襲われる。

期待して損した。やっぱあの人、あり得ない。そもそも〈チャンネルファンタズモ〉ってなに？　大いばりで、「あの」とか言われても知らないし。ADってことはテレビ局？　事件のいきさつなんて、絶対話してあげない。それ以前に、刑事のくせに守秘義務とかいいわけ？　……でもまあ、どうしてもって言うなら、お食事ぐらいはつき合ってあげてもいいけど。

心の中で呟きながら、品出しを始めた。箱から商品を取り出し、伝票を片手に個数や色、キズや破損をチェックしていく。木製の積み木やパズル、ぬいぐるみなどのおもちゃが多い。すべてオーナーが国内外で買い付けてきたものだ。ふと、ぬいぐるみの一つに目が留まった。体長約二十センチ、丸々と太った緑の体に細い腕と脚。頭は半球を二つ合わせたような形で、上部に左右離れて半円形の突起があり、そこに黒いガラスの目が取り付けられている。アマガエルのようだ。手触りはよく、アクセントとして首に巻かれた青白横縞のマフラーもキュートだ。しかし少し飛び出しすぎの目と、リアルに作られた手脚の指の水かきが気持ちが悪い。

腰を上げてカーテンを開け、女の背中に問いかけた。

「ねえ。このぬいぐるみは、なに？」

「ああ、それ。オーナーが、『間違って、買うつもりのないカエルが紛れ込んじゃった。欲しい人がいたらあげる』って言ってましたよ」

「そうなの。欲しい？」

顔をしかめ、女は筋の浮いた細い首を横に振った。

「そんなキショいの、欲しがる子いませんよ。オーナーが、犬のおもちゃにでもするんじゃないですか」

「ふうん」

オーナーの犬は、一度見たことがある。大きなゴールデンレトリバーで、かわいいのだがいたずら好きで、なんにでも噛みつき、ボロボロにしてしまう。このぬいぐるみなら、あっという間に解体してしまうだろう。そう思うと、少し胸が痛む。

「じゃあ、私がもらうね。オーナーにも話しておくから」

女のリアクションを待たず、和子はカーテンを閉めた。

午後五時にバイトを上がり、小田急線と西武新宿線に乗って所沢に帰った。帰宅すると、厚子は留守。台所のテーブルには裏が白紙の広告チラシの裏を裁断したメモが置かれ、『ラップの芯《しん》をもらいに、三丁目の太田さんちに行っています。冷蔵庫にふかしたお芋《いも》があるから、チンして食べて』と書かれていた。どうやら、今度のブームはラップの芯のようだ。また志はわかるが、貧乏臭くて使いにくい雑貨やら家具を作り、和子や一平に押しつけるつもりだろう。

二階に上がり、部屋の明かりをつけた。駅からの自転車こぎで少し汗をかいたので、窓を開ける。桜の季節が終わったばかりだが、空気は湿気を含み蒸し暑い。

ベッドに置いたトートバッグからカエルのぬいぐるみを出し、改めて眺めた。見ようによっては……ううん。やっぱりダメ。キツい。丸く大きな目から顔を背け、取りあえずの置き場所を探す。しかし、本棚もテーブルもいっぱいで空いてるスペースは飾り棚の中央、ビンテージのスヌーピーと自分で縫ったテディベアの間しかない。かつて、ミル太がいた場所だ。どうしても他のものを置く気になれず、そのままにしていた。

仕方なく、スヌーピーとテディベアの間にカエルを置き、着替えるために洋服箪《だん》笥《す》に歩み寄った。

ついもらってきちゃったけど、失敗だったかも。でも、捨てるのは気が引けるし。そうだ、前に一度行った駅前のリサイクルショップ、あそこに持って行こう。今度は良心の呵《か》責《しゃく》も感じないし、「考え直せ」とか騒ぐ人もいないし。

そんなことを考えながら、ブラウスのチャイナボタンを二つ外したその時、

「おい」

背後で声がした。びくりと肩が揺れ、手も止まる。

「聞こえねえのか？　お前だ、お前」

野太く、訳もなく偉そうで、デリカシーの欠片《かけら》も感じられない、それでいて、たまらなく懐かしい声だ。まさか……ううん、そんなバカな。パニックを起こしかけた胸を必死で鎮《しず》め、大きく深呼吸をして、振り返った。

「よう。久しぶり。俺だよ！」

間違いない。康雄だ。でも、なんで？　成仏したんじゃなかったの？　受け入れ拒否で、霊魂難民？

次々に疑問が湧き、頭も混乱する。それでも和子は飾り棚のカエルに、どたばたと駆け寄った。

初出

本書は、月刊文庫『文蔵』二〇〇八年五月号〜二〇〇九年七月号の連載に、加筆・修正したものです。

著者紹介
加藤実秋（かとう　みあき）
1966年、東京都生まれ。2003年、「インディゴの夜」で第10回創元推理短編賞を受賞しデビュー。
スタイリッシュな描写と、エンターテインメント性を打ち出した作風で注目される。「インディゴの夜」シリーズはＴＶドラマ化、舞台化され好評を博す。「インディゴの夜」シリーズには、『インディゴの夜』『チョコレートビースト』『ホワイトクロウ』（以上、創元推理文庫）、『Ｄカラーバケーション』（東京創元社）がある。そのほかの著書に『モップガール』（小学館文庫）、『風が吹けば』（文藝春秋）などがある。

ＰＨＰ文芸文庫　アー・ユー・テディ？

2010年10月29日　第１版第１刷
2013年９月25日　第１版第３刷

著　者　加藤実秋
発行者　小林成彦
発行所　株式会社ＰＨＰ研究所
東京本部　〒102-8331　千代田区一番町21
文芸書籍課　☎03-3239-6251（編集）
普及一部　☎03-3239-6233（販売）
京都本部　〒601-8411　京都市南区西九条北ノ内町11
PHP INTERFACE　http://www.php.co.jp/
制作協力　株式会社PHPエディターズ・グループ
組　版　朝日メディアインターナショナル株式会社
印刷所　共同印刷株式会社
製本所　株式会社大進堂

ISBN978-4-569-67553-4